沉默得更徹底一些

劉正權愛情小說集

目次

沉默得更徹底一些

事隔多年，丁小婉還在後悔中。

後悔那天咋就心血來潮著要步行一回去上班。

要不是步行，她準不會在那些廣告牌下面邊走邊四處張望，丁小婉一直不是一個好奇心重的女人。要不是邊走邊四處張望，丁小婉也準不會看見那個對女人呵護備至的男人，其實要說吧，大街上對女人呵護備至的男人多了去，不至於讓丁小婉一見就傻了眼吧！

丁小婉又不是沒有男人。問題是，丁小婉有足夠傻眼的理由，因為那個對女人呵護備至的男人，恰好就是她丁小婉的男人。

丁小婉明明白白看見男人早上出門時攔了一輛計程車的啊，他自己也說了的，今天時間特別趕，用打張了的兔子形容都不為過的。因為趕，男人出門時都忘了禮節性地衝她甩個飛吻或者虛虛的擁抱一下什麼的，儘管丁小婉心裏明鏡似地，知道那只不過是一種敷衍。可敷衍也要存心才成啊！

男人顯然是不打算存心了，顯而易見，他的心有了另一個可存之地。

丁小婉靠著廣告牌停下來，揉一把眼，再揉一下太陽穴，她希望自己是出現了幻覺。

空腹，是容易出現幻覺的！是的，那會兒的丁小婉還沒吃早飯，都是因為男人趕時間給造成的。丁小婉見男人一趕張，自己也著了急，就沒心思弄早飯空腹出了門去上班。

沒吃早飯的丁小婉看見在自己男人的呵護下，那個女人幸福得流下了眼淚，本來該流下眼淚的丁小婉忽然就忍不住呵呵傻笑起來。

多麼荒誕的畫面啊！

配著這個荒誕畫面的，還有一段荒誕的文字，曾十分完整地在丁小婉夢境裏出現過。只是夢醒之後，任丁小婉怎麼努力，她都記不起夢裏那再熟悉不過的隻言片語。

但在這一刻，丁小婉腦海中電光火石般，一切都清晰再版了出來，活靈活現的在她眼前閃耀，那段文字丁小婉現在可以一字不漏地複述出來。

你會流淚，並不代表真的慈悲，我會微笑，並不代表一切都好！

眼下，那個女人並不是真的慈悲地流淚，而丁小婉也並不是真的一切都好地微笑。丁小婉就這麼微笑著，看著自己的男人呵護著別的女人上了一輛公汽，那是一路通往橋頭的公汽。

丁小婉強撐著沒讓自己順著廣告柱軟下雙膝，她有點虛弱地抬了一下手臂，抬手臂只是下意識的一種行為，像溺水的人要抓住一根救命稻草似地。

一輛計程車司機誤會了，見她死死盯住公汽遠去的目光，以為她趕車呢！嗚一聲把車停在了她的面前。

連丁小婉自己都不曉得自己為什麼會稀裏糊塗上了那輛計程車，還稀裏糊塗指了一下前面的公汽。然後氣喘吁吁地吐出五個字來，跟上那公汽！

一定是有貴重東西落在公汽上了！

計程車司機看丁小婉那六神無主的樣兒忍不住搖了一下頭，很惋惜的意思。看著很精明的一個女人，咋就丟三落四了呢，要說丁小婉的年紀，離更年期有老長一段距離呢！

丁小婉咬著嘴唇，不說話了，死死地盯著前面的公汽，每到一個站，丁小婉就會緊張，喘不過氣來的那種緊張，一雙眼睛聚了焦似地盯著下車的人群。

司機很奇怪，奇怪這個女人的舉動，丟失東西了直接攔住公汽上去找啊！盯著能盯出貴重東西來？偏偏這個女人一直沒有說話，只用手勢示意他開或者是停，饒是見多識廣的司機，也被她弄得不知所以起來。

就這麼著，公汽走，計程車走，公汽停，計程車停，磨磨蹭蹭到了橋頭。

橋頭是這座城市的繁華地段。有洗桑拿浴修腳美容的地方，也有喝茶聽戲唱歌的場所，一句話，小城裏那些豐富多彩的生活均是以這兒為發源地的。

有女人在這兒丟了老公，也有丟了老公的女人在這兒撬了別人的老公。

丁小婉男人到這兒來幹什麼呢？

他和丁小婉一直相敬如賓來著，而且最近，她們還商量著要一個小孩的呢。

在外人眼裏，怎麼著這也算得上恩愛有加的一對夫妻啊，是的，恩愛有加！

丁小婉心裏疼了一下，疼是因為恩愛有加這四個字重重地砸在了心頭，她明明白白看見，自己恩愛著的男人挽了那女人的手去了一家茶樓。

茶自峰生味更圓，泉從石出情亦冽！

茶樓門前這副茶聯不懷好意地鑽進了丁小婉的眼簾，丁小婉皺一下眉，人往副駕駛座位上一靠，悠悠歎出一口冷氣來，司機看了她一眼，小心翼翼地問她，公汽到站了，您在哪兒下？

丁小婉卻沒回答他的意思，打開錢包，掏出兩百元丟在他手上，說，哪兒也不下！

司機就不再多話了，小城的價格是包一天車兩百元。

既然如此，那就將車趴在那兒吧，省油，還省精神。

光車趴下了不算，司機乾脆也趴在方向盤上睡著了，差不多的計程車司機都有這個能耐，可以隨時隨地趴在方向盤上睡上一覺。

丁小婉卻不讓他安生地睡覺，拿手碰了碰他說，有煙麼？來一根！

早幾年在小城，差不多的計程車司機都是煙酒不分家的，但隨著醉駕的事故上升，嚴厲的禁酒令讓廣大司機望而生畏，酒是沒人喝了，煙則成了每車的必備之物。

司機把臉從方向盤上抬起來，疑惑地瞟一眼丁小婉，啪一聲丟過來一整包煙。想了想，又啪一下丟過來一個打火機。

他看得出來，丁小婉不是一個抽煙的女人，邊會兒抽煙，是心裏打了結而已。

惹一個心裏打了結的女人，司機自認為沒那個必要，於是他又埋下臉蛋，繼續睡覺。丁小婉開始費勁地撕香煙外包裝上的那個封條，她撕得抖抖索索的，撕的過程中她忍不住想起了自己的男人，男人撕香煙外包裝封條似乎很熟練，只輕輕一帶就開了。

丁小婉在撕開那香煙包裝時心裏疼了一下，她隱隱約約記起來，當初，男人撕開她身體時也是那麼的熟練。

這會兒，男人一定也在做撕開另一個女人身體的準備吧，他的手一定不會像自己這般抖抖索索的。

抖抖索索的丁小婉終於成功地撕開香煙包裝，挖出一根來，點上，然後小心謹慎地吸上了一口。

對一切陌生的東西，丁小婉總保持小心謹慎的態度。

香煙於她來說是陌生的，她現在需要小心謹慎的並不是香煙，而是應該怎樣對待眼前發生的事，也許，只是一種碰巧呢。是的，碰巧！電影電視上多少這種讓人誤會的場面啊！

那個流淚的女人也許是受到什麼打擊，自己男人只是出於道義上的一種幫助呢！

這麼想著，丁小婉的心裏好受了許多，一定是這樣的！自己男人一向是有愛心的一個男人，自己怎麼就胡亂猜疑了呢，直覺，很多時候是並不靠譜的。

一念及此，丁小婉撥通了男人的手機。直覺既然不靠譜，那麼就用感覺來求證吧。

手機是響了很久那邊才接的，男人在那邊好脾氣地問，小婉，有事嗎？

沒，沒啊！丁小婉怔了一下，不知道自己說什麼合適。

聽說沒事，男人放下心來壓低聲音說，沒事我掛了啊，我這會很趕的！

丁小婉還沒來得及回答呢，那邊就嘟一聲掛了電話，喝茶還用很趕嗎？丁小婉想起男人一句口頭禪來，心急喝不得滾熱茶的。

下小婉這一回不笑了，不笑是因為她眼裏有了淚，自己一廂情願為男人開脫，結果是男人真的趕，趕著品別的女人，連一句話都不願跟自己多說，太欺負人了吧！

丁小婉搖下玻璃，把頭探出了車窗外，哼哼，品茶兼品女人，很浪漫的情調呢。

偏不，我要敗一敗你們的興致！

丁小婉就又摸出手機，按下重撥鍵，這一回，那邊接得很快，不同的是男人口氣中稍微有點不耐煩，小婉你還有什麼事啊，我時間真的很趕的！

哦！是這樣的！丁小婉遲疑了一下，探頭把茶樓招牌看了一眼，說，我有個同學回來了，約了人去橋頭青蓮居喝茶，你要趕完了手裏的事，可以趕過來一起坐會。聽說那兒適合品茶，更適合品女人，你自己說過的，女人如茶，你都忙得沒認真品過我了呢！丁小婉故意嬌嗔著來了這麼一句，然後不等他回答就掛了電話。

跟著她把頭往下縮了縮，搖上車窗的玻璃。

她實在不想見到自己男人的狼狽樣子，在平時，自己男人一直是以從容示人的。

但這一回，估計他從容不起來了。果然，沒十分鐘，青蓮居的大門口躥出了自己男人的身影，隨後是那個女人，兩人這一回，是真的很趕了，他們慌慌張張一前一後穿過熙熙攘攘的人群，往橋頭最邊緣的地方躥過去。

丁小婉拍一下半夢半醒的司機，指一指橋頭的邊緣，問，那邊有什麼？

那邊啊，司機打個半醒的呵欠說，美衡山莊唄！

美衡山莊？丁小婉第一次聽說這名字。

哦！就是一個園林式的休閒山莊，它跟賓館酒店的區別在於可以讓人有回歸自然的感覺，山莊內很多單體小木樓夾雜在山林之中。司機解釋完了又補上一句，說白了，就是讓野鴛鴦們幽會的地方。

野鴛鴦？丁小婉把眼睛望過去。

只有野鴛鴦才想回歸自然啊！家的鴛鴦，還用得著回歸嗎？司機呵呵笑了起來，為自己的這一獨特見解。

丁小婉不笑，不笑是因為她知道，她的男人這會已和別的女人回歸自然了，確切點說，是回歸到禽獸的階段，人在沒進化成人的初級階段。

司機見丁小婉望著美衡山莊的方向出神，也點燃一根煙，打趣說，有沒有興趣去體驗一把？

丁小婉把目光收回來，意味深長地盯了司機一眼，說，行啊，我是有興趣的，但不知道你有沒有這個興趣！

我？司機一怔，開玩笑吧，以妹子的品位，怎麼會對我們這種人有興趣？

丁小婉吐出一口煙來，斜著身子挑釁說，那依大哥之見，我應該對哪種男人有興趣？

司機把目光往美衡山莊那邊瞟了一下，嘴一努說，剛剛進去的那個男人！

丁小婉的臉一下子沉了下來，看來，這司機到底是見多識廣了，丁小婉那點心事人家像那英在〈霧裏看花〉中唱的看得既清清楚楚又明明白白還真真切切。

見丁小婉沉了臉，司機拍了拍方向盤，打著哈哈說，妹子不必在意的，這事多了去！

丁小婉把香煙掐滅，說，多，就應該保持沉默嗎？

司機不保持沉默，說你也可以效仿的啊，不過對象不是我！

丁小婉說如果我一定要選擇你呢？

司機哈哈大笑起來，選擇我，我也不會接受！

為什麼？丁小婉有點不理解了，按道理說，任何男人都不會拒絕女人的。書上曾經說過，一般男人是不善於拒絕女人的，尤其像丁小婉這種頗有姿色的女人。

不想讓你後悔唄！司機的手無意摁響了汽笛，嗚嗚一串尖叫聲讓丁小婉心裏一震。

那，我們回去吧！丁小婉咬了咬嘴唇，衝美衡山莊仔仔細細再看一遍後收回目光說。

回哪兒？司機滅了煙，一邊把車啟動，一邊問。

是啊，回哪兒呢？丁小婉目光遊移了一下，說出一個地方的名字。

司機聽到那名字後，稍稍猶豫了一下，那地方，是小城有名的紅燈區呢！

怎麼？見司機猶豫，丁小婉笑笑，那地方不接待良家婦女麼？

司機不猶豫了，一踩油門，去了。路不遠，二十分鐘的車程，司機故意開得很慢，他想讓丁小婉多出點時間來思考。

去那種地方，丁小婉的確不合適。

到了，司機發現自己卻誤會了丁小婉的意思，丁小婉沒打算去那種地方，她只是隔著車窗，看那裏的女人是如何賣弄風情的。看完，丁小婉忽然拋出一聲笑來，不無憐憫地說，看來，做個女人，也挺不容易的！

說誰呢？司機望一眼丁小婉，也望一下那些對男人曲意逢迎的女人。

丁小婉閉上眼，慢悠悠地吐出一句話來，其實，我們都是在對生活媚笑，不對麼？沒等司機回答呢，丁小婉已經下了車，頭也不回就扎進了人流中。

很奇怪的女人呢！司機搖了一下頭，跟了一踩油門，遠遠地，他看見一個女人衝自己招了招手，有生意了呵呵，司機迅速把車滑了過去。

滑過去的途中，司機從後視鏡中無意間看見丁小婉的臉閃了一下，司機剛想探出頭衝丁小婉笑一聲，倏忽一下，人沒了。

這，算不算也是對生活媚笑呢？司機使勁鳴了下笛。

丁小婉沒走遠，她這一回沒坐計程車，而是攔了一輛公汽，終點站依然是橋頭。

她覺得有必要進一次美衡山莊，一個人進去！

進去幹什麼？她沒想過，她就是想進去一下。

顯然，美衡山莊是歡迎單身女人的！

丁小婉進去時，門口的保安還衝她敬了一個禮，估計，像她這種單身進來的女性不少，當然都是一些有點姿色有點身段有點妙齡的年輕女性。

保安肯定把她也當成美衡山莊的一隻回歸自然的野鴛鴦了。

堂堂正正進去的，丁小婉反而走得躲躲閃閃的，她不知道為什麼自己會這樣，人家是做賊心虛，她倒好，沒做賊心倒虛了。

心虛的丁小婉想了想，乾脆要了一棟小木樓，進去，開了一扇窗，靜靜佇立在窗後。

那是一棟視線很好的小木樓，可以把山莊內的情況盡收眼底，很適合丁小婉一點五的視力極目遠眺，當然眺不遠，因為有樹木假山錯落交織著，同時她也沒眺遠的打算。丁小婉要眺的是每一個從她樓下走過的人。

丁小婉也沒打算看清每一個人，她只想看清那個倚在自己男人懷裏幸福得流出眼淚的女人。作為女人，丁小婉自然明白女人的心理，那個女人和自己男人出來，不僅僅是為了上一次床那麼簡單。要單單上床的話，用不著上茶樓，也用不著到山莊，城區內哪兒找不到一間能容下兩個人折騰的房間和大床呢！

女人在這種時候，是喜歡浪漫一把情調的，說直白了，就是需要把自己的幸福放大一倍。而放大的幸福，於任何一個虛榮的女人來說，都希望被人豔羨一把的。

果不其然，在臨近中午時，女人挽了自己男人的手臂出來散步了，那個時候的湖光山色，真好！好得要沒人走進畫面簡直就成了某著名畫家作品中一大敗筆似的。女人和丁小婉男人就恰到好處地出現了，有點睛之筆的作用呢！

丁小婉顯然是被點了睛，她死死盯著那個女人的面孔看，女人不見得比丁小婉漂亮，相反的，女人甚至比丁小婉膚色還要黑一點，一白才能遮三醜，女人膚色因為有那麼點黑，自然就沒遮住臉上的痣。

一顆美人痣！

那顆美人痣因為醒目，忍不住讓丁小婉多看了幾眼，丁小婉就在這幾眼中看出了眉目，那痣很嫵媚，在女人的嬌笑聲中。

丁小婉明明白白看見自己男人把手探向女人唇下那顆痣，說，這痣要長在眼皮下就成詩句了。

什麼詩句？女人頭一歪，靠上丁小婉男人肩頭。

丁小婉看見自己男人明明白白把嘴俯向女人耳朵作竊竊私語狀，聲音卻不加掩飾地擴散開來，生怕別人聽不見似地朗誦說，去年一滴相思淚，至今流不到腮邊啊！

丁小婉奇怪了一下，這是蘇東坡打趣蘇小妹的詩句啊！再說也不切題啊，這女人可不是像傳說中的蘇小妹長了一張馬臉，女人是典型的鵝蛋臉呢！

孰不料，這卻是兩人即將分手的纏綿情話，女人就要走了，丁小婉男人是怕人家忘了自己，才用了相思淚一說。

女人果然就有淚湧了出來，丁小婉看見自己男人正慌忙用手紙去給女人拭去眼角的淚痕呢！

丁小婉在心裏嗤一聲冷笑，郎情妾意得很啊！

像是被丁小婉這聲冷笑給嚇著了，丁小婉看見自己男人心靈感應似地驚了一下，跟著把目光向這邊望過來。

一個近視眼，能望見啥呢？丁小婉一聲冷哼，關上了窗子，她需要靜下來，梳理一下自己的思緒。丁小婉靜是靜下來了，思緒卻沒有理順。

自己男人一直是對自己恩愛有加的，用百依百順來形容都不覺得誇張的啊！咋就一不小心恩愛到了別的女人身上呢？丁小婉開始使勁揉自己的眼睛，她這會兒真希望只是一場夢境罷了。剛結婚那幾年，丁小婉就做過好幾次這麼奇怪的夢，夢見自己男人眼睜睜在自己面前和別的女人調情。她就是那麼使勁揉自己眼睛把自己揉醒的，而男人呢，那一刻正好端端地躺在自己身邊打著呼嚕。

事與願違的是，這一回，丁小婉都只差把兩隻眼睛都揉腫了，男人依然沒回到自己身邊，那個女人也沒有遠遁，兩個人就那麼在丁小婉眼皮底下繼續張張揚揚的卿卿我我著。

不過，身影卻越來越小了。

丁小婉知道，他們是出去了，丁小婉還知道，用不了幾分鐘，男人會給自己打個電話，這是老習慣了，回不回家吃午飯，男人都會給丁小婉一個交代。

只是不知道這件事，男人會不會給自己一個交待呢？丁小婉想到這兒，忍不住撲哧一笑，有淚隨著這聲笑震落下來。手機是在她笑聲將落未落時響起來的，丁小婉按慣例等鈴聲響了三遍才接，男人說，小婉我不回家吃飯了！

丁小婉說，是嗎，時間還那麼趕？

嗯！男人在那邊吐出力不從心的語氣來，都快累死我了！

累嗎？丁小婉冷冷一笑說，那有些事能不做就不做，準保就不累了！完了不等男人回答，就掛了電話。

丁小婉知道，依男人的脾氣，估計會拿著電話發半天呆的，男人只要一發呆，女人就會覺得半點情趣都沒了，情趣這種事需要雙方面的投入才行。

還相思淚，切！丁小婉長長吐出一口惡氣來，下小木樓，出了美衡山莊的大門，往回走。

她知道，男人這會已沒了任何興致，按常規，要不了一個小時，男人就會回家，試探她的口風。要知道，平日裏，丁小婉說話從不暗藏機鋒的，但今天，丁小婉話語裏明顯藏了機鋒。

不出丁小婉所料，丁小婉前腳進門，剛洗了把臉，男人後腳就進屋了。

丁小婉裝出一臉驚訝的神情，不是時間很趕嗎，咋又回來了？

男人眼光躲躲閃閃的，我這是不折不扣聽從夫人教導，有些事能不做就不做啊！

呵呵！丁小婉揚起臉來衝男人笑，這麼乖啊！

那當然，男人走上來擁住丁小婉，你老公我啥時不乖過！

乖不乖，看行動！丁小婉語氣忽然一轉，敢接受考驗麼？

當然敢啊！男人把胸脯一拍。

那你請我喝回茶吧！丁小婉裝作漫不經心的樣子說，上午那同學明明約好了上青蓮居喝茶的。

怎麼，你們沒去喝？男人眼裏明顯亮了一下。

喝什麼啊，同學臨時說時間很趕，不能去了！丁小婉佯做嗔怒說，搞不懂你們男人，時間上咋都這麼趕呢！

丁小婉明明白白感到男人身體緩和下來了。

緩吧！丁小婉心裏冷笑一下，一驚一乍才有效果的。

男人心裏緩和下來，嘴上就不以為然了，男人要是不趕，哪來你們女人的閑！

那我今天心疼你一回，陪我閑一把，行不？丁小婉故意嬌笑一把，伏上男人的肩頭。

丁小婉這一親昵舉動嚇了男人一跳，一般，只有在床上，丁小婉才這麼跟他親昵的。

男人就一臉警惕地問丁小婉，怎麼個閑法？

就是去喝茶啊！丁小婉把男人往門外推，走啊，上青蓮居，把上午的損失補回來！

丁小婉故意把上午的損失這五個字咬得很重，重得男人的身體在丁小婉手上情不自禁抖動了一下。

抖歸抖，男人還得做出若無其事的樣子來。

若無其事吧！丁小婉在他身後，用力地一帶防盜門，這突如其來的啪的一響，讓男人身體大幅度抖了一下。男人忍不住回頭看了一眼防盜門，再看一眼丁小婉。

丁小婉臉上陽光般燦爛，見男人回頭，不無深意地說，哪來的風，把防盜門關那麼響！

有風麼？男人疑疑惑惑地回轉身去。

丁小婉意味深長地在後面接上一句，非得有風門才響啊，海上還無風也起三尺浪的。

男人在前面，不回頭，聲音卻抛向後面，小婉你今天咋怪怪的呢？

我，有麼？丁小婉哈哈大笑起來，我一直都這樣的啊！

男人就住了口，深深吸了一口氣。

丁小婉知道，男人這是在瞅空子理順自己思路呢！

理吧！丁小婉暗笑，只怕沒那麼容易順下來的。男人好不容易理順了思路，心想可以從容應對丁小婉的暗藏機鋒的問話了，偏偏，丁小婉卻閉上了嘴唇。

不說話的丁小婉讓男人背上流出了一層冷汗。

火山爆發前也是沉默的呢！丁小婉的嘴一向是嘰嘰喳喳的啊？

下了樓，男人先開的口，說坐公汽吧，有直達橋頭的！

丁小婉搖搖頭，坐計程車吧，你那麼趕的人，難得閒一把！

居然，就讓丁小婉等到了上午坐過的那輛計程車，丁小婉一挽男人的手，拉開車門，說，去橋頭，青蓮居！

司機望了一眼丁小婉，再望一眼男人，不說話，等他們坐穩後，一踩油門，嗚一聲鑽進了車流中。

還是那段路程，司機這一回卻只用了十五分鐘，丁小婉衝司機說，師傅的時間也這麼趕啊！

司機知道丁小婉話裏的含義，笑笑，專心開他的車，人不回頭，話卻淡淡地回了過來，肯定趕啊，我們趕著掙錢養老婆孩子！

丁小婉再次從包裏抽出兩百元錢，往司機前面一丟說，難得我們兩口子今天閒一把，就把你車包一天，搭幫著讓你也閒一把，怎麼樣？

司機歎口氣說，沒必要啊，你讓我閒是體諒我，哪好意思收你的錢呢！

丁小婉笑笑說，應該的，做男人時間很趕的，不信你問我男人。

司機還沒問呢，丁小婉男人已接上嘴來說，確實很趕的，我們做男人的時間！

司機從車內後視鏡裏看了一眼丁小婉男人，不說話，苦笑著搖了搖頭，心裏尋思著，你可是真夠趕的，只怕一會兒上了青蓮居，待會還得去美衡山莊！

這種事，司機已是見怪不怪了，有點心機的女人會故意讓男人重複一次走過的路線，當然也是重複一次偷情的過程，直到把男人整得六神無主了，再來個雷霆出擊。

心理防線再好的男人也經不住這番折騰的，怎麼說也是往事歷歷在目呢，相當於精彩重播，只是，加放的片段裏女主角更換了面孔。

青蓮居眨眼就到了，丁小婉雀躍著躥下來，衝男人興奮地說，瞧那茶聯，多好！

怎麼個好法？男人有點不懂了，拿眼徵詢丁小婉，很平常的一副茶聯啊！

茶自峰生味更圓，泉從石出情亦洌！丁小婉大聲念了出來，這個味更圓，應該是圓滑之意吧，至於情更洌，大概是說男女之間的感情要凜洌點吧！

男人盯了一眼丁小婉，感情應該清洌才對，凜洌，像個什麼話？聽起來就冷颼颼的！

清洌啊！丁小婉沒心沒肺地笑一笑，只有清白的感情，才能洌的！笑完把目光移到司機身上，師傅你說這年月還有清清白白的感情麼？

司機不接話，說，有沒有我也不知道，喝茶去吧，我等你們！完了趴在方向盤上假寐起來，他知道，丁小婉這茶一定喝不長，丁小婉只是想通過種種形式來折磨自己男人而已。

果然，兩人在青蓮居坐了沒十分鐘，就一前一後出來了，其間發生了什麼事，不得而知。司機只知道丁小婉男人的臉拉得很長，丁小婉不拉臉，甚至還笑靨如花來著。上車時，男人不情不願的，丁小婉推了男人一把，說，你個大男人，咋經不起一點玩笑呢？我都不在意的！

原來丁小婉進茶樓後假裝去了洗手間，卻攔住一個服務員塞給她一百元小費，囑咐了她幾句話，然後回到了座位。

服務員上茶時盯著丁小婉男人怔了一下打招呼說，謝謝先生一天兩次光顧本茶樓，這盤糕點是我們茶樓奉送的！

丁小婉男人臉色就窘了一下，漲紅了臉裝糊塗說，一天兩次？我今天頭一次來啊！

服務員很執著，很熱情，說，先生您是考驗我記性啊，明明上午陪這個小姐來的嗎！說著還回頭認真打量了一下丁小婉，然後假裝恍然大悟狀一拍腦門說，對了，不是這個小姐，那個小姐臉上有顆美人痣的！

美人痣？丁小婉假裝吃驚說，那麼美的女人肯定看不上我家這位，小姐你一定記錯了！

服務員得到丁小婉的暗示，急忙退了出去，說，不妨礙兩位用茶了！

服各員不妨礙了，但男人心裏有了妨礙，他狠狠一頓茶杯說，不喝了！

丁小婉就順著話頭說，喝茶要心情的，看你這樣子，不喝也罷，咱們找個地方走走吧！

上了車，男人臉色才算緩和了下來，去哪兒呢？他一定是後悔剛才的表現了，有點此地無銀的跡象，所以就主動問了丁小婉一句。

要不，到前面美衡山莊吧！丁小婉假裝用猶豫的眼神徵詢男人，聽說，那裏面可是回歸自然親近自然的絕佳妙境呢！

美衡山莊？男人臉上寫滿了疑問，你去過？

嗐，沒吃過肥豬肉還沒見過肥豬跑嗎，不是說了麼，我聽說的啊！丁小婉做出一副無辜的表情來，難得閒一把，咱們就一閒到底吧，親近一回大自然，回歸一次大自然！

那，那，那就美衡山莊吧！男人底氣明顯不足地衝司機手一揮指著前面說。

還是一眨眼功夫就到了，兩人手挽了手進去，男人有那麼點不自然，老想把胳膊往回抽。丁小婉很不滿，說，奇了怪了，人家這裏面的男男女女不都是手挽著手嗎？

男人不耐煩地給了一句，只有野鴛鴦才做得那麼饞的！

啊！丁小婉作猛醒狀，趕緊抽出胳膊四顧起來，他們那會剛走到上午丁小婉待過的那棟小木樓下面。丁小婉伸手指一下那小木樓，說，那裏面要藏個別有用心的人，那些野鴛鴦的隱私不就曝光於天下了嗎？

男人臉上顏色明顯凝重起來，盯著那小木樓望了好久，丁小婉說要不你上去看看，我有點累了，先出去！

說完這話，丁小婉就不再看男人一眼，自顧自走了出去，司機還在那兒候著，很敬業，丁小婉二話沒說直接上了計程車。

司機望一眼丁小婉，再望一眼丁小婉的身後，然後小心翼翼地問了一句，你愛人呢？

丁小婉笑笑，在跟他愛的人說再見吧！

跟他愛的人？司機眨一下眼明白過來，明白過來他就掏出煙點上，遞給丁小婉一支。

丁小婉搖搖頭，說，你認為我現在還需要這個來理順思路嗎？

司機搖搖頭，說不需要！跟著衝她伸出大拇指來，說，你是我見過的最堅強的女人！

丁小婉搖了搖頭，說，不見得我有多麼的堅強，只不過我比別人沉默得更徹底一些！說完這話，丁小婉把頭往後一仰，閉上了眼睛喃喃自語了一句，知道嗎，適當的悲哀可以表示感情的悲切，過度的痛苦只能證明智慧的欠缺！

丁小婉的智慧向來不缺，後視鏡裏，男人沒精打采的從美衡山莊走了出來。

在這個難得閒一把的下午，他每一步都走得那麼的力不從心。

不努力的小三兒

明玉盤著腿窩在沙發上看電視劇。

電視劇的名字叫《蝸居》，一個很火爆的電視劇，據小道消息傳說火爆得都要遭到封殺的地步了。

明玉本來，是不對這種東西感興趣的，是小道消息傳說中的封殺兩個字提起了她的興趣，因為她眼下，也被封殺來著。

當然這是她自己撒嬌時的故意編造的詞兒，蔣有清可不捨得用這麼淩厲的詞兒，蔣有清也懶得動腦筋琢磨新詞奉獻給她，就直接撿老祖宗的便宜詞了，說這叫金屋藏嬌，怎麼跟封殺扯上關係了？拜託你別辜負了我的一片苦心，行不？

明玉就抬眼打量這房子，房子顯然是經得起打量的，雖不至於說金碧輝煌，但也離富麗堂皇不遠，藏她這麼個嬌女人是不算委屈的。

電視到底沒電腦好玩，明玉對一件事的興趣，向來不能持久，她放下遙控板，進屋，開了電腦上網。

明玉上網沒明確的目的，不遊戲不網戀，純粹就是瞎逛逛的那種。因為她有的是時間，都衣食無憂了，還想怎麼著，難不成像剛出校門樣一腔熱血去社會上做有為青年！

這一瞎逛吧，滑鼠上點出這麼一句話來，沒有拆不散的夫妻，只有不努力的小三！

明玉自己就是小三的身份。

明玉很委屈，我怎麼就不努力了？

明玉的努力，只是想從蔣有清身上多得一點寵愛，拆散蔣有清，她還想都沒想過。明玉是個頭腦有點簡單的小三，這話是紫玉說她的原話，不存在盜版的嫌疑。紫玉也是小三身份，不過據說已經跳級要扶正了。

哪像你啊，典型的中國式拆遷大軍都不在你話下！記得頭腦簡單的明玉當時還這麼不簡單地回擊了紫玉一下。

紫玉不在乎明玉的回擊，一個沉浸在幸福中的女人心胸大得也可以超過宰相肚子行水撐船的。紫玉就拿手捏了一把明玉，說怎麼用詞呢，拆遷，你見過我使用暴力手段了？

明玉就使勁想，還別說，從沒聽說過紫玉對男人有過任何暴力傾向，連平日裏接個電話，紫玉的口氣都是柔柔的。

柔得能讓冰塊都可以融化的那種柔呢，在野蠻女友炙手可熱的今天，居然還柔得有市場，足以說明紫玉是個不簡單的女人！

明玉不知道，溫柔也是一種暴力！當然，這話要往深了想，往遠了琢磨，有哲學的成分在裏面。生活畢竟不是哲學，明玉覺得那樣比較費腦子，就只看眼前了，遠了深了的讓別人去看和去想吧。

眼前的明玉出有車食有玉，貂帽錦裘，算得上是人上人了。明玉知道自己沒吃過苦中苦，這日子已經是上天對自己的眷顧了，幹嗎還要努力呢？

這麼一尋思吧，明玉就不委屈了，興高采烈地出門。

太陽懶洋洋地掛在天上，有一搭沒一搭地散著熱量，比較像明玉此刻的心情。

反正是有一搭沒一搭的閒逛，明玉就順了大街優哉遊哉地走，走得漫無目的。

這樣走的好處就是，悠閒。在如今的都市中，悠閒是個令很多人羨慕的一個詞兒，多少人，在為生活打拼啊！

明玉從路人匆匆的行色中體驗出了自己的優越，愈發把個步子邁得懶散起來。

嘖嘖，這不是明玉嗎？一個聲音在耳邊響了起來，不用抬頭，明玉就知道是紫玉，嘖嘖是她的口頭禪。

明玉就揚起臉，笑笑，衝紫玉算是打了招呼。

紫玉把一雙眼睛前後左右四顧一番，一臉同情地摟上明玉的肩頭，咋了，蔣有清欺負你了？

好端端的他欺負我幹嘛？明玉奇怪了。

那好端端的你一個人跑到街上來？紫玉也奇怪，讓人看了多孤單啊！

切，還說我，你呢，不孤單？明玉咧咧嘴，笑一笑。

我這是忙著辦正經事呢！紫玉壓低嗓子，又四處巡視一遍，做賊似的，知道麼？我就要和林志東拿結婚證了！

拿個結婚證搞得像做賊？明玉不理解了。

哪啊！我是暗中調查他的財產呢，總不能就平白無故讓他那個黃臉婆撈走一半吧！紫玉撇了一下嘴。

明玉張大了嘴，啥叫撈走，那是人家該得的！

你啊你，咋就不努力呢，黃臉婆跟我們能有得一比嗎，我們可是拿青春去換的啊！紫玉有點恨鐵不成鋼了，青春無價呢！

明玉開玩笑說，沒誰拿火箭筒逼你用青春去換啊！

紫玉惱了，說你站誰的立場上說話呢！別忘了，你也是小三！

明玉被這句話一下子提醒過來，明白了自己的身份的明玉就那麼尷尬地站在街頭，看紫玉像被馬蜂追著似的身影躥進了人流。

小三也是人呢！

人，先得有人性不是？

明玉歎口氣，小三的前提還多半是窮人，在做小三前明玉在一家超市服裝專櫃打工。

這家服裝專櫃原來有個女孩的，做得也很不錯，但卻說走就走了。

不就是兌現提成嗎？老闆一次跟明玉聊天說走了嘴，我們說過了的，一個月賣到一百件，獎金加五百。

那她賣到一百件了？明玉隨口這麼問了一句，賣一百件是很難的，明玉知道這裏面的難度，不亞於中國足球在世界盃上想出線。

嗯！老闆不置可否地點一下頭。

老闆沒告訴明玉的是，那個女孩為達到一百件的數量，發動親戚朋友同學都到她手裏買了衣服，五百元的獎金，不是個小數目呢！

但是，在最後要兌現的時候，事情發生了變化，晚上盤點時，一個男人匆匆拿了一件衣服要求退貨。

女孩自然沒拿到那筆獎金。

女孩是在事隔幾天之後，才從別人嘴裏曉得，退那件衣服的人，是老闆請的託，不用說，女孩成了老闆這個遊戲中的一個棋子。一隻過了河的卒子，想回頭都不行，只能離開。

世界上最不好玩的遊戲就是輪到你上場時，卻改變了遊戲規則——人生往往如此。

明玉沒指望參與這個遊戲。

她的親戚朋友同學也大都不怎麼富裕，一千多的衣服，明玉沒勇氣跟人張那個口。

偏偏，奇怪的事情發生了，明玉愈是對那些衣服不怎麼上心，對客人愈是不冷不熱的，那些衣服愈是好賣。

居然，在蔣有清來買那件衣服的下午，她無巧不巧地買出了九十九件。

也就是說，一旦蔣有清買下了那件衣服，老闆就得給明玉五百元錢，五百元，不是個小數目，對明玉來說。

明玉的眼光第一次對顧客熱切起來。

這讓蔣有清有點意外。

他不是第一次來看這款衣服了，每次明玉就那麼不慍不火地靜靜把手背在身後，擺出了冷眼旁觀的姿態，他實際上，是想明玉能給個意見的。

明玉的眼光，應該能代表當下女孩審美的趨勢。蔣有清一直希望自己給人的形象能更接近年輕心態，光心態年輕不能證明什麼，確切地說不好證明什麼，如同內褲，雖然你有，但你不能逢人就說你有。蔣有清想從穿著打扮上讓自己更年輕一些，那樣可以和更多年輕的女孩子融成一片。

他需要這種活力時刻激發自己內心的鬥志，也或者是慾望。

給個意見吧！蔣有清穿了那件西式風衣出來，把眼光拋向明玉。

明玉咬了一下紅唇，你應該諮詢你身邊的人才對的！

我身邊？就你啊！蔣有清故意扭頭巡視一下周圍。

明玉漲紅了臉，我是說你的家人，從您的穿著來看，您夫人應該是個講究品位的女人，這得取決於她的欣賞層面！

錯，錯！蔣有清搖搖頭，脖子上掛著珠玉的孩子，沒有手中拿著石頭的孩子的分量重，這話你一定聽過！

明玉點點頭，是的，她聽過這話。

蔣有清再次把眼光盯住她，那你應該明白我的意思了，像你這個年齡段的女孩，就是一塊未經雕刻的玉，你的建議是不含雜質，沒被世俗左右的那種，所以在我心中，就有分量！

明玉眸子中一下子寫滿了不安，她輕輕用腳尖在地上劃了一個圓，蚊子般吐出幾個字來，您穿這件衣服，很講究！

明玉說完，忍不住喘了一口氣，她不習慣說恭維男人的話，儘管這衣服做工上是講究的，穿在他身上也是講究的。

老闆是在蔣有清掏錢包時進來的，進來時他特意抬頭看了一下明玉的銷售業績，這是他的習慣。看完他臉上肌肉扯了一下，牙疼似的，接著他鑽進了後面倉庫裏。

明玉隱隱看見他掏出了口袋的電話。跟誰打電話啊，還背著人，情婦不成？她恍恍惚惚這麼猜測了一下。

蔣有清付完錢正要出門呢，一個男人匆匆拎了衣服撞進店裏，老遠就嚷嚷，退貨，退貨！

男人手中提的，正是蔣有清那款一模一樣的風衣，蔣有清的眼裏當時就亮了一下，這種風衣，店裏已經斷貨了。

明玉顯然是不願意這個男人退貨的，她迎了上去，說這衣服穿您身上很大氣的啊，怎麼就要退呢？

男人說，大氣？我算是看透了，在你們嘴裏，我就是披個麻袋到身上你們也會說神清氣爽的！

明玉剛要接嘴呢，老闆已從後面鑽了出來，說，顧客就是上帝呢，明玉你咋回事？

明玉眼圈一紅，嘴裏忍不住嘟噥了一句，哪這麼巧啊，剛好滿一百件，就有人退貨！

老闆眉一皺，剛要發話呢，蔣有清接上了嘴，這衣服你真的退？蔣有清問的是那個男人。

那男人一點頭，不退我跑來打鬼啊！

明玉只好眼睜睜看老闆把蔣有清剛剛送進來的錢轉手送了出去。

明玉無奈，把那件風衣掛在衣架上又熨了一遍，剛要上架呢，一隻手忽然伸了過來，給我疊好，這件我也要了！

啊？明玉明明知道自己嘴裏只發了一聲感歎，響在耳邊的卻是兩聲。

明玉回了頭，看見老闆也正張大了嘴，顯然那多出的一聲感歎是老闆發出的。

蔣有清納了悶，搞什麼啊你們，二人重唱？

老闆的臉窘得一下子像女人般羞澀可愛起來，更窘的是那個拎了風衣來退貨的男人，這件風衣他其實是很喜歡的，退貨只不過是老闆找他友情出演一把，過兩天他還要託人再來拎走的。

蔣有清此舉，是橫刀奪愛了！蔣有清自然不知道這其中的緣由，拎著那件風衣左看右看很欣喜的樣子，不知道的還以為他撿了寶。事實證明，他真的撿著寶了，送蔣有清出門時，明玉忽然低低說了一聲，晚上，您有空嗎？

晚上？蔣有清怔了一下，仔細打量這個因冒昧有此一問而臉上顯出緋紅的女孩子。

有什麼需要幫忙的嗎？蔣有清把目光落在明玉身上，明玉身上有什麼呢，一件淺鵝黃的羊毛衫，恰到好處地勾勒出她嫋嫋婷婷的身材，拒絕這個女孩，對男人來說是個嚴峻的考驗。

我想請您吃頓飯，七點我下班！說完這句話，明玉急匆匆回過身子，老闆的眼光正從後面追出來呢！他一定在腦子裏懷疑這兩人之間也有什麼貓膩。

眼光追出來又能怎麼樣，反正我心裏沒鬼！明玉一昂頭，從老闆面前走了過去。

五百元的獎金！呵呵，就這麼到手了。

七點整，明玉在走出店面時特意在試衣鏡前多待了一分鐘，她對鏡子裏的自己是滿意的，雖不至於一笑傾人城，再笑傾人國，但回頭一笑百媚生的殺傷力還是具備的。

出得店門，明玉四處張望了一下。只一眼，就看見了蔣有清，蔣有清手裏還拎著那兩件風衣，估計他整個下午都在琢磨這頓飯有什麼實質的內容。

這年月，人們往往喜歡把簡單的事情弄得很複雜。

明玉沒打算複雜，她只是單純地想請蔣有清吃頓飯，明玉是個不喜歡欠人人情的女孩子。她固執地以為，蔣有清之所以會買走那件別人退來的風衣是為了給她施以援手。

先前說過明玉是個頭腦簡單的女孩子，簡單到她都沒想到，蔣有清作為一個局外人，怎麼可能知道她和老闆的約定呢？

明玉衝蔣有清丟了一個眼色，示意他跟在她後面，蔣有清先是一怔，跟著像受了遙控似的就跟了上來。

明玉請他去的，居然是一家鬧哄哄的大排擋。

蔣有清顯然是不習慣這種地方的，猶豫了好久，才落座。

一個剁椒魚頭火鍋，幾瓶啤酒，這就是明玉請客的內容，明玉先舉的杯，說，謝謝您啊！

蔣有清也舉了杯，也喝了酒，但他也忍不住問了一句，謝我什麼？

明玉說，謝你多買了一件風衣啊，幫我拿到了獎金，我知道的，你是為我出氣，才要了兩件的！

蔣有清完全是可以白撿這個人情的，但蔣有清卻不，面對明玉誤送的人情，蔣有清呵呵大笑起來，什麼啊，我的確需要這麼兩件風衣的。

不會吧？明玉怔了一下，如果他存心是想買兩件的話，這頓飯她就請得比較冤了。

因為，我養了個二奶！蔣有清左右環顧一下，低聲說。

大點聲，我聽不見！明玉捂了一邊的耳朵，把另一邊湊過去。

我養了個二奶！聽見沒？蔣有清稍微加大了音量。

二奶？明玉嚇一跳，手裏的筷子掉在桌子上。

蔣有清往椅背上一靠，笑，笑完指了指放在一邊的兩件風衣，我二奶家放一件，為的是怕和二奶瘋鬧時弄壞了回去不好交待！

明玉撿了筷子，拿眼再一次打量蔣有清，這人，也太不設防了吧，養二奶這事咋好跟初次謀面的女孩子講呢！

你肯定會認為我不是個好男人吧！蔣有清把身子往前傾了一下說。

明玉把筷子含在嘴裏，不置可否。

你肯定會為請我吃飯而後悔吧！蔣有清的眼光也跟著傾了過來說。

明玉知道再不答話就不禮貌了，明玉就把筷子在桌上點了一下，說，幹嘛要後悔呢，起碼通過吃這頓飯我知道了你是一個誠實的富人啊！

誠實的富人？你這話新鮮！蔣有清忍不住笑了起來，用指頭輕輕敲了一下桌子，你這是誇我呢，還是損我？

明玉皺一下眉，說，我在書上讀過這麼一句話，這年月富人的體格越來越重，人格卻越來越輕，窮人的體格越來越輕，骨頭卻越來越硬！

是嗎？蔣有清也皺眉，那我的體格和人格換了你應該怎麼看？

不輕不重吧！明玉不皺眉了，說，喝酒吧！

蔣有清眼裏忽然有了淚光，說，謝謝你的不輕不重，喝酒，正因為這個不輕不重，我才既沒上天堂也沒下地獄而是卡在了人間。

一個包二奶的富人，居然會為一句話感動，這讓明玉或多或少對蔣有清有了幾分好奇。

其實，我和妻子之間還算相處不錯的！蔣有清在多喝了幾瓶後有點傷感地開了口，知道婚姻為什麼有七年之癢一說嗎？那是因為婚姻破壞了真正的情人的愛情，因為它們對愛本身來說是毀滅性的，它們只能給那些相互沒有多少情慾需要或情慾能力低的人戴上鐐銬，對這些人來說，愛逐漸讓位於習慣！

婚姻會有這麼可怕？明玉第一次聽到有人這麼解讀婚姻的實質，難道就沒半點幸福可言？

是的，七年之癢啊！蔣有清長歎一聲，幸福就是癢的時候撓一下，不幸就是癢了但撓不著。最不幸的就是很久很久以來，靈魂也好肉體也罷，都感覺不到蠢蠢欲動的癢了！

你說的是無「癢」婚姻吧！明玉歪了一下頭。

確切地說是無「氧」婚姻！蔣有清不歪頭，端正了臉色。

包二奶的男人也未必幸福，因為釣魚和吃魚都是讓人疲於應付的一種事兒。

那晚的蔣有清說了很多很多，多得一直到讓明玉有了做他小三的想法。

這想法讓明玉自己都嚇了一跳。

明玉不是個輕浮的女子，不然不會靠給人賣衣服當打工妹渡日。

但喜歡一個人，卻是沒有道理的，蔣有清自然看出了明玉對自己的喜歡。

事後證明，明玉值得蔣有清喜歡。

她安安靜靜做了他的小三，甚而至於，還適時為他的婚姻增一下氧，這讓蔣有清對她呵護有加。曾有人戲言，小三，說到底只不過是除法中的餘數而已，但蔣有清沒把她當成餘數。

蔣有清把她當成了正數。

正數明玉是在大街上閒逛上時接到蔣有清電話的，蔣有清說，你在哪兒？

明玉說，大街上呢！

蔣有清在那邊說，抱歉啊，你一定是覺得悶了吧！

沒有啊，我出來，是想鍛煉鍛煉，長期窩在家裏，對身體不好的！你不是希望，我能更結實一些嗎？明玉輕輕調笑說。

這是兩人一次在床上說過的瘋話。蔣有清因為經歷過女人，在技巧和體力運用中嫺熟而自如，明玉顯然於房事是生疏的，就有體力透支的現象出現。蔣有清在事後撫摸著明玉的嬌軀不無愛憐地說，你要是再結實一點就好了！

嗯！結實點好！蔣有清說那你跑步回來吧，我就不開車接你了！

有事嗎？明玉一愣，蔣有清很少白天這麼找她的。

是的，有事！蔣有清在那邊掛了電話。

明玉像從身體內一下子長出了精神，甩開步子開始往回走，一改剛才的慵懶模樣。

居然，又碰見紫玉了。

紫玉卻沒精打采的。

怎麼了？明玉嚇一跳，沒拿成結婚證？

財產全部給那個黃臉婆了，我拿什麼結婚證！紫玉氣呼呼地。

你的意思是，他淨身出戶了？明玉一下子掩了口。

嗯！紫玉狠狠一甩錢包，媽的，說得比唱得好聽，為了跟我在一起，他拋棄了一切！我呸！真當我是除法中的餘數了。

餘數一般情況下是可以忽略不計的，這讓明玉為紫玉感到了悲哀，那麼努力地為趕走黃臉婆奮鬥，卻落了個比被強制拆遷更悲慘的結局。

正要繼續安慰幾句紫玉呢，明玉的電話再度響起來，是蔣有清的，明玉揮揮手一路小跑著回去。

蔣有清已經幫她把屋子清理了一遍，這是明玉最欣賞他的地方，一般的富人都喜歡使喚小三。蔣有清不，他把小三這兒也當成家，總是積極參與到家的建設中，蔣有清還有一句口頭禪，走進婚姻不是為了享受，而是建設。儘管他們之間還沒有婚姻，一個女人，不管是做老婆，做二奶，還是當小三，要的不就是一份踏實嗎？這一點上，跟有沒有婚姻區別不大。

這讓明玉心裏或多或少有一份踏實。

可偏偏，明玉開了門進屋時，心中卻有了一絲隱隱的不安，這是兩個人相處時從未有過的現象。

蔣有清正在用心剝一個橘子，見明玉進來，遞過來一瓣，明玉閉上眼，撒嬌說，餵我！

蔣有清點了她一額頭，說，長不大的傻丫頭！

傻點好啊！明玉把橘子含進嘴裏，甜味立刻從舌頭往喉嚨裏躥。

蔣有清問甜嗎？

甜！明玉使勁點頭。

那你願意給我一個橘子婚姻嗎？蔣有清望著明玉。

橘子婚姻？明玉還是第一次聽說。

嗯！蔣有清點頭，有的婚姻像橘子，剝開哪一瓣都是甜的，有的婚姻像椰子，挺大的殼裏邊沒多少內容！

面對蔣有清一臉的期待，明玉搖搖頭，說，很抱歉，我不能給你這樣一個橘子婚姻！

為什麼？輪到蔣有清第一次聽到這種回答了，多少小三，盼的就是越過二奶扶正的啊！

你已經嘗到橘子的甜了，幹嗎非得以犧牲一個完整的家庭作代價呢，椰子再空，也有內容的，明玉攏了一下額前的長髮，除非你想我成為一個下品女人。

下品女人？蔣有清歎了口氣。

是的，下品女人無異於泔水，或許有才情，或許有美豔，便缺少至關重要的一點。

哪一點？蔣有清瞇上眼，認真打量明玉。

人性，品德啊！明玉黯然一笑，做小三，本來就是下品了，難道你還想我成為無品女人？

這麼說著，明玉坐進蔣有清的懷裏，輕輕摟了他的頭說，我這兒，你以後就不要再來了！

蔣有清顯然是不捨的，不來，你得給我一個理由啊！

理由很簡單，我不希望你的孩子將來進入一個單親家庭，那樣對他太不公平，明玉眼裏忽然有了淚，知道嗎，我曾經是個單親孩子！

這點上蔣有清自然知道，因為更多的時候明玉把他當成自己的父親在愛。

蔣有清點上一根煙，走到窗前，窗外有鳥飛過。

蔣有清清了清喉嚨，說，謝謝你，讓我聽到了荊棘鳥的歌聲。

荊棘鳥是傳說中的一種鳥，這點明玉知道，這種鳥生活在南半球，它的歌聲比世界上一切生靈的歌聲都更加美妙動聽，但是它只有遇到一種荊棘，落在長滿荊棘的樹枝上，讓荊棘刺進自己的肉體中，在血流如注，生命奄奄一息時，它才開始讓世界上所有會唱歌的鳥兒自慚形穢地歌唱。

明玉從背後一把抱住蔣有清說，最美好的東西只有通過了巨大的創傷才能獲得，你應該明白的。

蔣有清自然明白。

打那以後，蔣有清退出了明玉的視線。

明玉用蔣有清早期給她的錢開了一個荊棘鳥服裝店。

店面不大，卻有一個很大氣的規定，但凡在她店裏打工的女孩子，月銷量一旦超過六十件，提五百元的獎金。

明玉開張時的第一個顧客，居然是紫玉！紫玉要做新娘了，不過換了一個男人，男人戴很有分量的珠寶，一進來就耀武揚威地衝明玉店裏的女孩嚷嚷說，把你們店裏最貴的衣服拿出來，有多少要多少！

女孩剛要拿呢，明玉卻迎了出來，說，好的衣服一件就夠了！

為什麼？男人一怔。

因為多了，她就不會珍惜了！明玉拿嘴呶了一下去試衣間的紫玉，跟著衝男人也呶一下嘴，你也不會珍惜的！

見男人呆若木雞而不解，明玉笑笑，貼近男人說，妻子如衣服，這話你們男人應該常說吧！

男人臉刷一下紅了，男人是剛離的婚，第三次離了。

紫玉試完衣服出來，男人買了單，走到門口時，明玉搖搖手對紫玉說，紫玉你要有空，聽一聽荊棘鳥是怎麼歌唱的吧！

男人莫明其妙地瞅一眼紫玉，又回頭望一眼明玉，轉過臉問紫玉，你們認識？

紫玉的聲音不大，但輕蔑的成分很重，認識，一個不努力的小三！

明玉搖搖頭，退回店裏，然後在銷售額上那女孩的名字下，添上剛才的一件。

女孩很不安，說，老闆，那是您的熟人呢，不好記我帳上的！

明玉笑笑，等你賣夠六十件，再記我帳上！

女孩很奇怪，有這麼不努力掙錢的老闆嗎？

明玉就在女孩奇怪的目光中走到門口，靠著荊棘鳥的廣告牌停下來，把目光向南望去。

南半球，應該在很遠很遠的南方吧！

抗拒誘惑力的指數

起初，我只是想考驗一下程義浩抗拒誘惑力指數的，真的，沒任何企圖！林嬋媛將額前的散髮向後攏了一下，眼波流露出的風情讓她這一看似平常的動作竟嫵媚了許多，你知道的，我不是一個壞女人！

我把頭移向窗外，窗外，草長鶯飛來著，這是一個適合坐下來談點什麼的下午。

一般情況下，我不出聲，就表示認同林嬋媛的觀點，是的，我承認，林嬋媛不是一個壞女人！

不是壞女人的林嬋媛忽然伸出手來，指了指茶几上的煙盒。

什麼？我臉上肌肉跳了一下，你要抽煙？

這次輪到林嬋媛不出聲了，她伸出兩個指頭，作出夾煙的姿勢，固執地看著我。

一個男人抽煙，表示他空虛無聊，一個女人呢？肯定沒這麼簡單！我看過一些很文藝很小資的電影，那裏面把女人抽煙分兩種，一種是排遣寂寞，另一種是借擴散的煙霧陷入對往事的追憶。

林嬋媛肯定不是為了排遣寂寞，那她要追憶什麼呢？

我怔了一下，飛快從煙盒裏彈出一根煙來，替她點上。我可不想因為我的反應遲鈍而讓林嬋媛的追憶無端的中斷，這比在電視連續劇中插播廣告還要叫人憎恨。

其實用追憶有點誇張了，林嬋媛跟程義浩的故事也就發生在三個月前。誇張就誇張吧，我能認同林嬋媛的誇張，因為這追憶裏肯定有些纏雜不清的隱私。我按捺不住自己的心跳，專注地凝望著林嬋媛，生怕錯過她語氣中哪怕是一絲輕微的詠歎。

人，誰不好點別人的隱私呢？要不然那個豔照門事件就不會令十幾億人津津樂道了。

林嬋媛把煙叼進嘴裏，她儘量讓自己看得熟練一些，可惜，在這方面，她是生疏而笨拙的。只一口，她便嗆得整個胸脯起起伏伏的如浪濤洶湧。

嚴格來說，林嬋媛算得上美胸女人的，她這一起伏吧，我的眼珠子有半天回不過位！

林嬋媛嗆完後冷冷看我一眼，就沉浸在往事中了。

往事不往，三個月前而已！

那天林嬋媛去參加一個活動，公益的，具體什麼活動就不明說了，免得有人起了覬覦之心，我先前說過，林嬋媛不是個壞女人，這點從她經常參加公益活動你可以得出結論。

程義浩是那場活動的發起者，也就是說，程義浩也不算一個壞男人，誰都知道，壞男人是不會熱衷公益事業的。

物以類聚，這種公益活動參加次數多了，兩人遲早會碰頭的，那天的碰頭是遲還是早呢？我不知道！林嬋媛是這麼開的頭，反正，我那時吧，經常被丈夫忽視，你是知道的！

林嬋媛在敘述中還不忘插嘴問了我一句，有點友情提示的意思。

我當然知道！林嬋媛插問時是措了詞的，她一直是一個寬容的女人，確切點說，她當時遭到了丈夫的冷遇。

過了七年之癢的婚姻，大抵如此。

正如一個國外的著名作家所說的，「倘若是星座一千年才出現一次，那麼，星座的出現是一樁多麼激動人心的事啊！可正因為星座每天都掛在天上，人們才很少去看一眼。」

那個時候的林嬋媛，因為丈夫的很少看自己一眼，對自己的誘惑力產生了質疑。

這個質疑很正常，因為在天底下，找不出比女人更不自信的動物了。

林嬋媛之所以會把目光投向程義浩，就是想測試兩點，一是自己的誘惑力指數還有多少，二是看看男人抗拒誘惑力的指數又是多少。

這個測試，是有難度的！林嬋媛緩慢地吸了一口煙，瞟我一眼後再緩慢地敘述下去，這一次，她沒嗆著。

我可以想像這個難度，大凡熱心公益事業的男人，在這種場合是很專注活動的成敗的，作為一個發起者，他必須這麼做。

專注還有一個說法，叫無暇它顧！

林嬋媛一定是被自己受到的冷遇所刺激了，否則不會在這種場合上孤注一擲，去對程義浩搞什麼抗拒誘惑力指數的測試。

那天，程義浩顯然是忙的，用馬不停蹄形容也不為過，用焦頭爛額比喻也不誇張，總之，從活動開始他就沒消停下來。他的心律，按醫生很專業的說法叫一直沒齊過。

林嬋媛測試的第一步，就是在熙熙攘攘的人群中為他遞了一杯純淨水。

當然，水只是林嬋媛手中的一個道具，她精心設置的一個道具，測試的奧妙在她的一雙玉手上。

林嬋媛就那麼著於喧囂的人群中煙視媚行地掛著紅綬帶向程義浩走了過去，這種江南女子的作派在這個北方人的眼中一下子顯山露水凸現出來。

程義浩怔了一下，也只一下，他的手機就響了。接那純淨水的那一瞬間，林嬋媛的兩根蘭花指輕輕纏繞了他手掌一下，這個纏繞是有名堂的，叫纏指柔！程義浩當時估計是沒有感覺到的，但事後他一定可以回味起來。而且，林嬋媛要的就是他的回味，稍微有點情調的人都知道這麼一個事實，現在時與過去時的區別就在於，回味要比進行美好。

林嬋媛要的就是他事後的回味，不然也犯不著如此不著痕跡了！從這點上來看，林嬋媛也給自己留了退路，她是一個心性縝密的女人。果然，程義浩事後一回味吧，得出了四個字——濕涼，如玉！那是對於林嬋媛手的感性認識。

足夠了，要知道這四個字對女人來說，無異於是至高的讚譽了。

遞完那瓶水，林嬋媛迅速退後，直至沒入人群中，她只是試探一下，沒必要降尊紆貴去巴結程義浩。林嬋媛向來是矜持的，哪怕在受到丈夫冷遇後，她依然矜持地打發著屬於自己不曾快樂的日子。

這是她的受人尊敬之處，我一直是這麼認為的。

很多時候，退後不是消極的態度，退後是為了更主動的出擊，林嬋媛顯然是深諳此道的。

活動結束時，林嬋媛故意磨蹭到最遲才離開，那樣她就有機會可以和程義浩再度偶遇一次。

當然是為了加深彼此印象的一次偶遇！

果然，程義浩在安排下屬做完最後收尾工程時出門，一眼就看見了在活動場地外正安靜地握著一瓶純淨水沉思的林嬋媛。

是那瓶水讓程義浩眼裏亮了一下。由此我們可以得出結論，程義浩還不是個粗心的男人。

謝謝！他冷不丁走上前，衝林嬋媛伸出了自己的手。

謝謝？我嗎？林嬋媛明知故問，以顯得自己沒半點城府，男人大都不喜歡城府太深的女人。

這兒還有其他的人嗎？程義浩四處環視了一下，笑，手依然不屈不撓地伸著。

可你得給我一個承受謝意的理由啊！林嬋媛也笑，古人說受人滴水之恩當湧泉相報的，呵呵！程義浩指一指林嬋媛手中的純淨水，你記憶不會這麼差吧！

林嬋媛記性當然不會差，她就以手撫額狀淺笑起來，瞧我，咋把這事給忘了。

笑完一伸舌頭，既然如此，那就只能把你的謝意笑納了！

程義浩被她嬌媚狀弄得一陣心慌意亂，一向在意自身形象的程義浩就調轉話頭問林嬋媛，等人嗎？

林嬋媛輕輕玩弄著手中的純淨水說，不是等人，是等自己的靈魂！

哦！程義浩顯然被這句話給引出了興趣，什麼意思啊！

一個人寂寞時，能等的，除了自己靈魂，還有什麼？林嬋媛眼波流轉間螢光閃現。

程義浩心裏一疼，一個受傷的女人呢！

心疼歸心疼，程義浩臉上卻掛滿笑，深刻，今天讓我見證了一個寂寞女人的深刻。

林嬋媛就在他的笑容中伸出纖纖玉手來，說，謝謝程總美譽，真正的深刻是需要零距離接觸了才可以下結論的，您這是管中窺豹呢，跟妄下斷語沒什麼區別的！

程義浩輕輕握住林嬋媛膚如凝脂的小手說，是嗎，我可聽說一花一世界呢，應該不算妄下斷言吧！

林嬋媛不語，微笑嫣然，用另一隻手去拉羽絨服的拉鏈，初春的天氣乍暖還寒，林嬋媛裏面穿一件低胸大紅的薄薄的羊毛衫，外罩一件淺黃的羽絨服，半敞著。

程義浩的眼光便不由著被林嬋媛的手牽引著在低胸處那兒停留下來。

林嬋媛乳溝半隱，皮膚細膩若綢緞，羊毛衫下的胸部大而堅挺，於純潔高雅處而不失野性魅力。

程義浩喉嚨裏響了一下，就一下，他就控制住了。然後艱難地將目光一寸一寸往上移，一直停留在林嬋媛眼眶裏，語帶雙關地說，希望能有機會零距離見證你的深刻！

林嬋媛抽回自己的手，雙手向後攏一下長髮，說，行啊，他日有緣再見證也不遲啊，記住了，我姓林，叫嬋媛，很女性化的一個名字呢！說完這話，林嬋媛輕輕衝程義浩揮揮手，攔住一輛計程車，輕盈地鑽了進去。

車沒纏綿的意思，一溜煙走了，只留下程義浩一人在原地纏纏綿綿的發呆。

其實，這場測試是多餘的！如果林嬋媛願意在感情的歡場上輕舞一番，她永遠都是守株待兔的被動者，無需她出招，很多男人都會心甘情願在她面前跌倒，受傷，甚至，不能自拔！

何況這一次，是她主動出招跌倒受傷的呢！

程義浩受到的誘惑力指數可想而知。

這一點上，我能感同身受。面對林嬋媛主動出擊的精彩重播，我也忍不住點燃一根煙。這根煙抽得跟以往有所不同，不同是因為我忽然發現，我也需要通過煙霧的擴散來看清某件問題的實質。

還有興趣聽嗎？趁我點燃煙的間隙林嬋媛第二次插嘴問我。

當然，你繼續！我吞進去一口煙，以手勢示意。

其實我和程義浩之間，也就見了三次！林嬋媛眼光再次沉迷下去。

第二次，是在一個月之後，不過，不是公益活動了。

這一次，是真真實實的偶遇。

林嬋媛那段日子，跟丈夫的關係正處於冰點，儘管如此，她還想做一次破冰行動，為自己的婚姻努一把力。

林嬋媛是無意中發現丈夫對電腦中那些女性裸照很感興趣的，他的空間裏有各種各樣的女性裸照。坦白地說，林嬋媛在通過和鏡子裏的自己對比後，發現自己比那些女性裸照並不遜色多少，甚至可以比肩而立。

想著丈夫偷偷摸摸欣賞這些女性裸照時眼光的迷戀與欣賞，林嬋媛有點後悔起來，自己在這方面對丈夫是不是過於殘忍了。林嬋媛在床事上因矜持而羞澀，從來都要求晚上丈夫關了燈才做，至於大白天丈夫提出做，她簡直覺得荒唐之極更別說接受了。

主意一定，林嬋媛決定為這個破冰行動付出點代價，為此，她特意在內衣店買了一套很為奢侈的愛慕內衣。最新款式的，網狀，帶繡花工藝的那種，三點處都有一朵迷豔的睡蓮似乎在等人喚醒。

林嬋媛是在買這款內衣時碰見的程義浩。

當時她正挑好款式要付錢呢，收銀小姐卻笑著一指外面，說，剛剛有位先生在她試穿時已給付了款。

會是誰呢？林嬋媛臉上一紅，這種東西哪好由男人付款呢，追出門外一看，程義浩正衝自己頷首微笑呢！

如果我沒記錯，你應該姓林，叫嬋媛！程義浩歪著頭打趣說，很女性的一個名字，應該配這麼一套很女性化的內衣的！

是的，很女性的一個名字，應該配這麼一套很女性化的內衣的！

可，可是！林嬋媛還是像遭受到突然襲擊，思維沒能轉過彎來，她沒想到會以這種方式讓程義浩見證自己的深刻。

就當我表達自己的愛慕之情吧！程義浩像猜到她心思似的俯身過來說，如果這也算零距離見證你的深刻的話！

林嬋媛知道自己沒有了退路，卻之既然不恭，受之又顯然有愧，林嬋媛只好接受了程義浩對自己的邀請。

喝一杯茶的邀請！

知道我為什麼請你喝茶嗎？兩人剛一落座，程義浩就迫不及待似的有此一問。

女人如茶唄，如果我猜得沒錯的話！林嬋媛大大方方回答。這一點上她並不含糊，她一直覺得好女人就是一杯讓男人品了還想再品然後唇齒留香的一杯茶，但丈夫，咋就失去了品味自己的慾望了呢？

正確的說法，應該叫上品女人如茶！程義浩忽然一把捏住林嬋媛的一雙玉手細細把玩說，如茶的女人典雅精緻，風姿綽約，雖不精通琴棋書畫，但談起高山流水時，她必定知道鍾子期的斷琴謝知音，觀楚河漢界時，她也知道馬日象田跑打十字的走兵佈陣規律，而你恰好就在上品女人之列。

是嗎，何以見得？林嬋媛一雙手被握得心旌動搖，臉上紅暈飛現。

以你這麼矜持的女人，買這款內衣我就知道你是在走兵佈陣了啊！程義浩臉色一下子凝重起來，是誰這麼有眼不識金鑲玉呢！

林嬋媛被他這麼一感歎，眼裏一下子有淚漫出，也是的，夫妻過日子，過到走兵佈陣的份上，算怎麼回事啊！

那頓茶，自然喝得落落寡歡的。

臨分手時，程義浩一臉愛憐地對林嬋媛說，如果這套愛慕無法讓你愛的人對你重起羨慕之情，那麼請給我一個機會！

一個機會？林嬋媛訝異地回問過去。

是的，給我一生愛慕的機會！程義浩點點頭，跟著一把擁住了林嬋媛耳語說，我買了櫝，你還給我珠！程義浩的胸懷是寬廣而健壯的，林嬋媛在全身戰慄時才回想起來，丈夫給她最近的一個擁抱也有三年之久了。三年，不敢想像一個人的激情會退潮多遠。

林嬋媛沒等自己的身子在程義浩懷裏變軟，就很及時地推開了他。

她腦子裏，破冰行動還佔據著整個空間，暫時容不下另一個男人情感的入侵。

在這一點上，林嬋媛抗拒誘惑力的指數應該強過很多男人，包括程義浩，也包括我。

不光林嬋媛自己這麼認為，連我也一向這麼認為，否則，她不至於過了婚姻的七年之癢了，還是一枝未曾出牆的紅杏。

破冰行動前，林嬋媛還破例喝了點酒，把自己整出了一個面如桃花般柔媚的形象。借著三分酒意，林嬋媛帶著那套據說任何一朵睡蓮都足以讓男人見了血脈賁張的愛慕內衣地了浴室。

可以想像，林嬋媛是用足了柔情來擦洗自己身上每一寸肌膚的，然後她又對著鏡子十分自戀地把自己身材掃描了一遍。她的身體是經得住掃描的，兩個乳房依然圓潤而挺拔，酥胸雪白，乳溝迷人。這是一個足以讓任何一個有理智的男人都迷途忘返的地方，林嬋媛對著鏡子從從容容套上文胸和內褲，三朵迷豔的睡蓮競相綻放開來。

好一個美人出浴的圖畫，好一個猶抱琵琶半遮面的意境。

林嬋媛輕輕推開了浴室的門，打開了客廳的壁燈。在橘黃色的壁燈映照下，她以為，丈夫的嘴巴一定會張成O型的，因為丈夫的電腦收藏的女性裸照中，最多的就是這種圖片了。

可令人驚異的是，丈夫只是習慣性地抬了一下頭，就丟下手中的遙控器去了臥室。

林嬋媛怔了一下，只一下，她就跟了過去。她一廂情願地以為，丈夫是向她傳遞某種資訊呢，可事與願違的是，丈夫並沒等她一進臥室就迫不及待地抱她上床，而是把自己撂在了床上，並且很快地打起了鼾聲。

破冰計畫失敗，林嬋媛三兩把退下那三朵睡蓮，一任它們躺在地板上不懷好意地嘲弄著自己。

那一夜，林嬋媛沒流一滴淚，睜著一雙空洞的大眼睛一直到天明。

被一個人忽視，於女人來說，是最為可悲的，一個女人活在世上，可以被人愛，可以被人恨，但絕不能被人忽視！

林嬋媛彈一下煙灰，像講述一件跟自己無事的似的，口氣居然淡淡的，沒半分激動，或者憤怒。

我沒彈煙灰，那是因為我夾煙的兩根手指頭沒來由地抖動了一下，煙灰已自行落了下去。

就在那一夜，林嬋媛借著黎明第一線曙光給程義浩發了一個短信，謝謝你的愛慕，睡蓮依然保持著睡姿，沒人將它喚醒！

滿以為程義浩會及時回她一個短信的，但偏偏，程義浩那邊保持了緘默！

他不是迫不及待著嗎？我以一個男人慣常的思維方式問林嬋媛。

是的，他內心是迫不及待的！林嬋媛笑，可他卻懂得給我一個回緩的空間，一個人，抗誘惑力的指數低下並不代表他就急於求成的！

何以見得？我冷笑一聲，這次，我成功地彈掉一節煙灰。

林嬋媛有點悲憫地望一下我，「二十天後，我收到了一枝玫瑰！」

為什麼不是九百九十九朵玫瑰呢？我很奇怪，那首〈九百九十九朵玫瑰〉的歌不知引導了多少人啊。

這就是程義浩的與眾不同之處了，林嬋媛咬一下唇，她的唇依然是飽滿濕熱而豐潤的，我喉嚨忍不住響了一下。

林嬋媛咬完唇從齒縫迸出一句話來，義浩說了的，一枝紅玫瑰，有時候，要比一束紅玫瑰，更動人！

也就是說，程義浩把林嬋媛當成他的玫瑰了。

你不擔心淪為二奶或者小三身份？我心有不甘問了一句，他可是個成功人士呢！

林嬋媛很陌生地看了我一眼，你以為，天下男人都像你這麼無視女人的存在嗎？告訴你，程義浩的妻子都過世三年了，乳腺癌！

我這才回想起來，妻子那次參與的那個公益活動，好像就是關愛女性乳房健康的，我說呢，程義浩一個大男人會對這個活動突然有了興趣。

據健康專家說，女人的乳房如果經常得到愛人的撫摸，會起到一定的預防乳腺病發生的作用。

林嬋媛和程義浩的第三次見面是程義浩主動邀約的，讓林嬋媛稍感驚奇的是，程義浩一點也不按常規出牌，人家都是人約黃昏後，他倒好，在一個絕早的時候給她帶到了一處畫舫。

一處湖面開滿睡蓮的畫舫上。

茶自然是有的！

畫舫卻不是一般的畫舫，有亭堂樓閣的那種，程義浩說了，上品女人就得有上品的邀約。

這一次，林嬋媛在他懷抱裏實實在在地化成了一汪水。

為什麼，要我等這麼久！林嬋媛化成一汪水之前還不忘問了這麼一句。

我只是想我們在幻想未來的時候，不再惦記彼此的過去！懂嗎？二十天，作為一個成年人，我想我們都該理順自己的思緒了，程義浩把嘴吻向林嬋媛的鎖骨，那鎖骨是精緻的！

林嬋媛也是精緻的！

她從坤包掏出那套愛慕內衣，說，讓我親自來喚醒她們吧！

她們，是指那三朵睡蓮，這一點程義浩自然懂。

林嬋媛這麼說著，就隱入了畫舫的洗澡間。

水溫是早就調試好了的。

林嬋媛一件一件對著鏡子褪下自己的衣服，一任水從頭頂往下彌漫。水像善解人意似的，一層層一吋吋就那麼溫暖地順滑下來。林嬋媛的身體開始飽滿，因了水的浸潤，飽滿中又多了一層豐潤，充沛的豐潤，這是怎樣一種美妙的感覺啊！

那三朵睡蓮就在這不經意間，悄然綻放開來，等林嬋媛把她們鑲嵌到自己身上時，有迷人的幽香正散發開來。

門外，程義浩正輕輕朗誦著一首詩：

採蓮

摘一頂荷葉戴在頭上
不遮雨水也不擋陽光
任清風蕩起漣漪
波動在妹妹柔嫩的心房

妹妹
你就是那朵靜臥的睡蓮
在我幽深幽深的眼簾裏
不動聲色的綻放

柳蔭下的漁舟
是我窮其一生的守望
妹妹　你這出水的芙蓉
何時才肯吐一絲暗香

你玉潔冰清的模樣
從〈愛蓮說〉中淩波浴出
所有文章中的綠肥紅瘦
因你的香遠溢清而頓失芬芳

妹妹　今夜蓮花已然開放
把你手中的長篙給我
莫要驚動了
水中撈月的嫦娥姑娘

明早我會在一片蛙鼓聲中
娶你回家
你臉上的紅霞
是我心儀已久的嫁妝

紅霞，我有麼？林嬋媛緩緩把程義浩的手掌貼上自己的臉頰，是的，她有！因為林嬋媛明明白白看見，程義浩的眼光裏波動著一片紅霞。

林嬋媛就不加任何抗拒地癱在了程義浩的手臂彎上。

就這麼著？我問。

嗯！就這麼著！林嬋媛答，答完她的臉上再一次飛起了紅霞。

這紅霞，也曾是一個人心儀已久的嫁妝呢，但這個人，忽視了！

該說再見了吧！林嬋媛掐滅煙頭，其實這一掐有點多餘。煙已經恰到好處地熄滅了，如同林嬋媛的前期婚姻。她要掐滅的，應該是一個人對她的傷害吧！

由此看來，林嬋媛依然是個寬容的人，有句話這樣說的，女人的心腸夠不夠狠，看她受到的傷害夠不夠深。她能夠跟我心平氣和地跟我共同追憶這段往事，顯然是做了包容我的打算，因為在此之前，我對她的傷害足夠深了。

我想我應該在這段婚姻謝幕前說聲抱歉的，很慚愧，我是她男人，那個一直只在意自己感受的男人。

祝福的話我說不出口，面對林嬋媛的透明，我無法假裝自己有多麼的磊落和光明。

林嬋媛走後我擦了一下眼睛，她臉上那片紅霞深深刺痛了我！原來，我抗拒誘惑力的指數也是很低的。

但我卻不能學會像張愛玲那樣，低到塵埃裏，再開出花來。

大幅度的跳躍

陳文靜這次到底沒能靜下來，她聽到了自己的喘息，一般來說，遭到男人襲擊的女人的喘息都是急促而慌亂，沉悶而失措的。

陳文靜先前的幾秒鐘的確是急促而慌亂，沉悶而失措的，但當男人的汗腺味以鋪天蓋地的氣勢包裹過來時，她一下子感到了一股前所未有的溫暖，來自男性荷爾蒙中的溫暖。這溫暖讓她大腦思維緊跟著出現了幾秒空白，也或者叫停頓。

停頓過後呢，陳文靜的身體內部忽然迅速起了反應，像體內有個化學元素庫，只等分子式的中和。她的喘息聲再度響起，與先前大相徑庭的是，這會響起的聲音竟毫不掩飾地傳遞出歡快與鮮活。

這跳躍的幅度也太大了點啊，她明明是遭到男人的侵襲了啊！

陳文靜開始動起手來，男人嚇一跳，約莫有三秒鐘的不安。他以為，陳文靜會拼命跟他撕扯抗衡的，因為男人看見陳文靜動起手的同時還張開了嘴。

女人在這種情況下，會下意識地張開嘴巴大聲呼救，很多電影場面上都這樣的，而且現實中女人遭到突然侵襲也是如此張開嘴巴就狂呼怒喊的。

潛意識的，男人正要去捂陳文靜的嘴呢，卻不料陳文靜的雙手忽然環住了自己的腰，並且，讓男人稍稍意外的是，陳文靜的嘴似乎迫不及待地迎了上來。不是喊，是啃。

男人遲疑了一下，就一下，馬上明白過來，明白過來後男人的唇就很配合地接了上去。

隨著節奏的加快，陳文靜雙手自下而上抱住了男人的頭，淚水開始恣意地橫流。原來，幸福是可以伴著淚水一起結伴而行的，在陳文靜的身體裏！男人可能永遠也想不到，他的侵襲，給這個弱不禁風的女人帶來了一種莫以名狀的幸福。

而這個女人，是多麼的良家婦女啊！

男人剛從工地上出來，他一直希望，能有機會和城裏的良家婦女做一次愛，哪怕是以強暴的手段，冒著坐牢的風險，也值！

至於那些走夜的女人，再安全他也不願意去做，一個人，可以委屈自己的身體，但不能委屈自己的心。男人覺得吧，拋家棄子出門，已經是委屈自己的身體了，找個那種女人，那種把這活當職業的女人，你就是做一百次，人家也未必記得你。

找個良家婦女就不一樣了，起碼她會永遠記得你。不管這種記是愛，還是恨，還是愛恨交織。都是值得的！

男人活著，不就是讓女人愛或者恨的麼！

寫到這兒，應該交待一下男人的名字了，不然陳文靜愛也好恨也罷，得落實到具體人的身上吧。

男人叫陳水生。

這是事後，陳文靜再三詢問之下男人才肯說出來的，男人本想說個假名糊弄一下陳文靜的，可舌頭彈出來的那一瞬間，男人還是說出了真名。

男人不習慣撒謊！

陳文靜是在男人慌亂結束後平心靜氣問的，陳文靜當時攏了一把被弄散的頭髮開的口，陳文靜的語氣很平淡，對意欲抽身走開的男人說，就這麼走了？

不這麼走還怎麼的？男人怔了一下，想起什麼似的，到口袋裏去掏錢，他忽然覺得自己應該表示一下，怎麼說自己都占了便宜。

陳文靜搖搖頭，不是這個！

那是什麼？男人迷糊了一下。

我想知道你的名字！陳文靜低下頭說。

男人的手定在了空中，名字？他大腦思維有點紊亂，女人這一問出乎他意料了。

放心，我沒打算去告你！陳文靜抹一把臉，眼瞼垂了下來，我總得知道你是誰吧，好歹，咱們也做了露水夫妻一回。

這個要求不過分！是夫妻兩個字讓男人的心一下子滾燙起來。

陳文靜這才知道男人叫陳水生。

知道了，陳文靜也不再多言，衝男人揮揮手，示意男人先走。男人就走，走不幾步，回頭，見陳文靜跟著自己，男人心虛了，停下來。正要發話呢，陳文靜冷不丁搶先開了口，你不打算問一下我的名字麼？

男人就撓頭，嘴巴還沒張開呢，陳文靜又搶在前面了，我叫陳文靜！

說完這話，陳文靜才慢慢回轉身，朝另外一條路打量一番，然後迅速地走，像有鬼追著似的。

她本來，就不走這條路的。

陳文靜一直就沒走對過路！

這不怪陳文靜，因為打她曉事起，能給她指路的人就一個一個地離開了她。

十四歲那年，她成了孤兒。

估計是營養跟不上的緣故，十四歲的她看起來不過十二歲的模樣。

這種模樣不讓她覺得難堪，相反地，她有點暗自欣喜，可以讓噌噌上長的矜持稍稍讓表像迷惑一下。那時她已經下了學，一個孤兒，沒人在意她上不上學的，反正她也學不進多少知識了。

她很快學會了一門生存的技術，擦皮鞋！

這活不需要太多的技術含量，而且投入也簡單。陳文靜在幾個好心人的幫助下，找了街角一個轉彎處的木蘭樹下，一張椅子一把矮凳，一口木箱往那兒一放，算是開業了。

陳文靜是個安靜的女孩，有活沒活的時候，她都是靜靜地坐在那兒，不想心思，就是閑坐，偶爾會抬頭看一看頭頂的木蘭樹。

看是因為有樹葉落到了頭上，秋天了呢！

一葉落知天下秋，就這麼著，四個秋天過去了，陳文靜長到了十八歲。

十八歲這天，陳文靜還是一如往常，靜靜地坐在那兒等著顧客。一隻腳突然就伸到了她的面前，擦一隻鞋怎麼收費？

擦一隻鞋？陳文靜怔了一下。

有這個擦法嗎？

陳文靜的眼光就忍不住走了一下神，瞟到另一隻腳上，另一隻腳卻隱在褲管裏。

那只腳的主人又問了一句，擦一隻鞋，怎麼算？

一元！陳文靜抬了一下頭。

一張男人的臉就呈現在眼前，男人的臉，白，血色很少的那種白。

陳文靜就記住了這種白。

男人就坐下來，把腳踏上木箱，說，擦吧！

陳文靜拿出刷子，先清潔鞋面。
男人忽然低下頭，怎麼不問我不擦另一隻鞋呢？
陳文靜不抬頭，說，你不願說，我問了也白問！
男人就呵呵地笑，笑完歎口氣，說，我能現人眼的，就這一隻腳，另一隻腳，殘廢了！
男人說完就提了提褲管。
男人說得沒錯，殘疾的不光是腳，還包括腿，那腿細腳伶仃的，小兒麻痹症造成的，腳自然就是畸形的了。
正如男人所說，現不得眼。
陳文靜心裏忍不住打了一個寒顫。
男人顯然是敏感的，男人把褲管放下來，說估計今天這事又得黃！
什麼事？陳文靜隨口應了一句。
相親唄！男人漫不經心的，都相成精了，也沒相出個所以然。
陳文靜停下手中的活，安慰說，比我強，我都沒相過一次呢！
那次的錢，陳文靜沒有收。陳文靜說，討個彩頭吧，一天到頭，順順流流！
男人走的時候，臉上露出了難得的紅暈，說要是跟你這樣的姑娘相親，跑趟空都值得的！
我，也算姑娘麼？那天下午，陳文靜吃了午飯後並沒有出攤，她把自己關在出租屋裏，一遍又一遍地揉著自己的身體，單薄的身子在她不停地揉搓下逐漸豐盈起來，後來，她暈了，迷迷糊糊在床上睡了過去。
恍恍惚惚中，有個男人走近自己，死死壓在自己身上，陳文靜被壓得喘不過氣來，拼命一掙扎，醒了。只覺得夢裏那張男人的臉似乎有一點熟悉，白，很醒目的白，失了血的白。

這白讓她一緊張，嘩的一下，腿根處有什麼湧了出來，熱，溫乎乎的熱。

陳文靜的初潮，就這麼毫無跡象地來臨了。

換句話說，陳文靜是名符其實的姑娘了。

意識到這一點，陳文靜再出攤時，就有那麼點猶豫了。先前沒來潮，陳文靜還對自己的身體沒任何意識，眼下，不光身體意識有了，早先壓抑著的矜持也頑強地從骨頭縫裏往外鑽。

拋頭露面擦皮鞋，讓一直以來依賴這個為生計的陳文靜第一次感到了一絲厭惡。

她開始躲避路人的眼光。男人的女人的老人的孩子的，都躲！

卻沒能躲過那個男人的眼光。

第二天，男人來了，剛把腳遞到埋頭想心思的陳文靜面前，陳文靜就認出來了。陳文靜沒抬頭，順口問了一句，還是只擦一隻鞋嗎？

擦兩隻吧！男人提了提褲管，無奈地笑一笑，長在自己身上的東西，總要現人眼的！

陳文靜沒看男人那隻腳，男人自嘲地補上一句，就算不現別人的眼，也該現自己的眼不是？

這話讓陳文靜心裏觸動了一下，是啊，有些事，就算不現別人的眼，也該現自己的眼啊！

陳文靜就抬了頭，大大方方問男人，今天，又相親啊！

不相了，男人說，免得浪費時間了！

陳文靜用胳膊擦一下臉頰，擦出一個笑臉來沖男人說，節省時間最好的方法，就是忙自己該忙的！

男人眼裏亮了一下，說，看不出，你說話還蠻有思想呢！

思想？呵呵！陳文靜難為情地笑了一下，她長這麼大第一次被人誇為有思想，還是一個男人。

一般人不會誇她，都是擦完皮鞋拍拍屁股走人，唯一誇過她的詞也只是勤快二字，其他的溢美之詞，與她無緣。

因為思想這兩個字，陳文靜忍不住多看了男人一眼，沒曾想，男人也正拿眼盯著她。

兩下裏目光一撞，陳文靜的目光就跌落下來。

男人忽然沒頭沒腦地說了一句，我叫余東浩，對面那家網吧是我開的！

陳文靜手上沒停，卻把目光往對面網吧拋了過去。

想學電腦的話，找我！余東浩說完這話，放下兩塊錢，一瘸一瘸地走了。

陳文靜在他走後才發現，一張報紙從他身上落下來，在他剛才坐過的座位上。報紙被疊得方方正正的，陳文靜沒事時，喜歡翻翻報紙打發時光，不過多半是過期的報紙，新聞都變成了舊聞的那種。

這一張，卻是嶄新的！

讓陳文靜覺得嶄新的不是報紙，而是報紙上的一個人，居然，余東浩在報紙上面衝著她微笑。她嚇了一跳，仔細看標題，余東浩竟然獲得一項發明專利，標題下面配有大量的文字介紹。

身殘志堅的典範呢，就在自己面前！

陳文靜把報紙再依樣折好，想了想，把攤位往牆角挪了挪，扯下護袖，撣撣身上的灰塵，往對面網吧走過去。

跟別的網吧有區別！

一般人的網吧，都是熱鬧非凡的，余東浩的網吧，卻冷冷清清的。

所以陳文靜一進去，余東浩就看見了，余東浩迎上來，問，想學電腦？

不是！這個，你的！陳文靜從背後亮出那張報紙來。

余東浩接過來，說，謝謝！

接過報紙，余東浩見陳文靜眼光停留在那些電腦上，心裏就有了數，余東浩走近陳文靜，說，想學只管學啊！

陳文靜臉上一紅，我還得掙錢呢！

余東浩說真想學我可以有辦法的！

什麼辦法？陳文靜眼裏燃起了希望。

給我當網管啊！余東浩說我這兒正差個管事的人呢！你不覺得這兒冷清得奇怪嗎？

陳文靜點點頭，在小城，哪家網吧不是火爆得不行啊！

很多時候，我都是把網吧關了的，只在週六周日做培訓時才開！余東浩揚一揚手裏的報紙，我平日裏忙這個！

陳文靜就順理成章地做了余東浩的網管。

余東浩，還是繼續他的專利發明。

其間，出了一件事兒。

陳文靜做網管，因為疏於防範，竟被人借上網為名，偷偷盜走了三台電腦的CPU和主板。

那可不是個小數目呢，陳文靜嚇得趁天黑一走了之，連招呼都沒給余東浩打！

走是走不遠的！

那晚陳文靜一夜未眠，天亮時她撥通了余東浩的電話，哭哭啼啼地說，東浩哥，你還要我嗎？

她實在回不過頭再去擦皮鞋了，做網管的日子讓她接觸了不少新生事物，原來生活不單單是擦皮鞋那麼枯燥和受人輕視的！

余東浩很平靜，他用八個字回答她，你隨時來，我隨時要！

就這麼八個字，讓陳文靜做了余東浩的終身網管，他們結了婚。

這婚姻有點順理成章水到渠成的意思，在余東浩那邊，能有個手腳健全的姑娘嫁給他算是祖上積了德。於陳文靜這邊，作為一個擦皮鞋的姑娘，能嫁給城裏人也算燒了八輩子的高香。

兩個人都很滿意。

不滿意的是余東浩的父母。

他們本來指望余東浩找個城裏姑娘的，自己兒子雖說有殘疾，可心勁兒比一般小夥強啊，咋就找了個擦皮鞋的姑娘呢，而且吧，還是個孤兒。

孤兒吧，打小嘗夠了人情冷暖，一顆心肯定硬著呢，肯委屈自己找個殘疾人過日子，沒準存的什麼心思呢！

這麼一不滿吧，日子就設了防一般過，像防賊。

陳文靜做網管，卻管不了錢，錢只從她手裏過一下，全到了余東浩父母手裏。

連買包衛生巾，還得向余東浩母親要。

余東浩說，這沒什麼不對啊，有吃有住有穿的，你要錢做什麼呢？

陳文靜的心一下子靜了下來。

也是啊，自己要錢做什麼？換自己是余東浩會怎麼想，肯定以為這女人是來撈他余東浩錢的。

反正這日子，已強似在街頭擦皮鞋了，擦皮鞋能穿這麼周正嗎？不能！擦皮鞋能打扮這麼光鮮麼？不能！

婚後的陳文靜，是周正的，光鮮的！

這周正這光鮮，讓余東浩嘗到了做男人的樂趣，他有點樂此不疲地在陳文靜身上折騰了。

陳文靜但凡有一絲的不配合，佘東浩就會冷了臉，咋了，不願意？留著給誰折騰啊！

陳文靜當然不能留著給誰折騰，她還沒有這個心思。

那就繼續折騰吧！

折騰的結果，是陳文靜很快就有了孩子，在肚子裏。

有了孩子，並不影響佘東浩對她的折騰，孩子最終生下來了，竟然，也是一條腿有問題。

陳文靜一下子塌了天。

佘東浩更是，他知道一個殘疾人的苦痛，不是來自自身的，而是來自社會的。在這苦痛中，佘東浩第一次酗了酒，一個人歪歪斜斜躥到大街上，被一輛車掛倒在地拖了十多米遠，這一回，是徹底殘了。

那條支撐了他三十年的好腿，掛倒後被後車輪輾了一下，碎了。

佘東浩酒雖醉著，心裏卻明鏡似的，他甚至都聽見了骨頭碎裂的聲響。

如同他在遇到陳文靜前每次相親之後能夠聽見心被撕裂的聲響。

日子自然跟著碎了！

陳文靜現在，每天要做的是侍候兩個孩子，一個在懷裏奶著，另一個，在床上癱著。

奶著的那個，吃飽了就會睡，好打發。

不好打發的是癱在床上的那一個，陳文靜做事時他沒完沒了地睡，輪到陳文靜要休息了，他卻探著身子把手和目光伸了過來。

陳文靜只好把自己身子完全舒展開來，一任佘東浩的手和目光在自己身體上折騰，他的身體是徹底地廢了，但他的心思卻一點沒費。

陳文靜在這種時候，多半是閉了雙眼的。只是，閉了雙眼也不管用，佘東浩那張臉無時無刻不在她腦海裏晃動著，白，失了血色的那種白，很醒目的那種白！

狗日的白色！

陳文靜開始懷念擦皮鞋的日子來，雖說黑天黑夜地忙，但心裏，是亮堂的。

這麼尋思著，她在一天早上，找出了那個擦皮鞋的箱子，余東浩的母親見了，口氣冷冷地，想擦皮鞋是嗎，賤人就是賤命！

陳文靜說我只是看看！

余東浩的父親把腳伸過來，手癢癢了是嗎，那正好給我擦一擦！

陳文靜沒作聲，找出抹布，鞋油，給公公用了心擦。擦得可以照出人影來，但人心確實照不出來的，比若說公公的心。

果不其然，公公用她擦得鋥亮的皮鞋一腳把她的箱子給踹翻在地，爾後跳起來大罵，糠缸裏跳到米缸裏日子還不愛過，當自己七仙女下嫁董永啊！

陳文靜知道自己不是七仙女，陳文靜就把氣忍了聲吞了，繼續做她的網管。

她只希望日子能平平靜靜地過。

有人卻不希望她平平靜靜地過，誰，余東浩！

那天晚上，好不容易哄了兒子入睡的陳文靜剛走進洗澡間呢，余東浩在房間大呼小叫起來。

陳文靜從洗澡間探出頭來，說，等一下，我還沒洗乾淨呢！

光洗乾淨還不行吧，最好洗得香噴噴的！余東浩的聲音陰陽怪氣鑽進洗澡間裏。

陳文靜胡亂擦了一把身子，走到床前，自顧自把身子舒展開來。她滿以為，余東浩的雙手會跟往常一樣，迫不及待地在她身上捏啊揪的，但這一回，余東浩卻沒了動靜。

陳文靜就好奇地睜開眼，卻嚇了一跳，余東浩正用眼光瞅她呢！

余東浩瞅了一會兒，聲音低沉著問了一句，是不是後悔跟我了？

陳文靜閉上眼，搖搖頭，有什麼好後悔的呢？

余東浩忽然大吼一聲，看著我說，我要你看著我說！

陳文靜就睜開眼，順從地看著余東浩。

陳文靜你行啊，把個良家婦女裝得真他媽的像！余東浩咬牙切齒地罵出這麼一句。什麼叫裝得真他媽的像？陳文靜歎口氣，眼角有了淚光，她本來，就是良家婦女一個啊！不吭聲是吧！余東浩喘起氣來，我要喝水，開水！

陳文靜就光著身子，起身去倒。

余東浩接了手，卻不喝，驀地衝陳文靜猙獰地一笑，你說啊，說不想跟著我過了！

陳文靜怔了一下，我沒不想跟你過了啊！

那我不想跟你過了，行不？隨著余東浩一聲暴喝，他手中的那杯開水兜頭向陳文靜潑了過來。

陳文靜沒躲，她一貫是文靜地順從著余東浩，好在開水不是滾燙的剛出鍋的那種，陳文靜噝了一下牙，有冷氣從牙齒縫裏冒出來，疼的！

陳文靜一剎那間有點不明白，熱水咋能從一個人的身體裏燙出冷氣來，如同她不明白余東浩一樣，自己抓心抓肝地順了他的意思去做，咋就落不到一句好呢？

疼過了，陳文靜才發現，開水燙過的地方皮膚開始發紅，起泡，手不敢碰，一碰，準得破皮，流黃水。陳文靜抓過衣服，小心翼翼地往身上套，她得出門去買燙傷膏。出門前，陳文靜用炒菜用的菜油在燙傷的地方擦了擦，以防破皮，在陳文靜做這些的時候，余東浩沒事般地閉上了眼睛。

夜是黑的！

陳文靜不覺得。

出了家門，陳文靜在黑暗中一個人靜靜地遊走著，有那麼點孤魂野鬼的意思。走過了幾條街道，她自己都不知道，反正是，到了很黑很黑的地方。

陳水生就是在那一瞬間侵襲的她。

下手之前，陳水生跟她跟了幾條街。

陳水生今晚受了點委屈，在工地上，像他這麼一個打工的人，受點委屈也很正常，問題是，給委屈受的竟是一個女人。要說，男人受點女人的委屈也尋常，但問題就在於，這個給他委屈受的女人，是雞！那雞來工棚裏攬活，遭了陳水生的冷眼，雞就從鼻子裏哼出一聲輕蔑來。

陳水生當時氣不過，罵了一句，你個做雞的，猖狂啥，有本事別給男人騎！

那女人不生氣，反笑，笑完伴著瓜子殼飛出一句話，良家婦女不猖狂，你騎得著嗎？

陳水生當然騎不著，陳水生就耳熱心跳地走出了工棚，漫無目的逛到了大街上。

這一逛也有那麼點孤魂野鬼的意思。

也就遇上了陳文靜。

陳水生是跟了幾條街後才斷定陳文靜是良家婦女的。這種女人，多半是在家受了氣才這麼漫無目的亂走一氣，換個野點的女人，受氣了多的是地方去，犯不著一個人在大街對著黑暗較勁。

令陳水生沒想到的是，不光得手了，而且，女人還留下了名字，陳文靜，很低眉順眼的一個名字！

低眉順眼的陳文靜回到家時，天已經濛濛亮了，屋子裏還很靜。陳文靜沒進臥室，直接洗了臉，給兒子穿好衣服，然後使勁在兒子臉上親。

親完了，一狠心，把兒子放到沙發上，挎上被公公踢過一腳的擦皮鞋工具箱，出門。

出門前，她把一串鑰匙留在了茶几上。打開防盜門時，兒子的眼光追了過來，陳文靜身子被兒子目光追得搖晃了幾下，靠著門站穩了，開始揪扯自己的頭髮。

隨著防盜門哐當一響，有早起的人聽見有孩子的哭聲伴隨著一串急促的腳步聲下了樓梯。

打那以後，陳文靜徹底消失在這棟樓的視線中。

也不知過了多久，這個城市的夜晚多了一個傳說。

據有人講，在某個街燈很暗的拐角處，有這麼一個擦鞋的女人，在給男顧客擦完鞋時會突然有這麼一問，先生不擦另一隻鞋嗎？

另一隻鞋？被問的人往往很奇怪，我只有兩隻鞋的啊！

女人就會很賢慧地看你一眼，說，你們男人不是有三條腿麼，就應該有第三隻鞋啊！

男人自然就明白了是怎麼一回事。

有那意思的，女人就會低眉順眼在頭前走，一直走到女人的出租屋。

屋不大，裏外兩間。

女人做那事時很喧囂，很主動，跟她低眉順眼擦皮鞋時不可同日而語，她把個身子完全舒展開來，一任男人變了花樣折騰。

很多男人事後都津津樂道回味說，這女人前後跳躍的幅度之大，令人驚訝。

上床前整個一良家婦女，上床後完全一蕩婦淫娘。

男人們只注意床上的享受了，一點也沒發現，在女人的喧囂聲中，裏間的床上，有個孩子跌跌撞撞爬起來，努力要扶著牆走到外間。

只是那孩子的腿上很不得力，基本是靠著牆在挪動著自己的身體，很短很短的一段路，他卻要挪大半個晚上。

無事生非一回

橫豎是李文起不在家裏，那就無事生非一回吧！丁小藝接到陳子豪的邀請時這麼猶豫了一下，只一下，就看似漫不經心實則暗藏欣喜地應承下來。

其實也沒多大個事，就是出去，吃頓飯，敘個舊而已！

這是陳子豪在電話裏的原聲再現。

敘個舊，很不好推辭的理由，人，誰不懷一把舊呢！儘管丁小藝和陳子豪之間沒多大的舊可懷，但眼下，懷舊是一種時尚呢，還有一個眼下就是，丁小藝正閑得發慌。

聽一聽大街小巷手機鈴聲裏〈上海灘〉主題曲你就知道了懷舊有多大的魅力和影響。

於是，很年輕的丁小藝就梳妝打扮一番，出門。

梳妝打扮時丁小藝還走了一下神。都說女為悅己者容，悅自己的老公李文起出了遠門，自己還巴巴地容了給誰看呢？難道給陳子豪？這兩個問題讓丁小藝忍不住笑了一下，可惜嘴裏沒含上一口飯，不然就是不折不扣的噴飯了，我們姑且就理解為這是丁小藝自嘲式的笑吧。

這麼一笑吧，丁小藝含在嘴裏的譚木匠梳子掉在了地上，這可能是丁小藝嫁人後唯一能和陳子豪扯上淵源的東西，也是唯一能扯得上跟他懷上一把舊的東西。

這個舊，顯然有小題大作的意思了。一把木梳，沒加工成形時就一截木頭，而陳子豪給人早先的形象就是一個木頭。反正，大作小作都是作，丁小藝俯下身子撿起木梳，繼續整理自己的一頭長髮，新婚就得光光鮮鮮的不是。

儘管網上曾流傳這麼一句話，說，女人是最不經老的動物，從新娘到老婆就一晚上的工夫，可那個老也只是在自己老公名下的老啊！

在別的男人眼裏，她丁小藝還是新鮮的，起碼在陳子豪面前，她絕對是！

陳子豪是個面相有點老氣的男人，但陳子豪不這麼認為，他說這叫臉上顏色有點深，可以跟深刻掛上鉤的！

只是他這一深刻吧，倒跟很多漂亮女孩子脫了鉤。

丁小藝就是其中脫了鉤的漂亮女孩子一個，或者是丁小藝壓根就沒看見他的鉤，他的譚木匠梳子，算是白送了！曉得他送了多少出去啊？當然，不全算是白送，好歹還能讓丁小藝念起他這點舊，很不容易了，丁小藝一向都是個恍恍惚惚的人。

恍惚得給人感覺她對什麼都毫不在意的，譬如丁小藝現在。

否則，她不會以新媳婦的身份跑出去跟男人敘個什麼舊。

要知道，這年頭，多少是非事都是給敘出來的。

天氣尚算不錯，丁小藝出門時特意望了一下天空，儘管在這以前，天氣好與壞她都懶得上心的，但這一回，稍微有了一點不同，李文起不在身邊了！

想起李文起，丁小藝心裏又恍惚了一下！這個李文起屬於理想的老公人選，既能帶得出去，又能帶得回來。

呵呵，丁小藝忽然就情不自禁地咧了一下嘴，我們可以理解為她這是在竊笑，小陰謀小詭計得逞前的一絲竊笑。

而且一般來說，這種小陰謀小詭計是無傷大雅的，與大奸大惡相去甚遠。丁小藝的竊笑就是她在出門那一剎那間突然決定，她也給李文起做一回理想老婆，不光帶得出去，也能帶得回來，這個帶當然是指她帶著的李文起老婆的名分。

赴這個約會只是打發一下閑得發慌的時光而已。生不生是非是她自己說了算，別人說的，只能是妄加揣測。一念及此，丁小藝居然有點興奮起來。

興奮什麼呢？自然是興奮陳子豪這次處心積慮的若干個陰謀環節被自己一一擊破，當然，這是即將發生的事了。

不傷彼此顏面的那種擊破，很有成就感的那種擊破，在這麼個催人奮進勝利在即的想像中，丁小藝意氣風發地出了門。

陳子豪約她見面的地點在廣場附近的一個咖啡屋裏。

憑良心說，丁小藝對咖啡那玩藝提高不起神來，雖然咖啡具有提神的功能。丁小藝之所以答應陳子豪的邀請，是因為那個咖啡屋地理位置環境設計都很不錯，至於情調，目前對丁小藝已經可有可無了。進入婚姻的女人都注重實質，再好的情調也只是喝一杯咖啡的事，如同婚姻，再浪漫的婚姻也只是結婚生子過日子的事。

丁小藝這會在意的實質就是，可以坐在頂樓旋轉咖啡屋裏聽一個男人對自己廉價的奉承，哪怕是虛情假意的都行。這年月，一個人肯為你虛情假意一把，說明你還有虛情假意的價值，不過，這只是其次，丁小藝首當其衝的實質就是，可以透過頂樓的茶色玻璃俯瞰廣場上的街心花園。

丁小藝是這個花園的常客，她喜歡一個人在音樂噴泉的白色不銹鋼欄杆上斜倚著想心思。很多時候，音樂噴泉是不開的，只有節假日才應景似的為廣場添點喜慶色彩。

所以更多時候，丁小藝會背倚著不銹鋼欄杆仰頭看天。把目光追著一朵流雲跑，追著追著那流雲就跑到旋轉咖啡廳上邊了。

丁小藝就會出一會神，要是自己坐在那上面，該是多麼幸福的一件事啊，那可是別人抬頭就能仰望著的一種幸福呢！

從這點來說，我們可以肯定，丁小藝不是個怎麼深刻的女人，她是單純通透的，通透得只想讓人實實在在羨慕一把自己的幸福。

我們知道，幸福這個東西，很多時候是藏著匿著掖著的，不輕易拋頭露面的。

丁小藝肯降尊紆貴赴這麼一次不上檔次男人的邀約，多半也是為了拋頭露面的在別人的仰視中幸福一把。

這是小女人的天性，我們沒必要把這種天性扼殺不是。

小女人丁小藝這會就踏上了街心廣場花園淺褐色的走道板，噴泉週邊還有一個花池，長滿了很多丁小藝叫不上名字的花兒。

為什麼一定要叫得上名字呢？知道它們是花兒就足夠了！這是丁小藝的可愛之處，如同這會丁小藝就不尋思一下，陳子豪為什麼一定要請自己敘舊呢，她只知道他請自己喝咖啡就行了。

可愛的丁小藝在花池邊停住了腳步，這兒視線很好，不管陳子豪從哪個方向出現，她都能第一眼看見他。偏偏，陳子豪的出現，很不及時，讓丁小藝看了N眼才看到。

與他電話中說的，我在那兒等你啊的性質大相徑庭，直接演變成了丁小藝在那兒等他。

多麼不可饒恕的一種行為！

擱丁小藝的理想老公李文起身上，這種行為的發生概率是為零的。

丁小藝就或多或少有點心裏犯堵，陳子豪卻沒為自己的性質改變有半點歉疚的意思，而是大大咧咧沖她揚了一下手，示意她過去。不知道的還以為丁小藝是個應招女郎似的。

這讓人感覺很不好，特別是讓丁小藝這樣的女人！

丁小藝還是過去了，臉上有那麼一點點的慍怒。偏偏陳子豪不是個會察言觀色的人，他嘻嘻哈哈一揚臉說，這麼快啊，今天！

丁小藝就綿裏藏針回了他一句，是嗎，我在你面前慢過嗎？言下之意很明白，結婚前的丁小藝根本沒給過他陳子豪約會的機會。

陳子豪不知聽出她話裏的隱語沒有，很大度的衝她笑一笑，微微把身子前傾了一下，打出請女士優先的手勢。就這麼一瞬間，陳子豪讓丁小藝琢磨不透的深刻本質又出現了。

丁小藝懶得琢磨，陳子豪居然客客氣氣請自己優先，那就卻之不恭地享受這份優先吧！

一甩錢包，丁小藝嫋嫋婷婷地走到前面，沒走幾步她停了下來，雙手抱胸，電梯口到了，她等陳子豪來按按鈕呢！

邀請與被邀請是有區別的！這個誰按按鈕也有講究的，好在陳子豪還懂得這個講究，沒給丁小藝被邀請的感覺掉分子。

偌大的電梯裏就他們兩個人，陳子豪抬頭望了一下迅速上躥的數字，咳嗽一聲打破寂靜。

丁小藝原本也是聚精會神望著那些數字一個一個變紅的，聽陳子豪這麼一咳，知道他有話要說，就把目光從那些上躥的數字上溜下來，定到陳子豪臉上。

這是與人交談時最起碼的禮貌。

陳子豪又咳一聲，說話了，丁小藝，你結婚後跟以前大不同了呢！

大不同？有什麼不同？丁小藝急忙把自己身子由上到下巡視一遍，她以為自己穿著上有了什麼不檢點的地方，好在，沒有！在穿著上，她自認為比婚前上了一個檔次，也就是說，向品味女人靠近了一步。這是進入婚姻女人的共同選擇，沒了青春打底，那麼，彰顯品味就勢在必行了，一個女人，身上得隨時有吸引男人的東西不是？

陳子豪舔一下嘴唇，笑嘻嘻的，婚前你可一直都是主動的，主動到從不讓別人按電梯按鈕！

丁小藝怔了一下，是嗎，這個她自己都沒留意過。丁小藝腦子怔歸怔，言語上的反應卻不是遲鈍，那時年輕嗎，年輕，誰不想掌握主動啊！

這個解釋，倒也合情合理，儘管與事實真相相距了萬里。

事實的真相是什麼？是丁小藝之所以處處主動，是想引起身邊那些白馬王子的注意。

想嫁給王子的先決條件是，自己得是個公主吧！丁小藝知道自己不是公主，自然只能於微枝末葉上下功夫了，畢竟，不是所有王子都喜歡那些矜持高傲的公主的。

不然哪來的王子和灰姑娘的故事呢！

如丁小藝所願，她真找著了李文起這麼一個王子。

原來如此啊！陳子豪感歎地說，看來婚姻真能改變一個人的！像你，就給我一個脫胎換骨的感覺。

呵呵，廉價的奉承果然按部就班地現身了，待會都會有哪些虛情假意奔湧而來呢，丁小藝腦子裏閃出很多韓劇的場面，心花忍不住一瓣一瓣地慢慢綻開。

什麼脫胎換骨，切，哄死你不償命！丁小藝這句話外音給她很巧妙地處理了，陳子豪只看見她微笑頷首的一張生花笑臉。

很好，這與婚前的丁小藝相比，容易親近多了！婚前，陳子豪幾次鼓足了勇氣，想要單獨邀請丁小藝喝咖啡的，但最終又把這話壓進了喉嚨裏，他的深刻，他的自尊，不允許他輕易遭到別人的拒絕。

那時候的丁小藝，肯定是會不加任何掩飾地拒絕他的邀請的，這點他有百分之百的預感。

於是就互相頷首，因為電梯門開了，這一回是陳子豪走在了前面，他得先丁小藝一步去他訂的咖啡座前為她拖開椅子。

邀人，就得有邀人的態度！

這家咖啡廳在新裝修後是高雅的，在玄關部分，不僅有蘇州雕花讓它顯得古老而韻味，還有杭州的絲綢為整個空間增添了一股朦朧的氣息。

進入大廳，忽暗忽明的燈光讓這個大白天都充滿了神秘感。每個小桌子之間都巧妙地增設了一定的遮擋物，估計，待會兒，陳子豪那些虛情假意就會在這些隱私不易外泄的小環境裏向自己奔湧而來吧，肯定是有如滔滔江水連綿不絕的！

偏偏讓你的虛情假意不能輕易得逞地溜出來！一念及此，丁小藝直接向靠落地大玻璃的一個小卡座奔了過去，然後一屁股坐在那個無扶手的椅子上。

坐下後丁小藝假裝一臉欣喜地說，這位子好，沒半點束縛感呢！

而且，還有陽光可以打在身上呢！陳子豪接上嘴來，小藝你咋知道這個位置就是我挑的呢！

啊！丁小藝舌頭使勁彈了一下，那句心有靈犀唄，差點順嘴跳了出來，她可沒打算和他心有靈犀。

來杯卡布奇諾吧！丁小藝四周環視一下，居然，陳子豪挑的這個卡座基本談不上有半點隱蔽性，他那些虛情假意待會該怎麼釋放？

不至於在大庭廣眾之下吧，難道他就不怕眾目睽睽？

丁小藝為自己這一設想嚇了一跳。

只一跳的工夫，她要的卡布奇諾咖啡來了，偏濃的咖啡，加上以蒸汽發泡的牛奶，一直是丁小藝喜歡的顏色，至於味道她倒給有意無意地忽略了。

早先說過，丁小藝是個對什麼都有點恍恍惚惚的人，喝咖啡她從來都辨不出咖啡品種裏那千分之幾差別的味道。就算是百分之幾，十分之幾她也辨別不出，她的恍惚只讓她辨得出咖啡的苦與甜，澀與柔。

這已經很難得了！我們不能苛求一個女人非得對咖啡有一定的鑒賞水平不是。

丁小藝喝咖啡，喝的是別人仰視的一種幸福，再苦再甜再澀再柔的咖啡，也只能是她展示幸福的一個道具，而道具的功能大家都清楚，是陪襯，綠葉式的陪襯。

人們在觀賞一朵花時，誰肯把眼角的餘光施一縷給綠葉呢？

當然，這話也不絕對。

譬如眼下，陳文豪就很認真地拿湯匙攪動著咖啡，神情專注地盯著咖啡與牛奶交融後的顏色，好像那顏色裏有很多值得探討和研究的東西。

哼，還想玩深刻啊！丁小藝在心裏暗笑，陳子豪轉了彎又抹了角以敘舊為名處心積慮約自己出來，不至於就單單為觀察咖啡被攪動的顏色吧！

笑完了丁小藝也端起咖啡，用舌頭舔了一下，然後閉上眼，做出一副用心品嘗的模樣，心裏則在合計，你玩深沉是嗎，我配合你，玩拉開距離，行不？

誠然，一個人在用心品嘗咖啡時，那些虛情假意是有孔也不好入的。

丁小藝這一玩拉開距離吧，居然有十多分鐘兩人都沒說上一句話。

十分鐘的沉默，讓丁小藝的心裏發生了急劇的變化，不是說男人和女人的距離就是一張床嗎，這陳子豪難道沒縮短這距離的慾望？

一個女人，要是不能讓對面坐著的男人起半點覬覦之心的話，無異於是件很殘忍的事，換句話來說，這個女人不值得別的男人上心。

不值得別的男人上心的女人，必然是醜女人無疑，網上有這麼一句話，對於醜女人，細看是一種殘忍，除非你想懲罰她！

難道，自己在陳子豪的眼裏，竟是這種形象，不能細看的那種？

丁小藝有點坐不住了，儘管她認為自己不醜，但醜不醜，得眼前的陳子豪細看才能以正視聽啊！要知道，打從坐下來，陳子豪一直細看的就是那杯卡布奇諾咖啡。

難道他要懲罰那杯咖啡不成，以丁小藝的審美觀點來定性的話，卡布奇諾的顏色實在夠不上漂亮，刻薄點說，連好看都算不上。

陳子豪還真是要懲罰那杯咖啡的，正確的說法是借這杯咖啡懲罰一把自己。

在丁小藝沒嫁人前，陳子豪起了幾次心想請丁小藝到這家旋轉咖啡廳來小坐片刻，但一想到這種舶來的飲品，還有那些舶來的文化入侵，陳子豪心裏就設了防似的，無端端的沒來由地拒絕著，一直拒絕到丁小藝嫁了人。

後悔莫及了！這才。

咖啡就咖啡吧，還卡布奇諾，陳子豪對修士一向不感興趣，而卡布奇諾咖啡的顏色，就像卡布奇諾教會的修士在深褐色的外衣上覆上一條頭巾一樣，哪還有點男性的陽剛之氣呢，一整個陰暗的代名詞。陳子豪因為自己臉上的顏色深，加上頭髮出現少年白曾被人贈送外號，卡布奇諾，所以一直深惡而痛絕著這一名字！

幹麼要為一杯咖啡讓幸福失之交臂呢？這是陳子豪得到丁小藝願意赴約後的第一反應。

早知道丁小藝一請就到，自己是可以提前享受這份幸福的啊！

陳子豪想像中的幸福，就是有丁小藝這麼個可人兒陪著，在旋轉咖啡廳中靜靜地喝上一杯咖啡，哪怕什麼也不幹，枯坐一段時光都行。

理由是，這段時光是兩人共同擁有的，不知哪位不上臺面的哲人說過，人這一輩子，快樂時是飛著渡過的，痛苦時是爬著渡過的。

而在咖啡廳忽明忽暗的燈光中，時光總給人凝固的感覺。就連那些音樂，也是緩慢地流淌的，沉浸在這種時光中的陳子豪思維自然處於靜止狀態了，或者叫休眠狀態也不是不行。

丁小藝卻沒跟他共同休眠的意思，她以最佳姿態等著他廉價的奉承和虛情假意的襲擊呢！

所以，丁小藝就主動打破了這寂靜，她很響地啜了一口咖啡，以提醒陳子豪把注意力轉向自己。

果然這一聲響起了作用，陳子豪像受了驚嚇，愕然把目光遞過來。

丁小藝忸怩了一下，沒話找話說，子豪你覺得我今天的髮型好看麼？

陳子豪目光就象徵性地往上越了一下，說，好看！

要的就是你說好看！丁小藝假裝羞澀地一笑，故意把話題往陳子豪身上引，知道麼，是用那把譚木匠梳子梳的！

譚木匠？陳子豪眼裏迷茫了一下。看來是應了一句歌詞，時光流水匆匆過了，過得不留下一絲痕跡。

你送的啊，丁小藝心裏有了些許的不快，難道你忘了，忘了還敘個什麼舊？

沒，沒忘，哪能忘呢？陳子豪急忙接上嘴，心裏卻奇怪著，敘舊非得跟一把譚木匠梳子有關麼？

丁小藝卻固執地認為，陳子豪既然要跟她敘舊，只能跟那把譚木匠梳子有關。

原因很簡單，那是她在婚前唯一一次單獨和陳子豪在一起的時光。

真沒忘？見陳子豪一副心不在焉的語氣令丁小藝心裏起了懷疑，那你回憶一下，當初你都對我說些什麼？

丁小藝之所以有此一問，是因為當初陳子豪對她廉價的奉承，至今還歷歷在目呢！陳子豪曾自詡過是個深刻的人，其奉承哪怕是廉價的，也必有他的獨到之處。

陳子豪就以手托腮，作回憶狀。

丁小藝不急，也以手托腮，不過不作回憶狀，作期待狀。

只是，這個期待漫長了一點。漫長得讓丁小藝的耐心一點一點從心頭流失，而我們都知道，女人是最沒耐心的動物。

丁小藝忍不住了，友情提示說，那天，我正在譚木匠專賣店裏挑梳子，你從背後突然出現了。我出現了嗎，在你背後？還很突然？陳子豪被這友情提示弄得很不自然，極不情願地出場似的，我都說了些啥？

你說，看了小藝的頭髮，才知道古人為啥要創造出青絲這兩個字了！丁小藝這麼回憶時，還不忘摸了一把自己的秀髮。很顯然，她沉浸在往事中了。

嗯，嗯，這青絲二字肯定是為你創造的，古人真有先見之明啊！陳子豪記憶好像被開發出來，順嘴奉承了這麼一句。

這句奉承讓丁小藝很受用，她就一臉嘉許地望著陳子豪，說，你當時還吟了詩的。

吟詩，我有這麼不著調嗎？陳子豪一向認為吟詩作對在當今社會是最不著調的事了。

你沒這麼不著調，難道是我自己不著調啊？丁小藝被陳子豪這麼一詰問有點惱羞成怒了，明明他當初非得要為自己吟詩的，弄得眼下像自己在討那份虛情假意似的。

那，我都吟了些什麼？時過境遷的事了，陳子豪實在沒了半點印象，陳子豪不是記性很好的人，何況那還是段讓他恥辱的事呢。

陳子豪都吟了些什麼呢，丁小藝一下子也瞠了目結了舌，幾年前的場景縱然歷歷在目，卻也不能讓她一時半會就一字不漏的清晰再版吧，原音再現那些事只在電視節目裏才有的。

陳子豪就在丁小藝的瞠目結舌中把思維拽上正軌。

想不起來最好！他請丁小藝出來喝茶，敘舊只是藉口而已，沒誰希望把自己敘舊到那個尷尬不已的年月。男人，一個未婚男人在一個已婚女人面前，犯不著再掉這個價，就算是虛情假意的價也不能掉！不能掉這份價的陳子豪就手端咖啡踱到落地玻璃窗前，感慨萬千地說，小藝你以進入婚姻的感受者說說看，這年月有人為愛情自殺，有人為名利自殺，怎麼獨獨沒人為婚姻自殺的！

丁小藝對這個問題是懶得動腦筋的，她的思維能力只允許她為一件事情擴散開去，眼下，她正在腦海中拼命重播過濾那段能讓她再被青春撞一下腰的時光呢！

該死，那段虛情假意的詩文咋說想都想不起來了？

陳子豪這一問沒指望丁小藝回答的，他有些憐憫地回過頭來，衝丁小藝歎口氣說，因為婚姻就是一種慢性自殺啊，小藝你都進入自殺狀態了知道不？

丁小藝當然不知道，她手中捧著那杯卡布奇諾著了魔似地喃喃自語著，青絲，那詩與青絲有關的，我咋就不記得了呢？

陳子豪忽然來了開玩笑的情致，說不記得是由於沒人肯再為你送一回譚木匠梳子了！

丁小藝儘管處於著魔狀態中，但對這種冷嘲熱諷還是聽得出來的，丁小藝就奮力回擊說，你胡說，我老公這次出門回來就會給我送的！

是嗎？陳子豪冷笑，這種謊言你都信？

幹嗎不信？丁小藝奇怪了。

那你回想一下，認真點，你們結婚後他都出過幾次門了？陳子豪一哂，很響地啜了一口咖啡，這次輪到他提醒丁小藝了。

丁小藝就一臉茫然了，也是的，婚後李文起出過很多次差了，可那把譚木匠梳子硬是沒有帶回來，婚前老公對那把譚木匠的梳子可是充滿敵意的，他幾次都酸酸地說不希望過了某個男人之手的梳子天天在自己媳婦頭上撫摸。

見丁小藝一臉茫然，陳子豪的深刻本性又不失時機鑽了出來，丁小藝啊丁小藝，這叫謊言都繞了半個地球了，真相還沒穿好衣服呢！

你譏諷我沒穿衣服？茫然中的丁小藝勃然大怒，那杯沒喝完的咖啡兜頭向陳子豪潑了過去。

陳子豪躲了一下，下意識地，自然是躲不過，兩個人的距離是在是太近了。

陳子豪抹一把頭上的咖啡，一臉憐憫地站起來，整一下衣領，不看丁小藝了，往外走。

丁小藝使勁一跺腳，疾聲喊道，陳子豪，你給我站住！

陳子豪沒站住，大廳裏走動的人倒全站住了。

站住了不算，還把所有的目光聚焦到丁小藝的臉上，勿庸置疑，丁小藝的臉上是氣極敗壞的。

丁小藝受不得這眾多同時空投過來的目光，跟著又氣急敗壞地喊了一聲，陳子豪你再不站住，我就從這兒跳下去！

丁小藝邊說邊推開落地玻璃上那扇專供空氣對流的窗戶，把腿跨了上去。

跳下去，至於嗎？陳子豪雙手插進褲兜裏冷笑說，請你出來敘個舊而已，用不著尋死覓活的！

誰尋死覓活的？丁小藝又一次恍惚起來，她只是習慣性地示威一下，電視上女人慣用的手段而已，她為什麼不能摹仿一把？

見丁小藝又一次恍惚的模樣，陳子豪忍無可忍地罵了一句，無事生非是吧，我成全你！

這麼說著，陳子豪就裝出大踏步要跨過來推她一把的架勢。

丁小藝像受了遙控，整個身子隨著陳子豪虛空的手勢一歪，那扇窗戶立馬就空了起來。

街心花園的花池週邊欄杆上，有個女人正斜倚著不銹鋼扶手有一搭沒一搭地看著天上的流雲，有一朵流雲流到了旋轉咖啡廳上面，女人眼光豔羨起來，那上面的人，該是怎麼樣的一種幸福啊！

正豔羨呢，女人眼前冷不丁地一暗，丁小藝的身體從旋轉咖啡廳上面跌落下來。

女人嚇得一把捂住了臉，幸好她的身邊有個男人及時扶住她，才沒暈倒在地上。男人拍了拍女人的肩背，寬慰說，乖，別怕，那肯定是個為愛情自殺的女人！

女人是個準新娘，正在街心花園選景點拍婚妙照呢！女人暗自慶倖，幸好自己就要進入婚姻了。

女人之所以選擇了婚姻，是女人也聽人說過，沒人為婚姻自殺的。

給我盯著點

給我盯著點！陳冬梅的話音隨著她的頭在廚房門口晃了一下。

張成海嚇一跳，趕緊調台，同時還不忘看了一下時間，陳冬梅在時間把握方面有著異乎尋常的功能。果然，電視畫面上，主持人正在搖福彩乒乓球。

盯著點又有什麼用呢？張成海知道還不是那個千篇一律的結果，不中！

果然又沒有中！張成海把彩票團成一個小疙瘩憤憤然砸向牆角，又可惜了兩塊錢，一碗素米粉呢！

砸完了，他又恨恨把眼光砸向廚房，陳冬梅的頭卻沒再晃到門口。

早先迷上買彩票那會，每次福彩搖獎時都是陳冬梅把守陣地，一直不曾失守過。是陳冬梅自己主動退出陣地的，那一次，陳冬梅看著一個個乒乓球從裏面搖出來，那些數字也一個個跟自己手中的彩票的數字一個個重合，陳冬梅心率就開始加快，血脈就開始賁張。

偏偏，最後一個數字沒能重合上，她手裏的尾數是6，人家乒乓球上面寫著的是9，要重合也不是不行，得倒過來看。

那會兒張成海正在廚房裏鼓搗著鍋碗瓢盆，自然是鼓搗出了一肚子怨氣，就聽客廳裏傳來撲通一聲響，折騰吧！使勁折騰吧！張成海心裏憤憤然的，無動於衷地繼續在廚房裏鼓搗著。

直到他把飯菜鼓搗上了桌，才發現陳冬梅人已經倒在客廳沙發了，兩眼不錯地盯著手中的彩票。那彩票是倒著看的，在她手上。

事後，陳冬梅就不看搖獎直播了，一百萬啊！

就這麼擦肩而過了，她實在受不了那個刺激。

一直以來，張成海對陳冬梅樂此不疲買彩票是頗有微詞的。不買彩票去買化妝品啊！陳冬梅一句話就把張成海的微詞給擋了回去。也是的，陳冬梅夠持家了，擦臉都只用一塊錢一袋的蛇油膏，一張兩塊錢的彩票，那可是給陳冬梅買的生活夢想啊！

哪兒有兩塊錢的夢想賣呢？張成海顯然找不出哪兒能有一塊錢能與一百萬扯上關係的夢想，那就繼續買吧！不就多一塊錢嗎，也顯得自己大度一回。

兩塊錢，實在不是多大個事。一個人，尤其是一個女人，一旦沒了夢想，那是很危險的一件事，她會失去跟一個男人生活下去的勇氣。而男人，哪怕是一個最普通的男人，沒了女人，也同樣沒了生活下去的底氣。

張成海就自然得幫陳冬梅給盯緊點兒了。

算是夫妻間難得的一次默契吧！

他們一向都不怎麼默契的。

比如說眼下，乒乓球搖完了，兩人端端正正坐上了桌子，兒子在學校住宿，這為他們鬥嘴提借了極為便利的條件。

菜很簡單，一個炒青菜，一個炒土豆。

張成海皺了一下眉，筷子碰了一下土豆，又轉個彎把青菜扒拉了兩下，嘟囔說，要是有兩塊豆腐就好了！

兩塊豆腐在小城的價格誰都知道，二塊錢！陳冬梅當然更知道。

她心裏明鏡似的，每次她去買彩票，張成海都會看見兩塊白嫩嫩的豆腐沒影了。

狗日的，咋就不看看我比豆腐還白嫩的兩塊臉都成啥樣兒了呢？

當然，這種交鋒往往是作話外音處理了的。兩個人雖說都對電影不感興趣，但這點常識還是具備的。

這一回，是張成海破了例。一般情況下，他的嘟嚷是埋在肚子裏，這一次，估計是擔心陳冬梅長此下去積重難返，就脫口而出了。

陳冬梅的筷子不轉彎，直接越過土豆越過青菜衝張成海而來，要是有兩塊豆腐就好了？一個大男人，也虧你說得出口，你咋不說要是有兩隻龍蝦就好了！

兩隻龍蝦，張成海顯然不敢奢求，陳冬梅也是掐死了這一點，所以一開口就點了張成海的死穴。

張成海的臉刷一下白了，倒有點像兩塊落了灰的豆腐，呈死灰色了！

那飯擱一般人家的兩口子身上，是絕對吃不下去了，但張成海和陳冬梅都照吃不誤。

只有吃飽了，才有力氣吵架，這是他們夫妻多年來達成的一種共識。

因而，那盤青菜，儘管沒拌半塊豆腐，那盤土豆儘管沒添半點肉丁，兩人照樣吃了個風捲殘雲。

吃完了，時間還早。

張成海盯了一眼陳冬梅，說我出去轉一下啊！

陳冬梅也盯一眼張成海，轉兩下都行，反正你有的是時間！

張成海受了奚落，並不生氣，說你也可以轉兩下的，你時間比我更富裕啊！

這是事實，張成海多少還有個賣苦力的單位，陳冬梅呢，則什麼也沒有。

正因為什麼也沒有，陳冬梅才把買福彩當成了一種職業，人是三節草，總有一節好，沒準，自己就撞上頭彩了呢，只要自己盯得緊點，更緊點。

錢財這玩藝，你盯得緊，它就靠你靠得近。

男女之間不也這樣麼，當初不是張成海盯自己盯得緊，她能只用一塊錢的蛇油膏擦臉？她能只把兩塊錢的福利彩票當成理想？

日子過得稍微舒坦點的女人，誰會天天眼巴巴為一張寸把寬的彩票牽腸掛肚啊，人家牽腸掛肚的是美容院又來哪些新護膚套裝，是女裝專賣店又有哪些新款上市了。

這些舒坦女人中，就有陳冬梅的好姐妹趙玉玲。

趙玉玲早先可是十分喜歡張成海的，可喜歡能當飯吃嗎？

人家趙玉玲現在都不怎麼吃飯了，吃營養套餐，那些套餐，具有養顏排毒減肥等很多功能。飯，是窮人才吃的！這是趙玉玲的原話。

那天張成海和陳冬梅一起趕人情，吃了一次酒店的大餐，出來，嘴上還油光可鑒著，恰好就碰見趙玉玲。陳冬梅就順嘴問了一句，玉玲你吃飯了嗎？

趙玉玲矜持地揚了一下頭，說，飯？我都很久沒吃過了呢！

那你吃什麼啊？張成海心裏估計還是關心著趙玉玲的，趙玉玲的胃一向不怎麼好，他以為是趙玉玲胃病犯了，就一臉關切地問了一句。

我吃這個！營養套餐，青島營養專家給量身定做的！趙玉玲假裝輕描淡寫的樣子揚揚手中的提袋說。

青島營養專家？張成海還要追問下去呢，陳冬梅的胳膊肘已頂了他一下，小城的報紙電視上連篇累牘都是青島營養專家的訪談。

他們的生活，離專家指導都還遙不可及呢，更別提量身定做了。

嚴格地說，他們還處於營養不良狀態，如同他們的婚姻。

這會鬥嘴就是營養不良的體現。張成海甩出那句話後就出了門，陳冬梅則不行，她時間富裕歸富裕，但卻富裕在白天，晚上她多多少少還有家務要做。

家窮並不等於家務就少。

相反，還多一些！纏雜不清一些！

因為窮，就想遮一點，這遮只能從表面現象入手。譬如說，陳冬梅會在茶几上隨時裝一盤水果，如果你足夠留心你就會發現，那是一些比較耐放的水果。比如說，柑橘，比如說苦柚，蘋果偶爾也放兩個，但不常放，蘋果這玩藝放長幾天吧，就會軟，還長黴斑。香蕉就更不行了，放兩天就發黑變爛，更重要的是，一斤香蕉可是三斤柑橘的價錢。

水果不能少，香煙也得有一包，不開封的一包，茶葉是不備的，以前備過，太浪費，往往茶還沒泡開呢，客人已走了。

像他們這種窮人家，來的客人大都是有急事才上門走個過場，沒誰正兒八經坐下來跟他們套近乎。就改喝麥乳精，放少量的一勺，變個顏色就行，客人走了也不浪費，可以自己喝。

出醜的東西，也得瞞住，像破舊的拖鞋，褪了色的毛巾，也都得放在不顯眼的位置。

這番窮與醜一遮一瞞，得，一個小時就沒了。

光沒了這一小時也無關緊要，要緊的是把好心情給整沒了，你說，這會兒陳冬梅還有心情出去轉兩下嗎？轉半下她都覺得窩心，放眼看看，人家公共廁所的瓷磚都比自家客廳瓷磚豪華幾分。所以說，很多個晚上，陳冬梅是選擇足不出戶的，不出戶也不閑著，她會把張成海砸到牆角邊的彩票再撿起來，平平整整攤開，夾進某本書中。隔段時間再取出來，和先前那些作廢的彩票放在一起，一張一張地點數，點完了再乘以2，乘完了眉頭會狠狠地皺一下，在心裏滴血，暗暗咕噥一聲，狗日的，咋就有一千大幾百了呢！

一千大幾百元錢，什麼概念，一台打折的掛式空調了呢！那一刻陳冬梅會狠狠抽自己一嘴巴，我叫你犯賤！其實這一下應該打在手上的，犯賤的是手啊！

陳冬梅不覺得自己錯，犯賤的是手不假，可嘴老管不住也是事實，每次搖完乒乓球，她都會在第二天到投注站打聽，誰誰又中獎了。

投注站自然不會放過這一鼓動人心的大好時機，你就是不打聽，他們也會打出橫幅，熱烈祝賀我站彩民喜中大獎的字樣。

打聽完了，陳冬梅往往會發上幾分鐘的呆。

在她發呆的這當兒，就有人衝她鼓勁說，陳姐你別洩勁氣，上次，你不就一個數字顛倒了沒中上吧，這說明，大獎已經離你很近很近了，只要你盯緊一點，到下次，沒準橫幅上熱烈祝賀的人就是你了！

陳冬梅聽了這話，眼神就會恍恍惚惚飄到橫幅上去，大紅的橫幅呢，橫幅後面應該是隱著一個大紅的臉龐的，因激動而漲滿血色的臉龐。

那一刻，陳冬梅的手就不由自主又伸進了口袋裏，口袋裏躺著早就準備好的二元硬幣。

只這麼一恍惚，兩元硬幣就換成了一張方寸大的彩票。

陳冬梅把個彩票上的數字正過來看幾遍，再反過來看幾遍，直到爛熟於心了，才裝進貼身的口袋裏，再拍一拍，拍踏實了，拍穩妥了，然後才慢慢走出投注站。

沒準，這一張薄薄的紙片就會牽出百萬大獎來呢，這可不是憑空臆想的事兒，就在這個小小的投注站，已經前前後後有三人中過百萬大獎了。

今天，陳冬梅決定破一回例，不做家務了。反正是窮遮不住，是醜瞞不了，自己怎麼收拾也收拾不了身上的寒磣相，不如就出去轉兩下吧！破天荒的，陳冬梅第一次在晚飯後出了門。

行走三分利！沒準這七轉八不轉的，把時運給轉出來了呢，這麼想著，陳冬梅的步伐一下子輕盈了許多。

因為輕盈，陳冬梅走路就帶了風，女人帶的風，一般情況是可以用香風來形容的。陳冬梅雖說不化妝，但卻愛乾淨，出門總會用香皂洗洗臉和手，乍一聞，很乾淨很舒心的味道。

跟香水味區別很大。

香水味是刻意而做作的，香皂味則隨意而自然得多。

一句話，容易讓人接受。

這香風眼下就讓一個男人接受到了，他很誇張地掀動幾下鼻翕，深呼吸一口，說，聞香識女人呢！

一回頭，居然，真的是相識的女人。

男人就笑，說陳冬梅你搞得香噴噴的去迷誰？

陳冬梅語氣酸酸地回了一句，反正迷不上你！

從這口氣上來說，兩人很熟。

是的，不光兩人很熟，他們兩家都很熟，男人是趙玉玲的老公陳治安。

陳治安就作出陶醉狀說，我都被你迷得三月不知肉香了！

這話讓陳冬梅想起趙玉玲的營養套餐來，陳冬梅就恨恨地說，是三月不知飯香才對吧！

三月不知飯香？陳治安有點摸不著頭腦了。

摸不著頭腦正好，反正陳冬梅又不打算解釋，陳冬梅就越過陳治安，大踏步往前走。

陳治安緊趕幾步，說，去哪兒啊，這麼急？

陳冬梅慢下腳步，說，哪兒也不去，就隨便轉兩下！

那，要不一起去喝杯咖啡？陳治安提議。

喝咖啡？陳冬梅怔了一下，那玩藝她沒興趣，她一向只對夜市攤上的燒烤感興趣。就這燒烤也還是結婚前吃過，婚後日子一天比一天窘迫，她就自動斷了這口福。

見陳冬梅發怔，陳治安就知道陳冬梅動了心，陳治安笑笑，徵求她意見說，想幹什麼，你來決定吧！

那，一起吃燒烤吧！陳冬梅猶豫一下還是說了出來，說這話時她還存了一份私心的，張成海不是抱怨兩塊錢買豆腐吃也是好的嗎，待會吃飽了順手帶幾串羊肉串和兩串炸臭豆腐回去，也算對他是個小小的補償吧！

陳治安自然是滿口應允，對咖啡那種舶來的玩藝他也不怎麼感興趣，都怪趙玉玲，聽了什麼營養專家的指導，說要吃出健康喝出營養，把他的很多愛好給扼殺了。

比如說吃燒烤！

難得有人這麼志同道合，而且還是個香噴噴的女人。其實，要論香，趙玉玲應該比陳冬梅更香，她用的是法國香奈兒香水呢！

可陳治安總覺得，趙玉玲的香是那麼地不真實，倒是陳冬梅身上淡淡的皂香和體香讓他一下子來了興致。

當然，這興致是一個危險的信號。

陳冬梅不覺得有什麼危險，吃頓燒烤能有什麼危險呢，那麼多人在吃呢！

於是就欣欣然去了。

吃燒烤喝啤酒，兩個人的興致都很高，喝到八成醉時，陳冬梅大喇喇地拍一下肩頭說，陳治安你得小心了。

小心啥？陳治安灌下一大口啤酒，瞪大眼睛問陳冬梅。

小心回去挨板子啊！你這麼胡吃海喝，趙玉玲會饒過你啊？陳冬梅笑。

胡吃海喝又不是胡嫖亂搞！陳治安不懷好意衝陳冬梅一擠眼，把話往那上面引。

趙玉玲可是請青島營養專家量身定做營養套餐了的，陳冬梅擰一下陳治安的耳朵，這年頭，不就講究吃出健康來嗎？

去他媽的，人不是為健康才活著的！陳治安使勁頓一下酒杯，老子早就煩了她這一套，從來都不讓人正正經經吃頓飯。

呵呵，只要她讓你正正經經睡就行啊！陳冬梅忍不住侃了陳治安一下。

能正正經經睡我這會還跑出來啊！陳治安苦笑，我說你們女人啊，沒錢時過日子不折騰？有了錢不折騰就不過日子！

陳冬梅說咋不折騰，是沒勁折騰，你想想啊，買兩塊錢彩票還要看男人臉色的日子，能折騰出個什麼勁來。

陳治安說，不就買彩票嗎，不就兩塊錢一張嗎，我給你一仟塊，你天天去買，中了是你的，不中算我的！完了真就掏出一仟元使勁往陳冬梅手裏塞。

陳冬梅推回去，說那哪行呢！

有什麼不行的，不就一瓶化妝品的價錢嗎，女人只要開心，比用什麼化妝品都見效！

那你圖個啥呢？陳冬梅小心翼翼地問他說。

圖你在我面前有個笑臉樣啊，不化妝的笑臉樣啊！陳治安說完又使勁把錢往陳冬梅手中塞，陳冬梅手一讓，陳治安那手就直接摁自己胸脯上了。

兩人心裏都一顫。

急赤白臉買了單，兩人往回走。

陳治安試著把手環上陳冬梅的腰，陳冬梅沒拒絕，兩人環著往黑暗處走了幾步，陳治安猛一側身子站到陳冬梅面前，另一隻手包抄過來，使勁摟緊了陳冬梅說，人，是為快樂而活著的，兩塊錢就能有一個快樂的夢想，我給你！

陳冬梅心裏慌了一下，滿以為陳治安的手會有進一步動作時，偏偏腰間一鬆，陳治安退後一步，說，你回家吧，別讓張成海轉得太遠，盯緊點兒！

別讓張成海轉得太遠？什麼意思？盯緊點兒？什麼意思？

在陳冬梅的四個問號中，張成海沒轉得太遠。

他第一次轉到了陳冬梅常去的那個投注站，他實在不明白，一張小小的彩票居然能改變人的一生。

要是，自己能有那麼一台彩票機，從裏面卡卡打出一張又一張彩票來，多好！那樣自己可以把十個阿拉伯數字從頭到尾打亂秩序排上一遍，不就中大獎了。

呵呵，看來中大獎並不難，有一台彩票機就足夠了！張成海陷入了沉思，他似乎看見自己老婆陳冬梅手中的零錢一次一次被彩票機吞了進去。

不行，得讓它吐出來，一分不少地吐出來。

這麼想著，張成海嘴角浮起了一絲冷笑。

面帶冷笑的張成海圍著投注站轉了一圈又一圈，直到所有買彩票的人全都走光，直到投注站的卷閘門咣當一聲鎖上。

他才抬起臉看了看時間，那會兒是晚上十點。十點，在他們所在的小城已經很安靜了，這是一個還有點古風的小城，夜生活在這兒還沒有興起。

很好！很好！張成海就這麼頻頻點頭回到了家裏。

去哪兒了！轉兩下轉這麼久？陳冬梅對忘了帶鑰匙出門的張成海隨口問了一下。
沒去哪兒，就隨便晃了一下！張成海似乎沉浸在什麼裏頭，神思有那麼點恍惚。
好在，陳冬梅也是恍惚著的，都沒多說什麼，難得平靜的一個夜晚呢！
而平靜，是很適合想點事情的！
很顯然的，這一夜，兩個人都想了事情。只是，心沒往一處想，應了同床異夢一說。
陳冬梅想的事情是，既然每天買彩票的錢有陳治安買單，那麼，自己省下的兩塊錢是該買點豆腐肉丁啥的了，滿足一回張成海吧！畢竟張成海不是要吃大魚大肉山珍海味什麼的。
明眼人都能看出來，這個滿足是含了某種愧疚在裏面的，陳冬梅的悔疚不言而喻，她沒勇氣拒絕陳治安的擁抱，下一步，她不知道自己還能拒絕陳治安的什麼動作。
張成海想的事情就簡單得多，他想知道那個彩票機裏究竟吞進了他飯桌上多少塊的豆腐錢。
當然，這得需要老婆陳冬梅的配合。
難處在於，陳冬梅在很多時候是從不配合他的，貧賤夫妻嗎，在百事都哀的狀態下，你能指望誰主動配合誰呢？
張成海在天要亮時終於想到了一個方法，那就是自己低下架子，主動配合陳冬梅一回，以便陳冬梅投桃報李配合自己一次。
配合是要以實際行動來證明的，張成海的實際行動就是悄悄去買了一張彩票，在開獎那天直接把台定在了有福彩的那個頻道。
陳冬梅跟以往一樣在廚房裏炒菜，張成海一門心思盯著電視上時間的跳換。
到了，到了，就到搖獎的時候了，隨著主持人一亮相，張成海趕緊也亮出一張討好的笑臉衝著廚房門，只要陳冬梅的頭一晃，他就會恰到好處獻媚說，不用交代，我早給你盯著呢！

但這一回，偏偏幾個乒乓球全搖出來了，陳冬梅的頭也沒探出來。

張成海怔了一下，咋就忽然不要他給盯緊點呢，難道她不買彩票了？

這不是陳冬梅的一貫作風啊！

遊戲忽然改變了規則，讓張成海理不清頭緒了。他不知道的是，陳冬梅彩票還是買了的，因為是花的陳治安的錢，她的慾望就不明不白下降了許多，該中的跑不了，不中也不損失什麼。

盯緊不盯緊點有什麼區別呢？

區別其實是有的，在那兩塊錢上。

不是自己口袋裏挖出去的，不心疼！

心疼的是張成海，他買那張彩票本來只是要主動配合陳冬梅一下的，可隨著乒乓球一個一個搖出來，他的心跳開始加急。一個，對上了，兩個，又對上了，三個，還是對上了，四個，五個，乖乖，就剩最後一個了，張成海頭上開始冒汗。

乒一下，隨著最後一個乒乓球落地，鏡頭特寫中有那個大大的1字鑽進了張成海的眼簾，怎麼就不是7呢？

張成海心裏默念了好多遍的那個7居然被削光了腦袋，變成1了。

懷著僥倖的心理，張成海又從口袋裏摸出那張彩票，是的，彩票上的7依然是7，沒有削掉腦袋的傾向。

廚房門就在這時開的，陳冬梅探出頭來，說，開飯了！

飯菜整上了桌子，張成海第一次沒嘟噥，沒嘟噥是因為青菜中有了豆腐，土豆裏有了肉丁。

吃到一半時，張成海想了想，停下筷子說，搖獎結果出來了，你就不想知道？

陳冬梅好脾氣地笑笑，知道了又怎麼樣，反正是不中！

張成海咽了一下喉嚨，艱難地說，我要沒了那個腦袋，就中了！

說胡話啊你，好端端的，啥叫沒了那個腦袋，還活不活啊！陳冬梅嗔了他一眼，破天荒的沒發脾氣。

張成海默默起身，走到客廳牆角，撿起那個紙團，攤開，展平，指著末尾那個7字說，你看啊，你看啊，他用手遮住7字上面的腦袋——那一橫補充說，要沒了這個腦袋，不就成1字了！

你是說，今晚的大獎跟你這張彩票就一字之差？陳冬梅到底是玩過彩票的，一下子明白過來。

嗯！張成海使勁點頭，然後狠狠把筷子扎向7字上面的腦袋。

狗日的大獎，上次是給我來了個顛倒上下，這次給你來個掉腦袋！陳冬梅一臉興奮地說，這麼好的兆頭，沒準下一張就中了呢！

張成海也配合地整出一臉興奮來，皇帝還輪流坐呢！沒準大獎就要到我們家了，這麼多年，就投入了那麼多，也該回報了！

難得夫唱婦隨一回，陳冬梅附合說，也不多，才一千大幾百而已！

一千大幾百？你說確切點，張成海的目的就是要得到這個準確的數字，不然他怎麼從彩票機裏把屬於自己飯桌豆腐錢給一分不少地吐出來啊！

加上你今天這張，剛好一千八百塊！陳冬梅回想了一下票面說，本來她想說加上自己口袋那張的，但仔細一想，那是陳治安的錢呢，不能算在自己帳上。

哼哼，一千八百塊！張成海若有所思地點一下頭，放下筷子碗說，你收拾一下，別等我了，我出去隨便轉兩下。

他心裏有數，這一轉最低得轉到十點，至於撬開投注站的卷閘門，起碼要等到十點以後。撬開了，他才可以從容不迫地坐在那兒從彩票機裏打出彩票來，一千八百元，九百張呢！數一遍下來都很要功夫的。

呵呵，不信中不了獎。

陳冬梅是在張成海出門後接到陳治安電話的，陳治安說，我能上來坐坐嗎？

陳冬梅當然不拒絕他上來坐坐，她也清楚這坐一坐的含義。

手忙腳亂清理好客廳時，陳治安已經在外面敲響了門。

陳治安進來，坐下，四處打量一番，感慨地說，你這小家很溫馨呢！

陳冬梅笑一下，不嫌寒磣就行了，哪能跟你家比！

我家？陳治安苦笑，一個現代化的冰窖，什麼家電都不缺，唯獨缺了人的氣息。

那你感受人的氣息也該去找趙玉玲啊，陳冬梅給他遞上一杯麥乳精。

她還有人的氣息嗎？陳治安兩眼發直地盯住陳冬梅，她身上只有化妝品和營養套餐的氣息了。

陳冬梅被盯得臉色潮紅，呼吸急促起來，陳治安忽然就站起身，一把擁了陳冬梅入懷，跟著把她摁在了沙發上。

這樣，不好吧！陳冬梅猝不及防，剛要張口拒絕呢，陳治安的嘴巴堵了上來，兩人滾到了地板上。

開始是呻吟，喘息，再後來，他們又從地板轉移到臥室的床上，因為彼此都太投入了，都忘了時間正飛快地流失。

以至於十點過了，他們都沒曾發現，以往這時候，張成海都快回家了。

是大街上一陣警笛狂鳴引起了他們的警覺，匆忙穿上衣服後，陳治安說，我該走了！

陳冬梅揮了揮手，示意他快走，她得把客廳地板床鋪啊全整理得一塵不染的樣兒，那樣才不至於引起張成海的懷疑。

在整理過程中，陳冬梅忍不住在心裏發了一聲苦笑，這日子，過顛倒了，花那麼大力氣整理好了，就是為等張成海回來再弄成一團糟麼？

陳冬梅的苦笑一直延續到了第二天早上，一個消息才讓她的腦子有了片刻的空白。

那個消息是這樣的，在頭天夜裏，市內一家彩票投注站被歹徒撬開，偏巧，那晚投注站有個女人在值班。女人是跟男人吵架後不想回去，打算在那兒將就一晚上的，女人見有歹徒撬門進去，大喊救命，被歹徒砸死在床上。

奇怪的是那歹徒一沒搶女人身上的錢，二沒對女人施暴，而是在女人死後從容不迫地在彩票機上打出了九百張彩票，其中以尾數為6和9，7和1的居多。

這個消息讓陳冬梅大腦空白之後緊跟著響起張成海頭天晚上在飯桌上說的話來，我要是沒了那個腦袋，就中了！

背後的陽光

陳明真是賭氣出的門，因為心情裏有氣，出門時就有點大義凜然。這讓她身上或多或少增添了某種氣勢，乍一看，如電影電視上那些女英雄的形象翻版。

可惜，陳明真不是英雄，英雄的是她男人成大宇。勿庸置疑，陳明真是和成大宇賭上氣了，這不奇怪，普通女人跟英雄男人一起生活，是最容易賭氣的了，原因很簡單，思想境界不在一個層面啊！

陳明真從來不認為自己有多高的境界，她也不想自己的境界能上升到什麼層面，她只想有房子住，有飯吃，有班上，有孩子帶。女人嗎，終歸到底是要走上一條相夫教子的道路的，哪怕她不是一個賢妻良母。

我這樣說，你千萬別被誤導了，就認為陳明真剛好就不是一個賢妻良母。

陳明真只是賭一口氣而已，哪個女人不愛賭一口氣呢？

賭氣的陳明真大義凜然走了沒十分鐘，才發現自己犯了個十分低級的錯誤，她居然沒帶傘。

在這個陽光毒辣的正午，在這個紫外線可以直接殺傷皮膚的夏天，在這個大氣層被嚴重破壞的這個年代，一個女人，怎麼可以不帶一把能抗紫外線的傘呢？這同男人出門不帶錢一樣是不可容忍的錯誤。

陳明真的這個大義凜然，顯然是失策了！

失策歸失策，但她不能失態。陳明真一直認為，自己尚算得上個儀態得體的女人。

儀態得體的陳明真就以手遮在額頭上，迅速向四周巡視了一番，她得找個能遮陰的地方，把自己的情緒順一順。

碰巧，旁邊不遠處有個報刊亭，亭上有一個巨大的遮陽傘，不光遮住了報刊亭的一半，還將前面遮出一大塊地方。

陳明真就信步走了過去，假裝翻書，以便把不良情緒順出去，不是有這樣一句話嗎？書是人類最好的朋友，沒準這個最好的朋友會給自己一個忠告或者建議呢！陳明真便隨便翻便把思緒放飛。

果然就心想事成了。

陳明真只隨便翻了一頁，就讀到這麼一段話——一個人犯錯誤，大半是在該用真情時太過動腦筋，而在該動腦筋時又太過感情用事！

那剛才，是成大宇太動腦筋了，還是自己太過感情用事了？陳明真合上書，把剛才的一幕來了一次真情重播。

事情的發生有點突兀，本來兩人商量好了的，趁中午，難得一個兩人都在家的日子，做一次愛。

讀到這兒，你千萬別以為這是件很好笑的事，兩口子做個愛，還得商量，還得找時間，還得趁中午？其實上一點也不好笑，做愛，這個在別人夫妻之間再平常不過的事兒，甚至都要挑心情好時才懶洋洋應付一回的事兒，在陳明真和成大宇兩人眼裏，卻是很奢侈的一件事兒。

沒辦法，房子小唄！

小也不是不能克服，問題是，孩子大了，夜晚稍微有個風吹草動的就驚醒過來，瞪大迷茫的雙眼在他們身上探索半天。

探索了兩回，兩人內心羞愧無比，於是就轉移戰場，到客廳沙發上做。

他們只有一室一廳的空間，沙發那地方，偶爾為之還可以，因為條件局限，兩個人都不能盡興，往往是還沒開始就宣告了結束。

高潮被一筆帶過了，說像黑龍江的夏天，讓人感覺春天還沒完呢，就直接過渡到秋天了，這讓兩個人的心都吊在半空中，好一陣回不了位。在黑暗中，只有彼此的呼吸達到了高潮，錯落有致地起伏著。

要不，瞅哪天中午了，你抽一小時趕回來，咱們加補加補？陳明真那天試探著問成大宇，她實在無法忍受這種吊在半空的感覺。成大宇就低了頭擺弄那只缺了大拇指的右手，他的手指是在搶救公家財物時被卡斷的，幸虧這根斷了的拇指，得以讓他在千萬員裁員大軍中謀了一個倉庫保管員的職位。好歹也是廠裏的一名英雄啊，下誰的崗也下不了你的崗！這是廠領導在改制時告訴他的，現在廠子已經叫公司了，廠長也叫經理了，倉庫保管員，是很重要的一個崗位呢！

成大宇心裏明鏡似的。

因為揣著這點明白，成大宇對老婆陳明真的這個建議就有了一絲猶豫。

倉庫重地呢，一個小時，要被人偷點什麼走可對不起公司領導的信任呢！成大宇吞吞吐吐丟出這麼一句話來。

很不合時宜的一句話，這一句話丟得讓陳明真大為羞怒，自己為了那事把女人的矜持都給拋棄了，你成大宇倒好，擺出個以公司為家的高風亮節來。行啊！陳明真臉頰漲得通紅，只要你不擔心這一個小時內你老婆不被別人偷走，你就不辜負領導的信任堅守你的倉庫重地吧！

赤裸裸的威脅呢，這是！成大宇頭上的冷汗一下子冒了出來，很密集的一層，像他的心思。陳明真說的不無道理，一旦女人有了那個心，別說一小時了，一刻鍾都可以讓他成大宇的陣地失守的！

一個英雄，怎麼可以讓自己的陣地失守呢？

成大宇使勁捏了一下右拳，可惜少了一根大拇指，這拳頭就捏得比較勉強，形不成重拳出擊的聲勢，儘管他沒打算向誰出擊。

成大宇捏拳只不過是無意識的一個舉動，更確切點說只是一個習慣。但他沒有料到，沒能形成重拳出擊的聲勢竟直接影響到了他的心理狀態和生理狀態，啥叫牽一髮而動全身，這就是！

按陳明真的要求，成大於掐算好時間，準時從公司倉庫趕回了家裏，那時候正是午休時分。

陳明真已經沖好了涼，只穿了一條網狀半透明內褲在床上做好最佳姿態，等待成大宇在自己的陣地上馳騁縱橫長驅直入了。

成大宇小心翼翼開的門，之所以小心翼翼，是因為樓上樓下全住著原公司職工，他要弄出個浩大的聲響來，不等於向人們傳遞倉庫重地無人看守的資訊嗎！

倉庫那地方，天知道有多少崗職工惦記著呢，起碼比惦記陳明真的人多！只差明火執仗前去搶劫了！這點上成大宇再清楚不過。

儘管成大宇小心了又小心，翼翼了又翼翼，門還是歡欣鼓舞地叫了一嗓子，像歡迎他歸來似的。瞧瞧看，這門跟都陳明真心思相通了，也難怪啊，畢竟是千年等一回的事呢！

成大宇原來提著的心被門這聲歡欣的吱呀嚇了一跳，做賊似的四顧一番，閃身進了屋。

到底有沒有人看見他值班時候溜回來呢，人進了屋的成大宇心思卻沒進屋，該不會有人趁這機會到倉庫去順手牽羊吧！

陳明真是聽見門響開始褪的內褲，難得明目張膽地這麼盡興做一回夫妻間該做的事兒，她有什麼必要還羞羞答答的呢，不偷不搶的事兒，就該理直氣壯地來做不是？

當然，這只能是陳明真的一廂情願。

成大宇不覺得自己理多麼直氣多麼壯，他倒是也非常迅速低褪光了身上的衣服，但對陳明真白花花的身體，他卻沒了夜晚時那份衝動和嚮往。

咽了一口唾沫，成大宇悄悄爬上床，喉結滑了幾滑，到底，一句不合時宜的話從喉嚨裏躥了出來，明真啊，你說我這會溜崗回來，是不是太對不起領導了？

陳明真火了，那你意思是寧願對不起我了？

成大宇陪了笑臉，說那哪能呢，我只不過是擔心這會兒有人趁虛而入鑽進倉庫而已。

這話，實在是太煞風景了！陳明真心說我花半天心思洗得香噴噴的等你回來，不是為了聽你囉嗦的，陳明真就一翻身撲在成大宇身上，她想用行動來堵一下成大宇的嘴巴。

男人，誰不好點這個呢，尤其是像他們這樣生活極為窘迫的夫妻，都三個月沒完完整整做過一次愛了，不想絕對是假的。

成大宇顯然是想的，他急急忙忙把陳明真往自己身上拽，把自己的頭饑不擇食般往陳明真懷裏拱。

可拱著拱著他腦袋裏又拱出了倉庫的那扇門，成大宇總覺得那鐵門就跟老婆的身體一樣，敞開了懷抱等著別人大舉入侵。

開門揖盜呢，大白天的！成大宇嘀咕了一聲，好不容易湧上的激情潮水般回落，他一向都不是個能一心二用的男人。

女人的身體一向是敏感的，尤其像陳明真這種久旱逢甘霖的身體，她及時捕捉到了成大宇的變化，陳明真停止了身體的扭動，問成大宇，你怎麼了？她以為是長久不做，成大宇對自己身體生疏了。

成大宇是個老實人，他就實話實說了，我覺得吧，利用公家的時間，幹這種私事，不合適！

那你認為什麼時候幹這種事合適呢？陳明真氣急敗壞地問了一句。

反正不是這個時候！成大宇又一次選擇了實話實說。

可我怎麼覺得有時候你幹這事還惦記著公家那個破倉庫呢？陳明真忍不住譏諷了一句，那個時候你覺得就合適了？

這是事實，有一次難得孩子放自習時拖了堂，兩人瞅空剛在床上找到感覺，成大宇卻使勁一拍腦門，糟，忘給倉庫鐵門上把小鎖了！拍過腦門的成大宇毅然決然從陳明真身上撤下戰鬥，迅速潦草地把自己裝進衣褲，一點也不顧及陳明真的感受立馬去了倉庫。

面對陳明真的譏諷，成大宇沒覺得刺耳，他臉色一正說，我好歹是公司裏的英雄不是，當然得多為公家多想想啊，還存在什麼合適不合適的！

成大宇一點也沒曾替陳明真多想想。

一個女人，最不能容忍的就是男人對她的忽視。眼下，陳明真可是活色生香地躺在床上啊，這個時候的忽視無異於沒把她當女人，頂多把她看成一癱泥，扶不上牆的稀泥。

任何一個女人都會揭竿而起的。

陳明真果然就揭竿而起了。

網上有這麼一句話，不是在沉思中變壞，就是在爆發中變態。陳明真的爆發應徵了變態一說，她一腳把成大宇踹到床下，聲音空前尖利地吼叫道，去吧，去和你倉庫的大鐵鎖做愛吧，永遠不要碰我一指頭！

為了真正實現不讓成大宇碰她一指頭的願望，陳明真三兩把將衣服套上身，然後使勁一摔防盜門，罵了一句，去你媽的成大宇，你以為老娘身上不是重地啊！

就這麼著，好端端的一個中午給毀了，之前多麼美妙的設想，流產了！

女人在這個時候，差不是萬念俱灰的。

一個萬念俱灰的人，哪會在意一把傘呢？

好在，面前還有這麼一片陰影借她停留，陳明真徐徐地把肚子裏的怨氣呼出來。

遠遠的，成大宇的身影在街口晃了一下，陳明真眼角餘光看見了，單她沒出聲。陳明真是這麼想的，只要成大宇叫她一聲，她一定會乖乖回去的，假裝什麼事也沒發生過，畢竟是，很難得的一個中午呢。剛才，自己如果多動一下腦子，少感情用事一點，沒準兩人這會正在巔峰狀態下享受著呢！

做愛，很美好的一個詞呢，想一想都能從彼此眼裏看出透明的溫暖的，但偏偏成大宇急匆匆拎著一把遮陽傘視若無睹地從自己身邊跑過去了。

跑也就是了，還跑得馬不停蹄地！

陳明真忽然就想起初戀男友婚後曾對自己發過的一句感慨來，什麼是初戀？初戀就是馬不停蹄地錯過，輕而易舉地辜負，不知不覺地陌路。

錯過了可以回頭的啊，辜負了可以期待的啊，陌路了還能重溫啊！

二萬五千里長征路都能重溫的，何況區區陌路呢，總不至於長過二萬五千里長征吧！

一念及此，陳明真摸出手機，調出初戀男友的號碼來，試著一撥，居然是通的。

陳明真怔了一下，很意外，她以為，王文東早換了號碼，王文東就是他初戀男友。

王文東的聲音傳了過來，很不耐煩的口氣，喂，是哪個？輪到陳明真小心翼翼了，是我啊，陳明真！

哦！那邊停頓了一下，口氣變輕了，有事嗎？

沒，沒什麼事，就是看看你號碼還在用不！陳明真斷斷續續說完，就掛了電話，心裏居然慌慌的。

久不聯繫，兩個人之間，到底生疏了！

不生疏的是王文東的習慣，他的電話很迅速追了過來，明真，這會你要不忙，就過來一起坐會吧！

陳明真顯然是想一起坐會的，她遲疑了一下說，要不你來我家？

陳明真是個懂得為他人著想的女人，一起坐是要花錢的，王文東不是那種有錢的男人，到自己家坐就經濟實惠多了！

而且，也方便！

方便兩個字在這兒是可以延伸出很多層意義的，陳明真相信王文東一定能聽得懂她的意思，王文東果然聽得懂，王文東就在那邊投石問路，你那兒，能方便？

我這兒不方便難道你那兒能方便？陳明真也聽出王文東語氣中積極回應的成分，就忍不住嬌嗔了一句。王文東果然就興高采烈地回應，我這兒啊，要幾方便有幾方便！

陳明真就低了頭暗自尋思，既然王文東那兒條件允許，那就去他那兒吧！

在自己家，跟初戀男友見面，哪怕就是真正的坐一會兒，也得讓人質疑好長時間的。陳明真自認為還沒讓人質疑的底氣，這叫啥？沒做賊心已慌了！

陳明真沒做賊的打算，她只是想不辜負這個她期待了許久的正午。

僅此而已！

跟愛情無關，跟偷情也無關。

陳明真眼下對愛情已經絕望了，什麼狗屁愛情，最初只是喝一杯牛奶的誘惑，末了卻是要付出養一頭奶牛的艱辛。誠然，陳明真這會兒感到了其中的艱辛，作為一個女人，她覺得她已經做到了仁至義盡，結局呢，卻是如此的尷尬，成大宇對自己的仁至義盡熟視無睹。

熟視無睹，於女人來說，是個殺傷力指數可以達到十星級的詞語，幸好，還有王文東盡職盡責待在那兒補缺。

補缺，呵呵，很值得遐想的一個詞呢！

陳明真掉轉身子，開始往街道上張望，她得攔上一輛計程車去王文東那兒。

步行是不現實的，大街上可不是處處都有這麼一個遮陽傘供她蔽日的。

撇開這個不說，她對王文東的家，對王文東的人，現在已經心嚮往之了。

王文東今天也是恰好和老婆吵了架，老婆前腳邁出門，陳明真後腳打來的電話，所以當時的王文東就表現了極大的不耐煩，他以為，又是老婆託那幫姐妹打來的和解電話。

老婆有一大幫可以在關鍵時刻為她說上幾句話的姐妹，總之一句話，每次吵架之後，王文東都會陷入一陣鶯歌燕舞的討伐聲中。

那滋味，其實是難受的！相當難受，因為他有氣無處發。

換了誰都一樣，自己明明憋了一肚子氣，但偏偏找不到爆破點，古話說了的，好男不跟女鬥！對這句話，現在王文東有了切身體會，那就是，好難，不跟女鬥！確切點說，王文東一直就處於和女人的戰爭中，從來看不見一絲勝利的曙光。

陳明真的電話，倒讓他有了莫名的欣喜。

欣喜的不是他打算和陳明真之間發生點什麼，而是他從陳明真的口氣裏，得到這樣一個資訊，這個中午，有另外一個男人同他一樣，過著水深火熱的日子。

同病相憐呢，這是！

陳明真去的時候，王文東還只穿著一條褲衩在少發上躺著，懶洋洋地。顯而易見，王文東還沒從老婆摔門而去的憤怒中解脫出來，從這點上我們可以知道，王文東是個氣性比較大的男人。

陳明真是敲了三遍門，王文東才從門縫裏擠出那張不耐煩的臉的。

第一遍，王文東趕著去衛生間擦了一把臉，在初戀女友面前，他不想自己顯得太狼狽。

第二遍，王文東匆忙給自己套上一件背心，赤膊上陣畢竟不是待客的禮數。

第三遍，王文東趿了一雙拖鞋小跑步才趕在陳明真在敲第四遍前探出了腦袋。

怎麼，不歡迎啊！陳明真為自己受到的冷遇有點不平，不說要你王文東手捧鮮花單膝跪地為自己獻上一個紳士般的長吻，起碼你也應該守在門後，一聽到腳步聲就打開防盜門證明你誠心實意地恭候多時吧！

王文東笑了笑，側開身子，請她進屋，說哪裡話啊，熱烈歡迎都來不及，我只差要倒履相迎了！

這話虛得有點過火，陳明真一挑眉毛，我有那個榮幸？也不至於當初被你棄之如敝履了！

這話讓王文東有點難堪，當初，的的確確是王文東先辜負的陳明真。

王文東難堪歸難堪，臉上還是堆著笑，帶上防盜門，把手直接攬上陳明真的腰，說，要真棄你如敝履，我會請你到我家嗎？

陳明真輕輕拉開王文東的手，說，正經點，先坐下說會話！之所以這麼拒絕是因為了陳明真剛進入一個陌生的環境，心裏多少有點顧忌。

女人，對環境向來是很在意的。

王文東誤解了陳明真的意思，口氣就有點輕佻起來，他以為陳明真是在假裝矜持呢。王文東撇撇嘴，說什麼話啊，男女之間的距離不就一張床嗎，再多的話不都是為了縮短這距離嗎？王文東的意思再明白不過，兩個人，尤其像他們有過這層關係的兩個人，用身體對話就行了，其他的，純屬於是多餘的了。

陳明真卻不認為這是多餘，情和愛的區別是，情要調，愛要做，陳明真這會不單單需要做愛，她更需要調情。

而調情，是成大宇不能給她的。

一個連溜崗一小時都不捨得的男人，你能指望他為你調多大的情？

王文東呢，卻沒調情的興致，他體內的火藥味都還沒完全消退呢，讓他調情顯然是勉為其難了。

床，床，你們男人，咋只記得床上的享受而不懂得床下的尊重呢？陳明真對王文東的這番話頗不以為然，態度就極為不友好的回了一句。

王文東本來以為，初戀女友會化成一場及時雨澆滅自己心頭的怒火的，沒想到，居然跟自己老婆一個腔調訓起自己來了。

王文東血氣就往上湧，享受，我享受你了嗎，沒享受你讓我怎麼尊重？剛才，王文東就是這麼跟老婆吵起來的，跟陳明真夫妻的區別是，王文東家裏剛裝了一台空調，夫妻兩人第一次在空調房中睡午覺，很愜意，為慶賀這份愜意，王文東中午時還喝了一點小酒。

飽暖思淫欲，這是放之四海而皆準的真理，王文東在空調房裏等老婆收拾碗筷的過程中忽然來了興趣，在空調的習習涼風中做一次愛，應該是錦上添花的美事一樁。

於是他就滿腔熱情等老婆收拾停當，打算實打實淫欲一把。

天熱，熱得夫妻間那點樂意都成了一種義務。有了空調，感受就不一樣了。

王文東老婆卻沒那心思，難得能睡一個午覺，她想踏踏實實午休一把。自打進入夏天，她就沒午休過，王文東老婆是個特怕熱的女人，沒裝空調前她基本都在浴室裏洗啊涮啊的做家務，以打發難熬的光陰。她實在太有理由需要這麼一個睡眠了。

因為心不往一處想，勁就不能往一處使！王文東勉強爬上了老婆的身體，老婆卻沒半點反應，當然這麼說也不全對，老婆還是規規矩矩攤開了手腳，一任他的入侵。

王文東自感無趣，草草完事後罵了一句，媽的，這哪是做愛，姦屍還差不多！

王文東老婆受到了莫大的污辱，覺不睡了，罵他說，我咋找上你這麼個畜牲，只記得在床上的享受，不懂得在床下的尊重！

王文東不受這個頭，說，這也叫享受，要不要我找個男人來體驗一把，看人家怎麼評價。

啪！一個嘴巴甩了上來，王文東老婆從空調房裏爬起來，甩門而去了。

跟陳明真不同的是，王文東老婆甩門出去時順手帶上了一把傘，人家可以隨時隨地給自己撐出一涼蔭的。

陳明真因為沒那片涼蔭的庇護，才落到被王文東嘲弄的地步，陳明真就冷笑起來說，幸虧沒讓你享受！

什麼意思？王文東一怔。

享受了你也不會懂得尊重，這意思你不懂？陳明真說完，調頭就往外走。

王文東撲上來，手往陳明真的衣服裏面鑽，根據初戀時的經驗，王文東知道，只要自己的手一鑽進陳明真的身體，陳明真就會軟成一攤泥倒在他的懷裏。

但偏偏，經驗也有靠不住的時候，王文東的手明明鑽進了陳明真的兩個乳房中間，陳明真卻沒軟成一攤泥，相反的，是她的身體明顯僵硬起來。

跟著，一記耳光甩在了王文東臉上。

啪！很響亮！

王文東眼前閃過一片陰影來，居然，是陳明真的那隻手掌形成的。

等王文東從陰影中回過神來，門已洞開，陳明真款款走了出去。

太陽依舊毒辣，陳明真沒有攔計程車，也沒有以手遮額，她就那麼不緊不慢在大街上走著。

間或有巨大的遮陽傘闖入她的眼簾，陳明真也只是望一望，沒踱過去的打算。

別人傘下的蔭涼，最終是屬於別人的！陳明真在心底這麼歎了一口長氣，她想起成大宇在她身上時那種錯綜複雜的表情來。

成大宇何嘗不想享受做愛的樂趣呢，他只是想把愛做得從容一些，從容得兩個人心理上都沒有陰影，一念及此，陳明真想起成大宇的千般好來。

兩個人自打成家立業後，日子雖然沒多大起色，但也沒任何落差，成大宇能給她遮出的蔭涼並不多，只是恰好。

恰好有什麼不對呢？非得讓成大宇像王文東一樣可以伸出一片能給別人擠進來遮蔭的地方嗎？

陳明真就這麼著邊走邊尋思，一直走到她剛出門遮過蔭的那個報刊亭前才停住腳步，那把巨大的遮陽傘還在，陳明真咬了一下嘴唇，走了過去，遞過一張十元的鈔票，說，來包煙吧！

成大宇已經斷了很長時間的煙了！

就因為陳明真的一句牢騷。

那天，孩子還沒放學回家，成大宇就摸出口袋裏最後一支煙，點上，嗞嗞吸了起來。天熱，陳明真被熱出了一身煩躁，煙氣一薰，一肥無名火躥了上來，陳明真就忍不住說了一句，你還嫌這屋子不夠熱啊！

成大宇喉結上下滑動了一下，到底沒說話，老老實實把煙摁滅了。

報刊亭老闆在遞煙找零時衝陳明真笑了一下說，你這個妹子蠻曉得疼男人呢！

陳明真笑了笑，先接煙，再接錢，有個五毛的鋼蹦子帕一聲拍下來，鑽雜誌裏面了。

陳明真就去翻找，那個鋼蹦子無巧不巧躺在這樣一句話上面，如果你看到面前的陰影，別怕，那是因為你背後有陽光！

我背後，有陽光麼？陳明真抓起那個五毛的硬幣時下意識地回了一下頭。

居然，成大宇不知什麼時間出現在街對面，正衝自己不知所措地傻笑著。

陳明真抹一下額上的汗，鹹的，陳明真回轉身往街對面走過去，把煙往成大宇手中塞，說，你不是值班嗎。

成大宇咧開嘴，說，不值了。

怎麼了？陳明真嚇一跳，公司辭退你了？

哪能呢！成大宇撓著頭笑笑，我好歹也是英雄身份不是！

可你剛才擅自離崗了啊，陳明真還是不明白，不然你這會不值班？

我請了半天假了，剛才！成大宇吞吞吐吐地。

請假，要扣獎金的啊！陳明真心裏一疼，那可不是個小數，成大宇每個月的煙錢靠的就是那點全勤獎呢！

獎金，扣就扣唄！成大宇好脾氣地笑笑。

錢少就緊著點用，總不能為這點錢讓老婆心裏留下陰影吧！說完成大宇騰出手把一把折疊傘遞了過來。

陳明真輕輕撐開傘，把傘舉到成大宇頭上柔聲說中，夫妻間過日子，啥陰影不陰影的，即便有也不怕。

怎麼就不怕了？成大宇沒反應過來。

因為背後有陽光啊！陳明真呵呵淺笑起來。

背後有陽光？成大宇莫名其妙地，這麼毒的太陽，你還嫌不夠啊！這麼說時，成大宇把陳明真手裏的傘奪過來，往後移了一下。

這樣一來，陳明真整個人就遮在這把小巧的折疊傘下了。

這傘，是防紫外線的！成大宇用斷煙的錢專門給她買的。

陳明真沒和他爭執，只悄悄伸出一隻手從成大宇腰後環了過去。

一任陽光曬在她自己的手臂上。

那是成大宇背後的陽光呢！

把壞進行到底

所有壞女人做過的壞事，我都做過！林黛玉翹起二郎腿，把腳尖衝宋小冬鼻尖點了一下，說你信嗎？

宋小冬專心地捏著她的腳踝，那是很美麗的一隻腳踝，跟壞扯不上關係的一隻腳踝。你說，宋小冬能信嗎？就憑林黛玉這個名字，宋小冬也不會信的。

儘管宋小冬是個沒多少文化的修腳工，但並不影響宋小冬接受中國古代四大名著的薰陶啊！

宋小冬就嘿嘿地笑，笑出一臉鄉下人的質樸來，笑完說出風馬牛不相及的一句話來，林姐你的腳踝真好看！

林黛玉這會往往就會欠起半個身子來，用手裏的手機輕輕敲一下宋小冬的頭，笑罵一聲說，看不出你個木頭腦瓜比那些混小子還壞！

那些混小子是有所指的，指的是宋小冬的同事，另外幾位修腳的男孩子。

宋小冬聽說過，那幾個混小子修腳技術並不怎麼樣，倒是很會修女顧客的心，往往修得那些女顧客臉上飛起紅雲，還或真或假地拿腳在他們臉上頭上撓幾下。

當然不白撓，給小費的！

宋小冬不掙那種小費，男人頭，女人腰，怎麼可以輕易讓人撓的呢！這是宋小冬打小就聽爹媽教導過的，包括他快要娶進門的媳婦明秀也這麼對他講過。明秀眼下還在鄉下，等他做完這一年，兩人就把婚事辦了。

宋小冬是為結婚出來的，在他們那兒，一年內就要接的媳婦屬於準媳婦身份呢！而這個林黛玉，據說也是準媳婦婦身份，哪有準媳婦明目張膽說自己是壞女人的呢！

這一定是在逗他宋小冬。

宋小冬把手從林黛玉腳踝處拿開，用一條毛巾給蓋上，說，我給林姐換盆水去，水涼了！

這是事實，剛才宋小冬正要動手修腳時發現林黛玉的腳踝有點浮腫，就給拿捏了起來，這一捏把水給捏涼了。

都是那一吋半高的鞋根給鬧的！林黛玉氣呼呼地，非得要我裝什麼淑女，扯淡不是？

宋小冬還是笑笑，端了木盆去換水。

修腳前把腳泡得溫軟一些，修那些老皮才會讓顧客感到舒服，同時也容易修出腳型來。

熱水來了！隨著宋小冬的一聲歡快的招呼。林黛玉把身子平躺下去，自言自語說了一句，心都涼了，水再熱，能暖透心嗎？

宋小冬知道這話不用他接！林黛玉一向都這麼自言自語的。

他就專心致志地把林黛玉的一雙玉足往溫水裏小心翼翼摁了下去。

宋小冬一直是個小心翼翼的人。

這是林黛玉一來就直接點他號牌的原因，林黛玉喜歡看宋小冬的小心翼翼樣兒，那種在女人面前手忙腳亂的小心翼翼樣兒，如今這年月，小心翼翼的男人實在太少了，都瀕臨滅絕了！

這話一點都不誇張。

至少在林黛玉身邊的男人，個個都是張牙舞爪的，林黛玉是個不折不扣的美人胚子，估計她媽在懷她時一定天天在看跟四大美人有關的電視劇，結果就讓林黛玉從生下來就向美人靠齊，一天一天的，就成了集四美一身的漂亮女孩子。

林黛玉是紅顏，但卻不是薄命的紅顏，起碼在外人眼裏她是這樣子的。

也是的，還沒嫁呢，都已經錦衣玉食了。不能跟薄命相提並論的，叫福命才對。

偏偏，福命的林黛玉卻落落寡歡的。

這讓宋小冬極為不理解。

要是明秀能過上林黛玉一半的日子，都覺得是在夢中呢，明秀是個對生活要求相對簡單的人。結婚前，有吃有穿有住就行，結婚後，有老公有兒子那就是真正的人間天堂了。

宋小冬把林黛玉的一雙玉足在水中浸泡了五分鐘後，撈起一隻來，用毛巾輕輕擦乾，抬在手裏端詳一番，說，林姐我給你先修指甲吧！

林黛玉的腳指甲，橢圓，閃著貝光，這都賴於每次來宋小冬細心呵護的結果。

每次給林黛玉修腳指甲，宋小冬都用了十二分心思，不修太長也不修太短，腳趾指甲下有一道印子，跟它對齊就行了，一定不能短過它，還要記得，把角質去掉，否則容易導致得炎症。

有時候，打磨碎的指甲屑不容易用毛巾清理乾淨，宋小冬就會俯下身子，使勁呼上一口氣，再徐徐用嘴輕輕吹出來。

吹得林黛玉從落落寡歡變得心花怒放的，往往這會兒林黛玉就會調侃宋小冬說，小冬看不出你還很紳士啊！

宋小冬就一臉迷惘抬起頭，紳士，林姐是說我嗎？

是啊！林黛玉坐起來，把裙擺一扯，說，外國電影你沒看過啊，紳士都吻女人的裙裾的！

宋小冬臉上就泛上微紅，說，我哪有吻裙裾的資格啊！

宋小冬這話，是故意要拉開自己和林黛玉的距離，一個修腳工，不能因為人家的幾句玩笑話，就拎不清自己的斤兩，就飄飄然不是？人，得知道自己是誰！

林黛玉卻沒讓他拉開距離的打算，林黛玉幽幽地說，是我沒這個資格才對吧，紳士是不會吻壞女人裙裾的！

你，會是壞女人？宋小冬就忍不住多嘴問了一句。

於是，就有了文章開頭林黛玉那句所有壞女人做過的壞事我都做過的那句話。

宋小冬似乎被這個壞字震住了，不再出聲，開始認認真真給林黛玉的指甲打磨拋光。

這是個細緻活兒，拋光後還要打上蠟，再進行營養護理。

打底油時，宋小冬正忙活著呢，林黛玉忽然抽回了腳，抽得猝不及防的。

宋小冬手裏一空，人就不解地抬起頭，望著林黛玉。

林黛玉一探手，拎過自己的包，七翻八不翻的，居然翻出了一盒煙。

宋小冬的頭就收不回去了，在宋小冬的意識中，壞女人不一定會抽煙，但抽煙的女人絕對可以跟壞女人掛上鉤。

他心裏暗自希望，林黛玉翻出煙來，只是打算給他宋小冬敬一根的，這事不是沒有先例，一般打底油後就要上彩油和亮油，這兩道工序做好了，是完完全全可以令一個再不起眼的女人也足下生輝的，所以有些心計深的女人會在這時給她們平日呼來喝去的修腳工客客氣氣奉上一根煙。

宋小冬是不抽煙的！林黛玉自然知道。

也許她只是出於禮節，拿出來讓一讓吧！但偏偏，事與願違的是，林黛玉根本沒讓他一根煙的意思，而是直接彈出一根煙來，叼在了自己嘴上。

叼上，卻不點燃，把煙盒拿在手中翻來覆去地看，停了手的宋小冬只好把眼睛盯著林黛玉手上的那盒煙，也翻來覆去地看。

林黛玉被宋小冬看得臉上泛起潮紅，嗔道，做事啊，你是給我修腳還是修臉？

宋小冬嚇一跳，趕緊紮下頭來，他紮得比較急，差一點就吻上了林黛玉的腳。

林黛玉忍不住，呵呵笑了起來，說，小冬你很怕我啊？

不啊！宋小冬開始全神貫注地給她腳指甲上彩油，回答就簡短起來，有點惜字如金的意思。

那你慌個啥呢？林黛玉把沒點燃的煙從嘴裏拽出來，橫在鼻子下面嗅來嗅去的。

沒慌啊！宋小冬還是簡短的幾個字。

沒慌，哼哼，老實交待，剛才盯著我是不是想入非非了？林黛玉故意變了語氣敲擊宋小冬。

沒，真沒，真沒！宋小冬嚇得臉都白了，在這之前女顧客投訴修腳工非禮的事不是沒有過。

呵呵，傻傢伙，都不曉得哄女人！林黛玉感歎說，看不出你還是白紙一張啊！

也是，換個機靈點的早就巧舌如簧奉承上了，面對好看的女人想入非非是對美麗的認同啊！

我想是想了的，想的是——宋小冬期期艾艾張開口。

想的是什麼？林黛玉來了興趣。

我在想你明明不抽煙，幹嗎還要叼根煙在嘴上？宋小冬實話實說。

哦！林黛玉怔了一下。

我也知道你不是一個壞女人的！宋小冬上完彩油這麼補充了一句。

林黛玉眼裏就忍不住一熱，她把煙從鼻子下挪開，輕聲說，謝謝你！

宋小冬不知道林黛玉究竟謝自己什麼，但被人謝畢竟是讓人開心的一件事，宋小冬就抬起頭，靦腆地衝林黛玉一笑。

你的笑，很乾淨，知道嗎？林黛玉歎口氣把手擱在宋小冬頭上，幽幽然地說，我很久沒見過這種笑了！

笑還分乾淨不乾淨？這話有點深，深得讓宋小冬不知道如何回答。

宋小冬就接了後半句話回過去說，那我以後就經常這麼對你笑，好不？

好！林黛玉把頭輕輕放開，躺在修腳床上，有兩顆淚浸了出來，亮晶晶的，像擦了亮油。

腳下，宋小冬正小心翼翼地給她擦亮油呢！

林黛玉在變成壞女人之前，是很怕男人的笑的。

她寧願，看一個人板著臉訓她，或者罵她，那樣她反而覺得安全。

這與她的身世有關。

早先，林黛玉一直以為，自己是爹娘的嬌嬌寶貝，可隨著爹娘的離婚，林黛玉才曉得自己的無足輕重起來，原來她並不是爹和娘愛情的結晶，充其量，她只是他們婚姻生活中的副產品。

林黛玉跟了娘。

那時的林黛玉十二歲，十二歲的林黛玉聽不少老話說過，能死當官的爹，不死叫花子娘。

及至跟了娘，林黛玉才曉得，那些老話在當今是靠不住的，林黛玉的娘不是叫花子，卻讓林黛玉過成了叫花子。

爹娶了後娘，娘自然不甘落後，給林黛玉找了後爹。

林黛玉就無人問津了。

爹有不問津的理由，他出了撫養費的。

娘倒是問津過，娘說黛玉啊，人家岳雲十二歲掛帥，人家甘羅十二歲當了臣相，娘只求你十二歲了曉得體諒一下娘！

你娘不容易呢！說完這話娘便斜挎在後爹肩膀上去逛商場。

娘說了，要把失去的青春追趕回來。

林黛玉那會還沒青春可追趕，她要追趕的是一日三餐和課堂裏如山一般沉重的作業。

林黛玉的班主任憐惜她，便讓她在自己家裏搭了夥，班主任是個瘸子，人瘸，心不瘸。

林黛玉有時吃完飯，瘸子見天還早，就送林黛玉回家，太遲了，就給林黛玉娘打個電話讓她來接。黛玉娘先前還客氣幾句，說給老師添麻煩了，日子一久，懶得客氣了，說她愛回就回吧，我那會像她那麼大，一個在走多遠的夜路都不怕。

遇上這麼一回，瘸子老師歎口氣，把林黛玉腦袋攬到胸前，忿忿然說，那會兒，那會兒，那會兒有這麼亂嗎？

這是事實，最近小城有點亂，再說林黛玉這會兒已經提前發育了。

只不過，林黛玉的娘沒上心而已。

瘸子沒辦法，只好自己摸了黑送。

出事那天晚上，下了一場暴雨，瘸子剛把林黛玉送回家，雷電就交加著上來了，小城是雷電擊人多發地段，瘸子老師沒能走成。

沒能走成的原因還有一個，那就是林黛玉的娘和後爹都不在家。

瘸子不放心，就搬了竹床在客廳裏坐著等，等著等著居然就在竹床上睡著了。

林黛玉是被閃電鑽透窗簾的光嚇醒的，她膽戰心驚地摸到瘸子的竹床邊蜷成一團，躺下來，躺了沒多久涼意上來了，林黛玉就試著往瘸子背後擠。

隨著瘸子身上的溫暖傳過來，林黛玉忍不住在心裏叫了一聲爹，雙手便環住了瘸子的脖子。

瘸子那夜，可能是做了一個夢。

至於夢見了什麼，沒人知道，但夢中的瘸子一定是夢見了什麼美好的事物，不然他的一雙手不會緊緊摟住了林黛玉而渾然不知。

林黛玉就那麼貓兒般鑽在瘸子懷裏一直睡到被另一聲炸雷砸醒。

那聲炸雷是從她後爹嘴裏發出來的。

同時被砸醒的還有瘸子。

瘸子嚇一跳，及時鬆開雙臂從竹床上彈了起來。

然而，有個更快的人影彈了上來，跟著是啪啪兩聲脆響。

那人影是林黛玉的娘。

甩了瘸子兩耳光的她娘並不解恨，跟著又罵了瘸子一句，畜生！

瘸子挨完了打，揉了揉臉，低聲辯解說，我怎麼，畜生了？

他之所以這麼小聲是怕引起左鄰右舍來看熱鬧，那樣會傷了林黛玉的名聲。

偏偏，有人卻不怕，誰，林黛玉的後爹唄！你都睡了我女兒，還說自己不是畜生？

說完這話，林黛玉後爹冷笑著一指林黛玉，那身下，無巧不巧正汪著一攤血！

林黛玉也莫名所以了，那血讓她緊張而惶恐，林黛玉說，爹，老師只是抱了我，什麼也沒做！

林黛玉的後爹擠出一臉笑來，說，乖，不怕，他做了什麼你只管對爹說，爹會給你做主的！

後爹果然給她做了主，衝瘸子說，公了還是私了？

瘸子老師拿眼看了一眼林黛玉，林黛玉也正求救似地望著他。

瘸子老師慢慢低下頭來，說，私了吧！

私了的結果，是瘸子老師掏出了所有積蓄。

林黛信的娘和後爹那幾天一直衝她腆了笑臉說，記得啊，要是有人問你，你就說瘸子把你那個了！

可他明明沒有那個啊！林黛玉悟過那個是什麼後不願意了。

你傻啊，那麼大一筆錢，夠我們搬家到大城市裏過好日子了你知道不？娘陪著笑臉誘導她，後爹更是一臉討好地望著她。自然的，沒人問林黛玉那晚究竟發生了什麼，既然是私了，一切進行得都很私密，悄無聲息的。

那場雷雨過後，林黛玉跟娘和後爹一齊離開了那個小縣城。

瘸子呢，從此淡出了林黛玉的視線。

打那以後，林黛玉就特怕別人給她笑，尤其是她後爹的笑。

娘不在身邊的時候，後爹會冷不丁捏一下她的臉蛋，笑眯眯地說眨個眼的工夫，你都醒事了呢！

醒事在小城有個說法，指女孩子來了月經。

林黛玉總覺得那笑讓她害怕。

也是一個雷雨交加的夜晚，林黛玉洗了澡早早關了門，正要睡覺呢，後爹在客廳搬動竹床說，黛玉啊，今兒你娘生日呢，你不和爹一起等她過生日？

林黛玉只好悶悶走出房門，等她娘。

後爹拍了拍竹床，說，過來陪爹說說話！

林黛玉抬頭，見後爹臉上堆滿了笑，就沒有半點警惕地坐了過去。

後爹是突然動的手，他一把將林黛玉掀翻在竹床上，整個身子壓了上去。

這一回，竹床上再次汪了一攤血。

娘回來時，林黛玉已經睡了，臉上還掛著淚痕，娘罵了一句，個沒良心的！

後爹沒罵，後爹說，我有良心就行啊！

林黛玉的娘一點也不知道這個有良心的男人剛剛做了一回畜生。

換了新學校，沒了瘸子那樣的老師關照，林黛玉就選擇了住讀。住讀好啊，星期天也可以儘量不回家，要麼窩在學校，要麼去同學家。

後爹沒了下手的機會，衝她娘發牢騷說，養了個白眼狼呢，居然野得不曉得落一回屋！

娘聽了男人的攛掇，去學校把林黛揪了回來好一頓揍，後爹裝出一副慈祥笑臉攔住娘的手，把她半推半抱拽進臥室，那雙手不失時機又在林黛玉胸脯上抓了幾下。

林黛玉是在高二時退的學，一個混混老大天天纏著她。林黛玉那天煩不過了說，你是真的喜歡我？

喜歡！老大拍了胸脯保證。

那行，你要為我做成一件事了，我就嫁給你！林黛玉說這話時把混混的手按在自己的胸脯上。

老大身上的熱血就呈拋物線直接上湧到了頭頂。

當天下午，林黛玉是趁後爹一人在家時回的屋，後爹的眼一落到她身上就亮了起來。

但讓後爹眼睛更亮的是，一把刀跟在林黛玉後面進了屋，刀的主人是個一臉凶相的混混兒。

後爹的手剛指上去準備問他是誰時，老大的刀已衝他手指迎了過來。

林黛玉說過，只要削掉後爹一根手指就行，讓他永遠記得，手，有時候是不能亂動的！

本來她想剁掉後爹那只揉搓過她乳房多次的右手的，想一想娘還得跟他一塊生活，就忍了，後爹一旦殘廢。娘的日子也殘廢了。

林黛玉到底還小，她沒想到自己的日子也因此殘廢了，混混老大因這一刀入了獄，她也背上了壞女人的名聲。

只是這壞，是被人逼出來的。

林黛玉去看過幾次混混老大，並衝他也拍了胸脯說，你放心吧，等你出來了我會嫁給你的！

還有一個月，就是混混出來的日子了，他的一幫小兄弟正琢磨著如何給他接風呢，林黛玉發了話，說接什麼風，結婚，讓他出來就喜事臨門。

林黛玉說這話時已很有大嫂的風範了！

很有在大嫂風範的林黛玉走時衝宋小冬拍了一下肩頭，說，有什麼難可以找她幫忙。

宋小冬還是一臉乾淨地笑，點頭，表示記住了，他一個修腳的，天天跟女顧客打交道，能有什麼難呢？

是的，宋小冬在女足部上班。

像是給林黛玉一個幫忙的機會似的，宋小冬竟真的有了難。

那天是林黛玉大喜日子的前一天，她預定傍晚來修腳。不巧的是，宋小冬手上剛接了個活，林黛玉就在休息室裏候著，邊候邊不時打量宋小冬的工作間。

宋小冬這次接的是個妖冶的女人，女人一進去就把一雙鞋蹬得遠遠的。

宋小冬皺了一下眉，幫女人把鞋歸了位。

女人以為宋小冬皺眉是嫌她腳臭呢，女人就從鼻子裏哼了一聲，把雙腳抬得高高的，不下到水裏。

宋小冬說，麻煩你先泡一下腳。

女人說你先給我揉揉，揉活泛了我再泡！

宋小冬就蹲下來，將她的一隻腳抱在懷裏揉捏起來，女人的另一隻腳卻不安分，點到了宋小冬的鼻子上，說我這算不算三寸金蓮啊？

宋小冬側了一下鼻子，說，我沒見過三寸金蓮的！

這是實話，宋小冬只從書上見過三寸金蓮的文字，沒見過真正的實物圖案。

女人把那只腳探進水裏，你的意思是我是大腳女人了？

也不是！宋小冬漫不經心地說，他正專心捏腳呢，要認穴道的，所以不想多言多語，免得分心！

那是什麼？女人忽然從盆子裏撩起一片水花，直撒到宋小冬臉上，這也不是，那也不是，你當我的腳是什麼，蹄子？

宋小冬眼裏有淚花漫出來，但他依然沒吭聲，自顧自做著手上的活。

女人的腳順勢在宋小冬臉上刮了一下，見宋小冬沒反應，女人的把腳舉到宋小冬頭頂上，打算把宋小冬的頭髮當毛巾來擦幾下。

宋小冬臉是在這會變的色，宋小冬頭往後一讓，說，我娘說了的，男人頭，女人腰，撓不得的！

女人紅唇一噘，嘖嘖，一個破修腳的還蠻有講究呢，我偏要用腳撓你的頭，看撓了是缺了手還是斷了腳。

宋小冬咬著嘴唇站起身子，端了水就往外走，說，您另外點工吧，這活我做不了。

宋小冬還沒走走出門呢，啪啪，頭上挨了兩下，是妖冶女人的兩隻高跟鞋砸了過來。

宋小冬沒回頭，倉惶著奔了出來，恰好就被林黛玉的目光逮個正著。

林黛玉衝宋小冬招手說，完了，你的活，這麼快？林黛玉知道一個活沒兩個鐘頭拿不下來，而宋小冬進去才沒半小時。

宋小冬還沒接上口呢，那個妖冶女人的聲音驚天動地的追了出來，老闆，老闆呢？

女足部經理一聽有人大呼小叫的，立馬跑了過去問，小姐您有什麼吩咐？

找你們老闆來！妖冶女人氣勢洶洶摸出手機來，說，剛才那個修腳工對我動手動腳的，我得好好修理他！

啊，宋小冬，動手動腳的？經理一怔，您一定是誤會了吧，他是最不能使壞的人了。這是實話，整個修腳城找不出比宋小冬更安分的人了。

最不能使壞？妖冶女人冷笑著把手機翻了個跟斗，那你讓他使一回好給我看看！

使好，怎麼使？經理有點莫明其妙了。

女人臉一冷，揚起腳來，很簡單，讓他給我舔乾淨就行！

這個？經理陪著笑說，您這不是強人所難嗎！

女人不笑，臉不冷了，帶笑說，那好啊，我叫張局到你這兒多檢查幾回工作，不算強人所難吧！

經理一聽張局，臉就黃了，這女人顯然是有來頭的。

經理就躬著身子退出來，說，您等著，我這就讓他給您使一回好！

經理找到宋小冬時，宋小冬正揉眼睛呢，無端地受了侮辱，他臉上一下子笑不出來了，任林黛玉怎麼勸，他都紮著個頭，頭上還有高跟鞋上的灰塵呢！

宋小冬整個人，這會是灰頭灰腦的。

經理也灰頭灰腦的走過來，拍一下宋小冬的臉蛋，歎口氣說，過去吧，給那女人使一回好，人家就饒了你，不然咱們這修腳城也饒不過去。

使一回好？怎麼使？林黛玉湊過來，她是好奇呢，但凡是女人，好奇心都重，林黛玉也不例外！

經理拿眼回頭望了一下，搖搖頭說，算了，不關林小姐的事，還是讓小宋自己去處理吧，解鈴還得繫鈴人呢！

宋小冬不傻，已從經理眼神中知道那女人要自己使什麼好了，宋小冬臉色就刷一下子白了。

林黛玉輕輕拍一下宋小冬的肩頭，示意他坐下，然後衝經理笑笑，說我進去勸勸看，女人和女人，好說話的！完了不等經理點頭，就接了宋小冬的修腳工具走了進去。

進門時她還衝宋小冬笑了一下，很乾淨的那種笑，說小冬你放心，林姐我一準幫你把這個好使下去！

宋小冬懵懵懂懂的，她使好，那個好她使得了麼，何況這事與林姐無關啊？

宋小冬本來想跟過去看看的，偏偏林黛玉身影一進門，就把房門給反鎖上了。

也是的，給人舔腳趾頭的事，誰希望多一個人看見呢？就算林黛玉不給那個女人舔腳趾頭，那她也得低聲下氣吧，不然，怎麼叫使一回好呢！

宋小冬這麼想著，忍不住看了經理一眼，經理不看宋小冬，他的心思在那個工作間裏，眼睛也就盯著工作間的那扇門。

門是突然被撞開來的，跟著撞進人們耳膜的是一個女人淒厲的嚎叫，隨著這串嚎叫撞入人們眼簾的是一個瘸了腿十分狼狽往外躥的女人，不用說，是那個妖冶的女人！剛才她還好端端的啊，咋說瘸就瘸了呢？

跟她去使一回好的林黛玉呢，怎麼沒有跟出來？宋小冬三兩步擦過女人搶進屋去，門外，那個妖冶女人正語無倫次衝著經理歇斯底里地吼叫，報警，快，報警！

宋小冬進去時，林黛玉已擦乾淨了手上的血跡，正安安靜靜坐在那兒。這一回，林黛玉嘴上叼著的煙點燃了，煙霧中，宋小冬看不清林黛玉的臉。

林黛玉的聲音透著煙霧鑽了出來，這一回，你相信林姐是壞女人了吧！

宋小冬拼命揮手驅趕那些煙霧，他想知道究竟發生了什麼事。

沒什麼事的！林黛玉似乎看出他的心思來，我只是挑斷了她的一根腳筋，說完這句似乎跟自己毫不相干的話後，林黛玉從煙霧中探出臉來，衝宋小冬眨一下眼，說，跟林姐笑一個吧，要那種很乾淨很乾淨的笑！

宋小冬就極力讓自己笑，不曾想笑出了一臉的淚花，在淚花的沖洗下，宋小冬的臉愈發地乾淨起來。

林黛玉摸摸宋小冬的頭，說了一聲傻孩子，就在他的淚花中走出了工作間。

第二天，宋小冬接到公安局的傳訊，說是配合一起案件做個筆錄，宋小冬知道林黛玉去自了首。

宋小冬去時，特意帶上了那套修腳工具，他在傳訊時提出了一個要求，要給林黛玉修一回腳，怎麼說，今天也是林黛玉的大喜日子！

那個腳宋小冬修得前所未有的盡心，林黛玉很滿意地捧著自己的一雙腳愛不釋手地看，宋小冬說林姐你是何苦啊！

林黛玉笑笑，說我這是把壞進行到底，一點兒都不苦，你不懂的！

宋小冬漲紅了臉，說，林姐我懂的，你不過是不想和那個混混結婚罷了，借這個機會擺脫他！

聽了宋小冬這話，林黛玉笑不出來了，仰起頭，不再說話，兩顆淚漫了出來，亮晶晶的。

宋小冬忽然單腿跪了下去，兩隻手一把抱住林黛玉的一隻玉足，輕輕吻了下去。

宋小冬做得很自然，比電影上的那些紳士還要紳士。

吻完，宋小冬亮遞給林黛玉一個很乾淨很乾淨的笑，說，林姐你安心服刑，我會每月帶了媳婦去看你的！

姐化的不是妝

舒麗梅從嘴裏吐出一口熱氣來，仰著臉，很得意地衝林成憶說，知道有個口吐蓮花的詞麼？

林成憶點點頭，真當我民工啊，這個詞我會不知道？其實林成憶這話失了偏頗，眼下很多民工都知道這個詞的，林成憶嘴裏的民工，應該是中國第一批進城的民工，那些民工給人留下的印象就是只會憨笑，稀裏糊塗的那種憨笑。

林成憶這會也在笑，但不是稀裏糊塗的。

笑完他一絲不苟地盯著舒麗梅的嘴巴說，花呢？他以為舒麗梅是要他誇她的紅唇像朵花。

舒麗梅剛上了唇彩，被街燈一照，還真有那麼點花容月貌的意思，他偏來個視而不見，怎麼啦，有意見？他的視而不見有治氣的成分，可不是麼？出門買一提筒裝紙而已，來去要不了半個小時，舒麗梅卻化了一個小時的妝，給誰看呢，真是的，典型的自戀狂！

舒麗梅白了林成憶一眼，把嘴再一次嘟起，抬頭，誇張地哈了一大口熱氣出來，那氣還殘留著她口腔的溫度，在寒冷的街頭徑直往路燈上飄，居然，光線那麼一輝映，還真的飄出了一朵暈黃的花來。

林成憶對著那朵暈黃的花兒發了會呆，這個舒麗梅，還真口吐蓮花上了。

林成憶發呆的樣子很有點過去的落魄文人樣兒，正好配合他們目前正走著的彷古一條街。

林成憶其實不落魄，最起碼在跟他同時進城討生活的民工眼裏，他不落魄。

如果娶上一個城裏女人做媳婦也叫落魄的話，估計很多人都想落這麼一回魄的。

舒麗梅不管林成憶發不發呆，她興致勃勃地又吐出一口蓮花來，這才很有成就感的衝發呆的林成憶嫣然一笑說，再這麼恬不知恥地盯著我看，小心我喊非禮了！

林成憶像打了一針興奮劑，衝上去使勁捧著舒麗梅的臉蛋，狠狠把自己的嘴巴啃上那朵剛從舒麗梅嘴裏躥出的蓮花，一臉壞笑地說，喊啊，不就是非禮嗎，我絕對配合你！完了一隻手一點也不正經地往舒麗梅衣服裏鑽。

舒麗梅被他的手冰得咯咯尖叫起來，掙脫了林成憶就使勁跑。

林成憶故意做出兇神惡煞的樣子來，甩開腳就追，邊追邊虛張聲勢地喊，我就要非禮你，咋的了！

舒麗梅被他那個模樣逗得笑岔了氣，不跑了，想跑也跑不動了，笑得蹲在地上直不起腰。

林成憶也蹲下去，說，怎麼，想在這地方讓我非禮一把？

舒麗梅忽然一把抱著他，說，咱們不買紙了好不？

幹嗎不買？路都走了一半了，林成憶有點不解了。

舒麗梅白他一眼，說，你解點風情行不，咱們這路不也走了一半了？完了就軟軟地往林成憶懷裏倒，那眼裏只差要汪出水來。

林成憶心裏就明白過來，也是的，他們好久就沒這麼調過情了，難得這麼有興致，可不能半途而廢，於是林成憶就半抱半擁著舒麗梅往回走。

回了屋，舒麗梅卻不配合林成憶了，不配合是因為她覺得情還沒調足，舒麗梅在做愛這件事上傾向於九曲回折，林成憶則相反，他喜歡的是一瀉千里。

所以，當舒麗梅還打算玩個欲迎還拒的小插曲時，林成憶卻沒這耐性了，他直接把舒麗梅拎進了臥室，還是那副兇神惡煞樣，不過更添了一點窮兇惡極，三兩把就扒掉了舒麗梅的衣褲。

舒麗梅把一雙腿並得緊緊的，說，你還真的玩非禮啊！

林成憶身上這會每一寸肌膚下都被火苗燒得滋滋作響，他說我不單單是非禮你，我還要一次一次強暴你，不行啊！

舒麗梅還沒來得及喊不行呢，林成憶已經行動起來了。

舒麗梅手忙腳亂地求饒，說，你輕點，我剛化的妝。

這樣反倒提示了林成憶，林成憶的嘴立馬在她臉上肆無忌憚地啃了起來。

舒麗梅假裝痛苦地叫了一聲，媽啊，哪來的流氓啊！

林成憶嘴裏含混不清地應了一聲，我就流氓了，咋的？我就非禮了，你喊啊？

舒麗梅當然毫不客氣地喊了，喊得驚天動地的，她很久都沒這麼盡興地叫過床了！當流氓的感覺，真好！這是林成憶事後得出的結論。

被流氓的感覺也真不錯，這是舒麗梅事後回味的結果。

看來這婚姻生活，有時也該化化妝的！

比如說這種看似霸道看似非人的強暴，就是可以讓彼此身心愉悅的一種化妝。

要知道在這次婚姻生活化妝前，兩人都好久沒在一張床上睡過了。

人還未到中年呢，咋會這樣！

舒麗梅一向是那種頗有心計的女人，之所以找上林成憶這樣一個民工做老公，正是體現了她的心計之深。

我這麼說，你們千萬別犯上一個邏輯性的錯誤，認為舒麗梅這麼一個有心計的女孩肯委屈下嫁一個民工，一定是有張不能一夜成名的臉蛋。其實錯了，人家舒麗梅的長相還是受得住眾多男人瞻仰的。

舒麗梅本人，也習慣了走在大街上讓人瞻仰，但凡她走過的地方，總有那麼幾雙眼光為她跌落在地。

這讓舒麗梅很開心。

哪個女孩子，不好點虛榮呢。

只不過，心機頗深的舒麗梅開心歸開心，卻對這些男人不怎麼欣賞，一個真正有點內涵的男人，是不會流連一個女人的外在美的，這麼一說你就明白了，舒麗梅是個懂得點逆向思維的人。

譬如在婚後，當林成憶對她動不動化妝頗有微詞的時候。林成憶的微詞不大好聽，很民工的口氣，林成憶是這麼說的，成了家的女人，過日子是主要的，化妝能把家庭建設搞得像臉蛋那麼精緻漂亮嗎？

舒麗梅當時正專心致志上唇彩，最後一道手續了，舒麗梅那個時候就口吐蓮花回了一句，說，你就不能允許你媳婦我外在像蝴蝶一樣美麗，內在像蜜蜂一樣勤勞嗎？

你還別說，丟下唇膏的舒麗梅進了廚房後，不到一刻鍾，居然為他整出了三盤唇彩一樣鮮亮的下酒菜來，一個韭菜炒千張，一個洋蔥炒腰花，還有一個酸辣魚頭，面對內在像蜜蜂一樣勤勞的舒麗梅林成憶自然是無可挑剔了。

就著那幾個菜喝了點小酒的當晚，兩人自然少不了溫習一遍彼此的身體，這點上林成憶心知肚明，人家舒麗梅都讓你吃中帶補了，你就不曉得回報回報？

這也恰好是舒麗梅的可人之處。

這一可人吧，就把林成憶引回了兩人初次見面的時候。那時的林成憶已經進城三年了，大小還拉了幾個人的隊伍，搞裝潢，也接一些戶外的活，比方說在廣場上鋪鋪地磚，做做護欄什麼的。

進城三年的林成憶，已經過了初入城市的興奮期，對城裏女人也不算陌生了，就多多少少有點清風徐來水波不興的沉穩，正是這份沉穩引起了舒麗梅的注意。

舒麗梅那天走得好端端的，驀然就覺得有了幾份不自在，一般這時候，她就知道是有人在盯著她背影偷窺了。女人的第六感覺一向是很靈敏的，尤其是舒麗梅這樣有點姿色的女人，靈敏度和最精密的儀器都有得一拼的，舒麗梅不用回頭就敢斷定，這一次盯著她背影神不守舍的，一定是幾個民工。只有民工偷看女人是這麼赤裸裸的，毫不掩飾的，那目光如果能撕掉人衣服的話，估計舒麗梅就算穿鋼盔鐵甲也會被撕得片甲不留的。

緣於此，舒麗梅在夏天就乾脆穿得不遮不掩的，喜歡看就看吧，反正不少一塊肉。

但那一回，舒麗梅的不自在不是因為那幾個民工赤裸裸目光的侵襲，而是居然有人沒有用目光侵襲她，這是她從眼角餘光中發現的。

為了準確驗證一下自己眼光沒傳遞錯資訊，舒麗梅假裝漫不經心地走著走著，冷不防來了一個急轉身。她的這個看似漫不經心的前提顯然麻痹了那些民工，因為在她隨之而來的急轉身動作中，那幾個民工臉上寫滿了驚慌失措。

毫不設防的幾雙眼光全被撞落到了地上。

相反的是，有一雙眼光這會抬了起來，是林成憶的，林成憶之所以抬頭是他也覺察到有點什麼不對勁。有什麼不對勁呢，兄弟們都紮著頭在做事啊？疑惑不已的林成憶忍不住把範圍擴大四處掃描了一遍。舒麗梅一下子撞進了他的掃描射程內，林成憶沒停下目光，在舒麗梅身上。哪怕多一秒也沒有停，停一百秒一千秒一萬秒又怎麼樣，城裏的漂亮女人，多了去，一天能有幾個一萬秒啊！

看跟自己不相干的女人，不是林成憶的作風。

偏偏，這個女人跟他林成憶相干了，就在這一刻。當舒麗梅證實這個民工竟沒在意她時，女人的征服慾望上來了，說白了，舒麗梅沒打算征服他的。征服一個民工，即便如願以償了也不會有多大的成就感，如同你赤手空拳打死一隻貓或者狗，跟打死一頭虎那可是有著天壤之別的。

舒麗梅當時吧，只不過是虛榮心作怪而已，你不看我是嗎？那好，我非但讓你要看我，還得讓你記住我！

舒麗梅就從包裹摸出手機來，巧得很，那天她剛換了一部新手機，早先說過，舒麗梅是個有心計的人，她腦袋只歪了一歪，一絲詭笑就從嘴角爬上了臉蛋。

林成憶沒看見她臉上的詭笑是如何從嘴角爬上來的，他拎起地上的純淨水桶，倒了一杯，打算借喝水的間隙檢查一下工程進度。

他的檢查方式很簡單，用眼光目測一下就能知道個八九不離十。

但舒麗梅走過來的意思林成憶卻沒目測出來。

能幫個忙嗎？舒麗梅見他把目光收回來，笑吟吟地走近，客客氣氣地問林成憶。

我，能幫你什麼忙？林成憶怔了一下，在他印象中，城裏女人沒他們民工幫忙的機會啊！

哦，這部新手機，我還不知道怎麼儲存號碼！舒麗梅亮出手中那款手機。

這個啊，簡單！差不多手機都一樣的。林成憶接過舒麗梅那款手機，小心翼翼翻開功能表調到儲存那一欄，說，喏，就這樣，會了吧！

舒麗梅裝出一副傻大姐樣說，就這麼著怎麼會，你給示範一遍啊！

林成憶撓一下頭，說，行啊，存誰的號碼？你說！

見林成憶上鉤，舒麗梅會心地笑一笑，假裝為難說，我的朋友手機號都需要保密的，私人資訊，洩露了多不好。

林成憶為難了，那我怎麼示範啊！

要不，存你的號碼？舒麗梅狡黠地一笑，大哥你的資訊不會對我保密吧！

林成憶當然不會對她保密，再說了，一個民工，也沒什麼資訊要保密啊，難不成還跟舒麗梅一樣怕別人騷擾。他巴不得全城人都知道他林成憶是做裝潢的呢，那可是免費廣告啊！

林成憶就老老實實存了。

他沒想到，這一存吧，還真讓舒麗梅騷擾上了，舒麗梅的騷擾是她心計的第一步。

那時的舒麗梅只是抱了好奇之心，她想試探一把，這個叫林成憶的男人對於美女的誘惑是真的做到了視而不見，還是只僅僅貌似矜持一把，反其道以引起女人的關注。當然，也不排除林成憶因為自卑而不敢視人的可能。

試探那天，恰好是林成憶休息的日子。

這麼說你肯定會覺得矯情，一個民工會有休息日？

回答是肯定的，有的，一般是碰上雨天，民工無事可做時，只能窩在屋裏看電視或者冒雨出來逛一逛，這樣的日子，自然是休息日了。

對於一個進城務工三年且有了一定閱歷的民工，如林成憶之流來說，閒逛已引不起他們的興趣。他們在休息日一般只做兩件事，一是呼呼大睡，彌補一下透支的體力，二是主動出擊，籠絡一些客戶資源。

客戶資源多存在手機裏面。

林成憶就在休息日裏百無聊賴地翻開手機通訊錄，打算找個能對自己業務有幫助的客戶聊會天，反正，閑著也是閑著，一分鐘的電話問候一聲，也要不了兩毛錢。

親戚在於走動，客戶自然在於互動了！算是感情投資的一種吧。

就在林成憶一個一個尋找客戶資源準備互動時，他的手機忽然就振動了起來，跟著就是超強分貝的鈴聲響了起來。

林成憶心裏一喜，急忙看來電顯示，居然，很陌生的一個號碼。

那邊的聲音卻不是那麼陌生，有那麼點似曾相識，似曾相識的聲音在那邊問了，是林大哥嗎？

林成憶心說你都打我電話了，還問是不是林大哥，什麼邏輯嗎？林成憶就說，是我啊，你是？

那邊的聲音咯咯笑了一下，我是舒麗梅啊！

舒麗梅？林成憶在腦海中狠狠過濾了一遍所熟識和不大熟識的人，然後實話實說了，沒印象啊！

沒印象就對了！舒麗梅在那邊並不生氣，我生怕你說什麼久仰久仰呢？

看來老實人也有不吃虧的時候，林成憶對這個陌生的舒麗梅一下子有了親切感。他吞吞吐吐補上一句，那你怎麼知道我號碼的，還曉得我姓林的？

舒麗梅得意洋洋地衝電話說，當然知道啊，因為我就是前兩天請你幫我儲存號碼的人啊！

經舒麗梅這麼一友情提示，林成憶眼前就浮起一個漂亮女孩子的臉蛋來。林成憶心情就有點激動起來，啊，啊，有印象了，我記得你的，原來你叫舒麗梅啊！

舒麗梅就在那邊沒心沒肝地笑，記得就好，有印象就好，生怕你將人家給忘記了呢！

呵呵，哪能呢！林成憶心房被舒麗梅的笑聲逗得一瓣一瓣綻放開來，開完了他激情難耐追問了一句，小舒你打電話過來是找我有事嗎？

眼下的林成憶正無事可做呢，如果這個漂亮的女孩有求於他，他肯定會赴湯蹈火在所不辭的。

事與願違的是，舒麗梅那邊一沒湯讓他赴，二沒火等他蹈，舒麗梅在那邊很及時地淡了語氣，輕輕說了一句，也沒什麼事啊，只是確認一下這是不是你的電話！

就只確認一下？林成憶的失望是可想而知的。

嗯，就是確認一下！舒麗梅已在那邊掛了電話，掛完了跟著興奮得跳了起來。

惡作劇得逞了！她可以想像得出，林成憶在這邊聽著手機中的忙音時那一臉的惆悵，哼，不信你這回還能視而不見！

她不知道的是，這一回，林成憶可是沒視也見著了，那個雨天，舒麗梅的俏臉硬是在林成憶眼前晃悠了一整天。

睜開眼是她，閉上眼也還是她。

傍黑的時候，林成憶鼓足勇氣，撥通了舒麗梅的電話，現在的林成憶，對數位有了一個重大的認識，原來一串數位的背後，可以藏著一個女人的。

其實這個認識還可以延伸一下，一串數字的背後，還是可以藏著一個婚姻的！

但作為一個合格的民工，一個中規中矩的民工，除了掙錢以外，太長遠的認識他林成憶也不敢奢望不是！

兩個人之間的距離僅靠某一方來縮短，是漫長的，雙方同時縮短，就是事半功倍了！這個道理，舒麗梅似乎更懂。

電話響時，舒麗梅看著來電顯示上的名字，抿著嘴得意地笑了一下，然後才不慌不忙地按下接聽鍵，故意口氣淡淡地問，誰啊？

這一問顯然是多餘的，她手機上的號碼可是林成憶親自示範儲存的，苕都知道來電顯示上應該有名字的。

舒麗梅不覺得多餘，她就是要通過這一問，體現一個女孩的矜持，一個城裏女孩的矜持。

林成憶就說，是我啊，林成憶！

啊，啊！舒麗梅作恍然大悟狀，該死，我早上還打電話確認了的，這會咋不小心刪了號碼呢！

舒麗梅的恍然大悟及看似道歉的語氣令林成憶心裏大為受用，林成憶就很大氣的樣子說，删了也沒關係的！

你，有事嗎？舒麗梅軟軟地問了過去，對林成憶這種小心翼翼的男人，得學會引導。引導有效！

舒麗梅話音剛落，林成憶在那邊就開了口，也沒什麼事，就是想學學你，也確認一把！

難得，這個看似木訥的男人居然還曉得幽默，舒麗梅的成就感上來了，身心就愉快了許多。這不是確定了嗎，我現在肯定確定以及一定的告訴你，你的確是對的，跟你說話的是舒麗梅！

呵呵！林成憶被舒麗梅郭芙蓉式的語氣逗得大笑起來，笑完又投石問路地補上一句，我還想確定的另一件事，是憑我的記憶能不能一眼認出你！

舒麗梅心花就綻放開來，這個叫林成憶的民工，還會玩點含而不露呢，想約我見面又怕我拒絕，打這麼個迂迴戰。

不過，這個迂迴戰舒麗梅是喜歡的。

舒麗梅就順水推舟說，行啊，你說怎麼個確認法！

林成憶早就謀劃好了的，這會生怕舒麗梅變卦呢！急忙介紹說，天然居好嗎？我們到那兒隨便喝點什麼。

舒麗梅故意吊他的胃口，好是好，不過你得一次確認出我來，不然別說喝茶了，喝人參燕窩湯我都不去的！

那是一定的！林成憶掛了電話後，又閉上眼睛把舒麗梅的面容在腦海中定格了三分鐘，確認一覽無餘了，才開始準備出門的行頭。

畢竟，他要上的是天然居呢！

客上天然居，居然天上客。

舒麗梅在林成憶眼裏，可是不折不扣的仙女呢，能有天上的仙女陪著吃一頓飯，也不枉他林成憶在城裏打拼幾年。

是很值得炫耀的資本呢！

是的，以林成憶有限的見識，目前只允許他停留在炫耀的層面上。

舒麗梅比他，顯然要高瞻遠矚一些。

她的高瞻遠矚是在和林成憶喝茶時一點一點上升的。

那天舒麗梅去得不早也不遲。

這點舒麗梅在內心合計過，早了，顯得自己急不可耐似的，等於把城裏人的優越給自動放棄了。遲了，會讓林成憶錯誤地認為，舒麗梅戴有色眼鏡看人，那樣就不能徹底臣服於自己。

儘管去的路上，舒麗梅還沒想和這個叫林成憶之間的男人發生點什麼故事，但作為女人，潛意識中舒麗梅還是希望每個男人都心悅誠服地拜倒在自己的石榴裙下的。

這一點上，舒麗梅沒錯，上帝造人時給了所有女人一顆虛榮的心，舒麗梅為什麼就不能虛榮到極致呢？

虛榮到極致的舒麗梅在那次喝茶時發現一個很實質性的問題，居然，林成憶對天然居這種地方並不陌生。他只是一個民工啊！隨著茶水的顏色越來越淡，舒麗梅對林成憶的瞭解越來越深，林成憶是個民工不假，卻是個頭腦很靈活的民工，他的收入，一點也不比這個城市的白領差。

舒麗梅眉頭只皺了一下，就下了決心。

其實她下的這一決心有點多餘，只消她一個暗示，林成憶就能受寵若驚的。

七仙女下嫁董永的美事呢！這對林成憶來說。要知道，平常那些城裏女人，不管有沒點姿色有沒點年齡的，一見他們這些民工，個個能把一張臉板得刀槍不入滴水不漏的。

這下好，林成憶不光入了舒麗梅的臉，還入了舒麗梅的心，包括新婚之夜入了舒麗梅的身體。

你說，林成憶有什麼理由不感恩戴德？

舒麗梅自然心安理得地享受著這份婚姻內的不可為外人道的滋潤。

然而，好景不長。

說實在話，我現在很討厭然而這個詞，很多好生生的日子就因為然而這兩個字改變了方向。

是一場金融風暴讓林成憶的日子悠閒起來的，像林成憶這種不上臺面的小工頭，經濟不景氣對他沒多大的衝擊，不至於像一些大老闆，弄到跳樓自殺的地步。他僅僅是，暫時找不到事而已！

舒麗梅內心是多少有點焦急的，她沒有存錢的習慣，林成憶的錢差不多只從她那兒過了一下，就流向超市，流向美容院，流向健身房了。

因此，她的身體一向，都很蓬勃。

我們知道，男人也有蓬勃的時候，但那個蓬勃需要金錢來打底氣。

通常是這種情況，每個週末，林成憶會從兜裏甩出一疊錢來（他們做工是每週一結算），衝舒麗梅粗聲大氣地說，老婆，整兩個好菜！

這個整兩個好菜後面有延伸，一般要延伸到床上，往往這個時候，舒麗梅把自己也整成了一盤好菜。

一晚上三個好菜的日子，讓林成憶很盡興，生活充滿了陽光呢，這樣的日子！

暫時找不到事的那個週末，舒麗梅依慣例整了兩個好菜，林成憶上桌前習慣性地摸了摸口袋，卻摸了個空，那兩個菜就吃得有點勉強。

舒麗梅沒在意，收拾好碗筷，把自己也整成一盤好菜，提前躺在了床上，林成憶卻在客廳遲疑著，把個電視頻道調來調去。

舒麗梅最終等得不耐煩了，在床上喊了一聲，你還不過來，要我請您臨幸啊！

林成憶倒是過來了，身體內部運轉卻始終跟不上舒麗梅的節奏。

他們的夫妻生活，第一次閑了。

林成憶很羞愧，睡了，儘管沒做成，但力氣還是費了的。

後來又閑了兩次。

舒麗梅一賭氣，跟他分床睡了，分床睡的日子裏，舒麗梅整個一蓬頭垢面的潑婦形象。她心裏也鬱悶著呢！其間，林成憶有幾次在客廳裏走來走去，腳步聲都到門口了，卻又悄無聲息地縮了回去，他一定是怕自己又閑了。

出門買筒裝紙之前，有日子沒化妝的舒麗梅忽然來了興致，坐在化妝鏡前描眉塗唇起來。

林成憶很奇怪，晚飯前只聽舒麗梅說家裏沒筒裝紙了，沒聽說有什麼活動的，林成憶因為閑，都忘了那天也是個週末。

買提筒裝紙而已，值得化個妝？林成憶在心裏皺了一下眉。

以舒麗梅的精細，肯定發現了他這一反應，但舒麗梅偏偏不說破，很細緻很耐心地化她的妝。

在化完妝的這天晚上，兩人又回到了一張床上。

林成憶那天因為難得地驍勇了一次，就睡得很沉。

舒麗梅沒睡，她在打電話。舒麗梅撥通電話後的第一句話就是，謝謝你！

電話那邊傳來一個女人的聲音，很好聽，好聽得讓人想起廣播電臺裏那些播音員的聲音。

猜對了，舒麗梅打的就是電臺女播音的電話，那個播音員是她同學任云云。

既然是同學，年齡也就差不到哪兒去。兩人有日子沒聯繫了。

是早晨在路上偶遇上的，當時舒麗梅正紮了頭一臉憔悴在路上走呢，一個驚喜的聲音叫起來，舒麗梅嗎，真的是你！

舒麗梅抬起頭來，任云云那張燦爛的笑臉就擠進了眼簾。

任云云是那種老得很慢的女人，這是舒麗梅一直以來的感覺。

舒麗梅就不無嫉妒地歎口氣，說，云云，你咋就不老呢？

任云云說，你罵我妖怪啊！

舒麗梅苦笑一下，我這會才像妖怪呢！

任云云就仔細打量舒麗梅說，怎麼整得蓬頭垢面的啊？

整得再光鮮也沒用啊，我們都分床幾個月了！舒麗梅垂頭喪氣地說。

分床，才多大個事，任云云搖搖頭說，我都離婚三年了，你知道不？

啊，離婚三年了，那你還弄這麼光鮮給誰看？而且，你那工作，也不是讓人看的啊！舒麗梅大吃一驚。

你啊你，虧你還是個精明女人，姐化的不是妝，是生活態度！懂嗎？說完這話，任云云一看時間，說抱歉啊，台裏趕錄播呢，我先走了！

化的不是妝，是生活態度？舒麗梅陷入了沉思。

也是的，一個人的生活態度是靠朝氣打底的，一念及此，舒麗梅扭頭就往家裏走去，今天，是週末了呢！該整一個新鮮點的菜了。

任云云不是說姐化的不是妝嗎，是生活態度！

那她也抄襲一把，姐整的不是菜，是生活情趣！

任云云在那邊被舒麗梅謝謝你這三個字整得莫名其妙的，剛要開口呢，舒麗梅在這邊已掛了電話。

光掛了還不算，舒麗梅把手機一把關掉，丟得遠遠的。然後一頭紮進林成憶的懷裏，閑點就閑點吧，積蓄更多的能量，可以做更大的衝刺，林成憶剛才的表現就證實了的。

一念及此，舒麗梅就沉沉睡了過去，明天，她還得早起呢，她要給林成憶一個全新的日子。

隆重點不行嗎

張麗華是撐了一把傘出的門。

尹傳喜在門口斜倚著，看張麗華走出自己視力所及的範圍了，才敢把臉上的微笑攤開，放大，再攤開，再放大。

這微笑一經放大攤開，不知怎麼的，在尹傳喜臉上就變了味道，成了張麗華最不齒的皮笑肉不笑。

尹傳喜有他皮笑肉不笑的理由，不就上個超市嗎，還撐一把傘，已不是二八佳人的年紀了，護膚護那麼好想再嫁不成?的確，張麗華這傘撐得有點矯情了，且不說她的年齡早已過了顧影自憐的界限，單說天氣，也已經不再適合撐這麼一把防紫外線的小花傘了。

都初秋了呢，像張麗華的年齡，屬於蔥蘢的尾巴了，是很讓人揪心的一件事。

打把傘，就能罩住青春?切!尹傳喜臉上由皮笑肉不笑轉為冷笑，這種天氣裏打傘，實在是隆重得過了頭。

陽光都瑟瑟的呢!

張麗華在瑟瑟的陽光下顧盼多姿地走著，當然這是她潛意識的想法，她需要以這種顧盼多姿的形象出現，一個人憋家裏太久了，得釋放一下才行的。

其實也不算很久，才半個月而已。

張麗華剛做了隆鼻切眉手術，換一個人，會小心謹慎分兩次做，但張麗華求美心切，來了個長痛不如短痛，一步到位了。

愛美，可以愛到不要命了！這是尹傳喜的原話。

其實尹傳喜是心疼錢，用張麗華反擊的話來說，尹傳喜是，愛錢，可以愛到不要命了！

兩個人，在這種事上一向不能共進退，這也正常，隨便抽查一下試試，幾對夫妻能夠做到共進退呢！不同床異夢就算難能可貴了。

之所以打傘出門，張麗華是起了心的，與護膚無關，與罩住青春也無關。

傘在這時發揮不僅僅是遮光擋雨的功能，它是變相提醒人們，傘下有風景呢！

在這點上，我是嘆服古人的，那句猶抱琵琶半遮面不也是提醒人們關注被遮住的半邊風景嗎？張麗華這傘就撐的深得古人之妙傳了。殘的缺的可以是美，藏的掖的則毋庸置疑更是美了。

要不然哪來金屋藏嬌一說？呵呵，原諒男人們的淺薄吧！

差不多的男人都愛揭開女人的面紗去看個究竟。

傘下的風景可是無須冒天下人之大諱去揭的，只須把目光拐個彎就行。

有人很懂張麗華心思似的，果然就把眼光拐了彎，拐得毫無節制的，直接把目光探照燈似的照到張麗華的臉上。要是以前，張麗華是應該羞憤的，太肆無忌憚了吧！

但今時不同往日了，張麗華不光不羞憤，相反的，還有那麼一絲竊喜。

要是走完一條大街，沒半個鬼毛拐個彎看她，她隆鼻切眉還有什麼意義？就是再醜的女人，臉上貼上八千元錢也能換來居高臨下的回頭率啊！

是的，張麗華只在臉上小小地折騰了一下，八千元就沒了。早先張麗華一顆心在傘下還惴惴的，眼下，她不惴惴的了，有人這麼毫無節制地盯著自己看，尹傳喜心裏疼一把是值得的，自己臉上變幾天形，也是值得的！

人，一輩子，活的不就是一個值字麼？

其實，在很多女人看來，張麗華能嫁給尹傳喜，已是值了。尹傳喜是那種不吃不喝不嫖不賭的男人，在女人眼裏，這種男人無疑是婚姻生活的上上之選。但是，請大家別忘了，當一個男人連這些基本的缺點都沒有了時，另一個問題很及時地出現了，這種男人，也一定是個毫無生活情趣的男人。

任何事情都有它的雙面性，這個誰也不能否認。

張麗華自然就是那種外表活得看似很值，內心卻始終缺乏滋潤的女人。

女兒家是水做的肉啊，缺了這份滋潤，衰敗自然是呈直線下降趨勢的，拋物線的原理稍微念過幾天書的人都知道。

張麗華自然要抓一把青春的尾巴了，隆個鼻切個眉是勢在必行的，像大明星那樣換整張臉來力挽狂瀾她做不到，小小的折騰一下還是可以的。

折騰了，自然要看效果不是？

眼下，效果有了，面對男人拐過來的目光，張麗華乾脆將傘傾斜開來，以讓男人可以更一覽無餘地欣賞自己。這沒什麼不對的，美麗就像音箱，需要共用，醜陋則是耳機，只能獨享。

張麗華認為自己是美麗的！

但這份美麗，需要男人的認同！

對自己的認同者，張麗華甚至認為是要心存感激的！

擱過去，這叫伯樂呀，慧眼識英才的人呢！

伯樂男人這時發話了，說妹子很有生活情趣啊！

張麗華嬌笑一下，生活情趣，有嗎，大哥是何以見得的呢？

伯樂男人指了指她手中的傘，說，能把簡單的日子如此隆重地過，不是情趣是啥？

呵呵，張麗華就顧盼生輝地一笑，人生本來無趣，只有把無趣的生活過隆重了，人生才算有趣啊！

伯樂男人就哈哈大笑起來，看不出妹子還出口成章啊！

這是一句讓張麗華極為受用的話，尹傳喜從沒誇過張麗華的口才，頂多就一句，哪來那麼多的歪理啊！

其實要論歪理，尹傳喜才是一套一套的，比方說，張麗華有一次上街，看中一套哥弟套裝，非得買。當然得尹傳喜點了頭才能買！張麗華就拉了尹傳喜去看，尹傳喜自然是不樂意去看的，人卻擺出一副大方樣兒，說你看上了只管買，要我去看個什麼呢？

人家穿了是給你看的嗎，女為悅己者容，你又不是不知道！張麗華拽著他的胳臂撒嬌說。

得，別找理由了行不？尹傳喜一句話就氣得張麗華差點做人工呼吸，尹傳喜原話是這樣的，女人穿衣服是為了給女人看，脫衣服才是為了給男人看的！

你說，這理夠歪的吧！

不過仔細想想，還真是那麼一回事，歪得精闢！

不知道這個伯樂男人會怎麼看待自己呢？張麗華假裝羞答答地一歪頭說，出口成章可是大男人們的事兒，我這點小把戲，頂多叫做發自己的光，不吹滅別人的燈而已！

伯樂男人撫掌大笑起來，妙啊，妙，只是不知道妹子口中這盞別人的燈可有所指？

張麗華自然有所指的，她指的是尹傳喜。但在一個男人面前談論另一個男人，無疑是對眼前這個男人的不尊重。所以張麗華就及時偷換概念說，妙？何妙之有，只聽說少女為妙的，一個青春不再的女人，跟妙可是相去甚遠呢。

你錯了，伯樂男人臉色一正說，一個妙女人，妙的不是年齡，是氣質，是睿智，還是——

見伯樂男人住了口，張麗華遞過一個疑惑的眼神。

伯樂男人要的就是張麗華疑惑，女人只有疑惑了才會專注。伯樂男人就頗有深意地盯了張麗華一眼，慢悠悠地說，妙女人不是靠朝氣打底的，靠的是對生活的感悟，對愛情的覺悟，對人生的醒悟。

呵呵，張麗華掩口而笑，我可是什麼也沒悟出來啊！

是嗎，伯樂男人聳聳肩，那可不是妹子的錯。

那應該是誰的錯呢？張麗華裝傻，故意往伯樂男人引出來的話題上靠。

引導你的男人有錯！伯樂男人眼光閃爍了一下，直言不諱地說。

引導我的男人？張麗華不裝傻了，裝天真，她的眼波流傳開來，我都這麼大了，還要男人引導嗎？

呵呵，就是你身邊的男人啊！伯樂男人揭開謎底。

啊，你是說我丈夫啊！張麗華裝出恍然大悟的樣子來。

聰明！伯樂男人微笑頷首，故作深沉說，這書上說過，好女人是一所學校，同理，好男人也是一所學校啊！

嗯，嗯，張麗華附合，好男人就得引導女人在這所學校畢業成為一個妙女人才對。

這是權利，更是義務！伯樂男人點頭。

那我現在不是離畢業遙遙無期啊？張麗華微微一皺眉，擺出一副我見猶憐的模樣。

怎麼會呢！伯樂男人作出好為人師的樣兒，同為男人，我也有義務引導妹子的啊！

就這麼，在大街上引導？張麗華收了傘，暗示道。

哦，對的，如果妹子不反對的話，咱們一齊到酒吧喝一杯？伯樂男人居然很上路，來了個順著杆子往上爬。

求之不得呢！張麗華立馬嫣然一笑。

夢巴黎酒吧裏，張麗華要了一杯法國乾紅，伯樂男人要的是威士忌。

四目相對，兩人舉杯，張麗華小啜一口，把目光轉向四方，伯樂男人把玩著手中的玻璃杯，繼續深入，說妹子相信愛情嗎？

張麗華搖搖頭，說，不相信！

為什麼？伯樂男人停下手中的玻璃杯，把身子往前傾了一半。

因這愛你的人最終會變成恨你的人啊！張麗華也把身子往前傾斜45度，一眼不錯地望著伯樂男人。

伯樂男人先是一怔，繼而哈哈一笑，看不出妹子還是個真女人呢！

哦！張麗華眉毛往上一挑，這話怎麼講？

很簡單啊！伯樂男人身子往後一仰，眼微眯起來，真女人傷人的心，假女人傷人的身啊！

那你不怕我傷你的心？張麗華挑逗他說。

不怕！伯樂男人駕起二郎腿說，沒有愛情的女人是可疑的，你不相信愛情並不等於你不想擁有愛情！

擁有？可能嗎？張麗華啞然失笑，尹傳喜連為她隆個鼻切個眉都心疼得喘息要加粗幾分，愛情，那可是更是虛無得看不見摸不著的東西，難道比她換張臉還更重要？

見張麗華啞然失笑，伯樂男人忽然站起身子，走到張麗華身邊坐下，一隻手搭上她的肩膀柔聲說，愛情，不是一定要綁在某個人身上的！

張麗華是過來人，自然明白伯樂男人的意思了，張麗華輕輕拿下肩頭的手委婉地說，讓我想一想吧，這麼突然，我還沒做好心理準備呢！

可我覺得，你已經準備得很充分了啊！伯樂男人的手又纏上來說。

我準備得很充分，有麼？張麗華覺得奇怪。

有啊！伯樂男人拿嘴努了一下張麗華身邊的遮陽傘。

這跟傘有關麼？張麗華還是不明白。

當然有啊，你在這種天氣裏撐一把傘，跟女人獨坐酒吧有什麼區別？伯樂男人笑了笑，很自以為是的口氣。

女人獨坐酒吧，打傘？有聯繫嗎？這一回張麗華不是裝傻，她是真不明白了。

伯樂男人再次笑笑，一副洞若觀火的神情，有句話你聽說過沒？女人獨坐酒吧，不是豔婦就是怨婦！

你是說，我打傘就是為了證明我是豔婦或者怨婦？張麗華到底不糊塗，一眨眼就明白過來，明白了就忍不住在心裏歎了口氣，原來眼前這個男人也這麼淺薄的。

你笑什麼？伯樂男人有點莫名所以了，我分析得難道錯了？

你分析得沒錯！張麗華搖搖頭，笑笑，再搖頭，再笑笑。

笑完張麗華臉上開始恢復平靜，語調也波瀾不驚的，像說一件跟自己無關的事，錯的是我，不該撐那把傘的！

為什麼？伯樂男人這回分析不出原因來了。

不為什麼，我只是不該，這麼隆重的！張麗華說完這話，起身，衝服務員說，結帳！

伯樂男人怔在那兒，眼睜睜看著張麗華買了單，半天沒回過神來，酒才開始喝呢，怎麼就結束了？

張麗華當著伯樂男人的面，撐開傘，扛上肩頭，衝男人遮住一半面孔說，隆重點不行嗎？

沒等伯樂男人說行，也沒等伯樂男人說不行，張麗華已嫋嫋婷婷走了，走得顧盼多姿的。

張麗華有理由這麼走，因為，傘下有風景啊！

走著走著，張麗華感覺又有光線肆無忌憚地鑽了進來，這突然降臨的光線驚擾了她一下，就一下，張麗華忽然笑了，發自內心的那種笑。

天，在猝不及防間晴熱了起來。

在小城，在初秋，很少有這麼晴熱得這麼隆重的陽光，讓人疑心是否還停留在盛夏的尾巴上。

呵呵，這個疑心讓張麗華有了一點小小的矯情，自己也恰好，停留在青春的尾巴上呢！

剛才那個伯樂男人對自己的肆無忌憚就是一個很好的證明。

張麗華其實也知道，跟陽光相比，她的隆重是渲染了的，但一個女人，渲染一把自己有什麼不對呢？恰到好處的渲染能給自己一點隱約的驕傲，這種換算，也是值得的啊！

麻煩是在張麗華正隱約著驕傲時突然襲擊上來的，為證實那陽光的隆重，張麗華把傘移開幾分，那樣她的眼光恰好可以斜斜望見頭頂上的太陽。

太陽很強烈刺上張麗華的眼睛，她忍不住張開嘴巴，剛要啊嚏一聲把噴嚏打出來，心裏冷不丁一激靈，急忙把一隻手死死捂到嘴上，強逼著那個噴嚏委屈萬分地退回了鼻腔。

她可是隆了鼻切了眉的，醫生再三叮囑過在一個月內，儘量保持臉部肌肉的平靜，以免影響療效。也是的，牙齒縫裏塞點肉末都會不舒服好久，何況鼻子裏面墊了一團矽膠呢，據權威專家說，完全消腫還要三個月呢！

只不過這腫，一般非專業人士是看不出來的。

張麗華自己也看不出來，因為她的鼻子已經沒任何不良反應，跟身上任何一個地方的肌肉一樣了。

真一樣了也不能讓這個自己找上門來的噴嚏輕易出口的，張麗華向來不允許自己在大庭廣眾之下撕扯自己臉上的肌肉，怎麼說也是眾目睽睽之下吧！很不淑女的行為呢，張麗華知道自己成不了淑女，但也知道自己離潑婦很有距離。

何苦呢？一個聲音響了起來，很熟悉，儘管如此，張麗華還是抬了一下眼，往發出聲音的地方望過去。

果然，是尹傳喜！

你不是不願陪我出來嗎？張麗華有點惶惑地看著他，在氣勢洶洶的陽光裏。

尹傳喜笑一笑，接過傘來，給她撐上，說，我陪我的八千元錢出來，免得別人把它搶了，不行嗎？

張麗華一怔，剛才的一幕，你都看見了？

看見什麼了？尹傳喜一臉無辜地望著張麗華，我剛剛接到蔡醫生的電話，說，如果你人要出門，記得隨時帶上疤痕靈，說完，從手中亮出一個瓶子來。

果真，是那瓶疤痕靈，早上出門時，張麗華還一遍又一遍地提醒自己一定要記得帶上的，咋就忘了呢？

先擦一遍吧，蔡醫生交待了的，一個小時擦一次，效果會更好一點！尹傳喜婆婆媽媽地交待了一句。

擱以往，張麗華是很煩尹傳喜這麼婆婆媽媽的，一個男人，行事要果敢，尹傳喜偏偏是那種陰柔有餘陽剛不足的男人。

也只有陰柔的男人，才會在意每一分錢的去向的。在這一點上，尹傳喜沒白陰柔。

你就讓我在大街上擦？張麗華抬起頭仰望了一下天空，三十年了，天空在張麗華眼裏一點也沒改變容顏，倒是她，說改變就改變了。

從少女變成少婦，變成一個要靠隆鼻切眉來挽回自信的少婦。

你的意思是？尹傳喜撓了一下頭，他一向不喜歡揣摩人的心思，尤其是女人的心思，更別說是張麗華的心思了，用他的原話說，過日子靠揣摩，多費勁啊，人的心思可是越用越少的。

張麗華不表明自己的意思，只是把目光往回收。

尹傳喜順著她的目光望過去，夢巴黎三個大字就十分囂張地闖進了他的視線。囂張個啥呢？尹傳喜眉毛跳了一下，轉身，毅然決然地一挽張麗華的胳膊，說，到夢巴黎去吧！到夢巴黎？張麗華恍惚了一下，語氣中有明顯的不確定，你是說我們到夢巴黎，僅僅為擦一點藥，有必要這麼隆重麼？

尹傳喜聲音附在她耳邊，輕輕地怕驚嚇她似地，傳遞進去，我們，也可以喝一點酒的！

張麗華的心裏沒來由地一暖，多少年了，尹傳喜沒這麼溫熱地同她這麼耳語過了。

在進夢巴黎的時候，張麗華忽然有了一個小小的渴望，最好，那個伯樂男人還沒有走。

如她所願，伯樂男人果然還沒有走，他那杯威士忌才喝了一半呢！張麗華的那杯乾紅，還孤零零地立在桌面上，一臉敵視地望著他。

張麗華的去而復返，讓伯樂男人眼裏跳出一抹驚喜來，但只一瞬間，伯樂男人眼裏的驚喜就逃遁了，取而代之的是不屑！張麗華眼神好，分明看見伯樂男人鼻翼掀動了一下。

那是因為伯樂男人看見一隻手搭在張麗華的肩頭，尹傳喜的手。

兩人在大廳環視了一下，巧了，只剩一個空著的卡座恰好就在伯樂男人對面，兩人對視一眼，徑直走了過去。

過去了，尹傳喜按著張麗華坐下來，自己則往吧台走。走沒幾步，尹傳喜轉過身拋來一句，在這裏等著我，知道嗎？

知道！張麗華一臉幸福地朝他揮了揮手，示意他快點，她以為他去點單呢！

揮完這個手，張麗華故意示威性地望了一眼伯樂男人，伯樂男人不接她的目光，卻衝著吧台方向望過去，臉上浮出一股冷笑來。

男人看男人，能看出什麼好笑的？張麗華大惑不解了，順著伯樂男人的目光往吧台那邊望過去。

這一望，張麗華心裏忍不住湧上一絲惱怒來，看來稀泥巴真是扶不上牆的！尹傳喜居然端了兩杯溫開水過來了，酒吧裏要溫開水，虧他想得出來。

惱怒歸惱怒，張麗華卻不露聲色，欠了一下屁股，示意尹傳喜靠自己坐下。那樣她可以不露聲色地提醒一下尹傳喜，在酒吧這種地方，哪怕你什麼也不點，出去時也要按最低消費結帳的。

偏偏，尹傳喜對她的暗示視而不見，或者見了也沒反應過來，一個榆木腦袋的男人！張麗華悲哀地用眼角餘光望了一下對面，對面男人這會肯定在心裏暗笑著呢！

尹傳喜小心翼翼地放好兩杯水，然後左顧右盼了好一陣子才坐下來，在酒吧裏，用得著這麼中規中矩嗎？看他左顧右盼的樣子，似乎在找自己和張麗華面對面的最佳位置呢！

果然叫他挑了個最佳位置，他們的一舉一動，伯樂男人就算不想窺視都能一覽無餘的。

張麗華能忍受伯樂男人對她的一覽無餘，但卻不能忍受自己對尹傳喜的一覽無餘，因為她不知道下一步尹傳喜能做出什麼令人笑掉大牙的舉動來。畢竟，忍受一個陌生人比忍受一個親人要容易得多。

尹傳喜怎麼說也是她至親的人啊！

張麗華不能忍受別人對他的小視，不齒或者鄙視。以張麗華的敏感，她知道，伯樂男人此刻正冷眼旁觀著尹傳喜的一舉一動呢！他能給張麗華期望的隆重嗎？

顯然不能！一個在酒吧裏要兩杯溫開水的男人，張麗華心虛地耷下了頭，此刻她多麼希望面前像電影2012上的世界末日一樣，轟的一聲出現一個天坑，將自己沉陷下去。

讓她不能忍受的是，天坑沒轟的出現，尹傳喜的聲音倒轟的出現了，麗華你抬起頭來。

張麗華不用抬頭也知道，尹傳喜已把一杯溫開水端到了自己面前。

張麗華似乎聽見了對面伯樂男人的嗤笑。

抬頭，抬頭，抬你個大頭鬼啊！一向不在大庭廣眾之下撕扯自己面孔的張麗華一臉惱怒地抬起有頭來，剛要發作，卻見尹傳喜手中不知何時多了一條小巧的擦手巾，他正把杯子裏的溫開水往手巾上倒呢！

你，做什麼？張麗華及時地把臉上的惱怒逼退，一臉詫異地問。

給你擦把臉啊！洗手間的水涼，蔡醫生交待了的，擦藥前要用溫水把臉潤一遍的，尤其是剛癒合的傷口，萬萬碰不得涼水的！尹傳喜一臉鄭重地捧起手巾說。

沒想到，尹傳喜居然會如此的細心，他一向對這些事不上心的啊，何況對張麗華隆鼻切眉一事，是以他的反對無效而告終的。

擦手巾上的溫度是恰到好處的，一如張麗華此時的心情，春暖花開著。

在尹傳喜的細細擦洗間隙，張麗華的目光越過尹傳喜的肩頭，示威性似地瞟向伯樂男人。

伯樂男人假裝正用心觀察手中那杯威士忌，有什麼好觀察的呢，掩飾自己的失望吧！

張麗華以一個勝利者的姿態把目光收回來，落在尹傳喜頭上，不知什麼時候，尹傳喜頭上已有了白髮。

張麗華眼裏濕潤了一下，你都有白頭髮了呢，知道不？

知道啊！尹傳喜沒在意，他這會正用手指頂著手巾沾了溫水一點一點擦拭張麗華臉上癒合的傷口處呢！

張麗華鼻子酸了一下，知道？咋沒聽你說過呢！

尹傳喜聽了這話，停下來，不以為然地說，小老百姓一個，這事再正常不過了，只有不放在心上，日子才能過得歡實的。

張麗華嬌嗔地揪了一下尹傳喜的耳朵，什麼歪理啊！

尹傳喜一本正經接過話頭，這怎麼是歪理啊，難道你沒聽說過？身上事少，自然苦少；口中言少，自然禍少；腹中食少，自然病少；心中慾少，自然憂少！

那你還這麼多事，追出來給我上藥，不怕吃苦啊？張麗華順著尹傳喜的話頭將了他一軍。

尹傳喜沒提防這麼一手，一時找不出話來，撓了撓腦袋，笑了。

你是心疼錢吧！張麗華故意打趣說。

錢我當然心疼，不過，老婆我更心疼啊！尹傳喜亮出那瓶疤痕靈，倒出一點在指尖上，說，別動，上藥了呢！

張麗華就乖乖地抬起頭，眯上眼睛，一任尹傳喜用指尖沾了藥在她眉頭輕輕揉擦起來。

那情景，像極了漢代那個給夫人畫眉的京兆尹張敞。

伯樂男人不由得看呆了，一杯威士忌就那麼半端著，嘴也半張著，像雕塑。

上藥是個細緻活兒，一貫粗手大腳的尹傳喜居然做出了專業護士的水準。

上完藥，張麗華半躺著，尹傳喜用剩下的那杯溫開水把手巾再次淋溼，擰乾，塞進張麗華手裏，說，等等我啊！

張麗華半睜開眼，看見尹傳喜再一次去了吧台。

伯樂男人就是在這間隙走過來的，他一向自認為是個能把什麼事都拿捏到恰到好處的人，時間上也是。

伯樂男人衝張麗華點了下頭說，早知道一杯溫開水可讓你把愛情綁在某個人的身上，我也可以做到的！

張麗華搖搖頭，說，你錯了，愛情不是靠一杯溫開水就能綁定的，即便能綁住，你也未必做得到！

為什麼？伯樂男人瞪大了眼，他實在是想不通這個理。

很簡單啊！張麗華指頭輕輕勾了一下，示意有話要告訴他，伯樂男人很聽話地俯下了身子。

張麗華清了清喉嚨，端正臉色字正腔圓地說，因為你對愛情，一點也不夠隆重！

這麼說時，張麗華的眉頭熱熱地跳了幾跳，張麗華知道，那是尹傳喜給她臉上擦的疤痕靈在起作用了。

再完美的婚姻，也是有疤痕的，修補他們其實也並不複雜，也許，就是一杯溫開水的浸潤。

但修補時的過程，要絕對隆重！

很簡單的道理，伯樂男人咋就不明白呢？張麗華說完這句話後，不再搭理伯樂男人了，尹傳喜交待過，說上了藥，得閉目養神三分鐘。

伯樂男人知趣地退回座位，發了三分鐘的呆，然後起身。

起身是他看見尹傳喜正端了兩杯乾紅大步走向座位。顯然，伯樂男人知道自己再坐下去已經沒了必要。

一個看不懂戲文的觀眾，能湊出什麼熱鬧呢？

兩個男人擦肩而過的瞬間，伯樂男人忍不住又仔細地端詳了尹傳喜一眼，很普通的一個男人啊，一個不顯山不露水的男人啊，就這麼輕易打敗了自己！

兩杯乾紅，尹傳喜端得小心謹慎的，讓人疑心他端的不是玉液瓊漿，也是仙丹神水。

至於嗎，這麼隆重？伯樂男人望著尹傳喜的腳步沉思起來。

這個決定是在伯樂男人沉思幾秒後做出來的，本來他應該直接走向酒吧大門的，但他臨時拐了個彎，走向吧台，悄悄給張麗華他們買了單。

人一輩子，總有一些東西是要花錢學來的！

包括怎樣贏得一場隆重的愛情。

哪怕你是再具慧眼的男人！

你想做點啥

武小文把自己放上去坐著，馬路邊。不過不是坐在臺階上或者花壇上，是在一條長椅上。武小文怎麼說也是個穿得乾乾淨淨的人，臺階花壇那種地方，一般是民工坐的，而且多是外地的民工。

本市的民工，為了顯示自己那點可憐的優越感，都是以主人翁自居的。小城修了那麼多供人休閒的長椅和石凳，難道讓給外地人歇腳不成？緣於此，佔據這些公共設施的差不多都是本地人了。武小文當然是本地人，武小文當然也不是民工，他霸佔那麼一整條長椅在他看來就有點理也直氣也壯了。

我們再順著這句話把思維往下延伸一下，武小文這會用眼光霸佔一下身邊往來的女人自然也是理也直氣也壯的。

武小文喜歡看各色各樣的女人從自己身邊走過，年輕的，年老的，胖的，瘦的，高的，矮的，只要是女人，他都會認真地瞟上幾眼，把人家的臉蛋霸佔上幾秒鐘。

這個過程是簡單而有趣的，武小文在那幾秒鐘裏常會莫名其妙地冒出這麼個念頭，這個女人，在這幾秒鐘裏是屬於我的！

呵呵，有點奇思妙想不是。

武小文一直是個有點奇思妙想的人。

其實，武小文也明白，這些女人一秒鐘也沒屬於過自己。

我這麼說，你可千萬別錯誤地認為武小文身邊缺乏女人。相反的，武小文對女人，都到了有點厭倦的地步。他之所以眼巴巴地盯著女人看，只不過是他實在找不到事來做，空虛這玩藝，跟你處不處鬧市無關，跟你身邊有沒有女人無關。因為這，武小文看男人也興致勃勃的，高的矮的胖的瘦的，老的少的，都看得津津有味的。

看著看著，男人和女人的區別在武小文眼裏就出來了，涇渭分明得很。

女人要是發現武小文在看著她，往往會突然收了聲，很矜持地一揚頭，以目不斜視的高傲姿態大踏步走了過去。男人則不然，強壯點的會回瞪一眼武小文，瘦弱點的則會悄悄用眼角餘光斜上幾眼，看武小文有什麼反應。

武小文一般是沒什麼反應的，恰好是他的不反應，引得那些人莫名地心虛起來，往往這時候他們就會小跑幾步，裝作很忙很忙的樣子，一溜煙就鑽進了人流。

也有好奇心重一點的，走老遠了還不忘回頭嘀咕一句，這個年輕人，想做點啥呢，把個眼睛瞪那麼大？武小文不承認自己眼瞪得有多大，他是生就了一對大眼珠，看人有那麼點突兀而已。

突兀能讓人想起很多不友善的詞來，瞪就是其中之一。

武小文有時也瞪自己，是面對洗澡間的大玻璃鏡子的時候。那時候，身上一絲不掛的武小文會使勁衝鏡子裏的自己瞪大雙眼，然後把指頭點上去說，你想做點啥呢？

鏡子裏自己的指頭也會點上他，兇神惡煞樣，說，你想做點啥呢？

結果自然是啥也做不成，武小文不會愚蠢到把玻璃鏡子砸碎的地步。

武小文這會就在陽光下砸碎著手中的薯片，還有鍋巴，確切說是捏碎，武小文有個嗜好，喜歡買一些吃起來喀嚓喀嚓作響的零食。

這樣會讓自己的日子過起來熱鬧一點！武小文曾經這麼解釋說。

他的解釋是給尤秀玲聽的，這也是他唯一一次對一個女人解釋這個看似無關緊要的嗜好。

由此我們可以推斷出來，尤秀玲這個女人對武小文來說，絕對不是無關緊要的一個女人。

事實上也的確如此，武小文和尤秀玲之間，有故事！

武小文自認跟許多女孩有過故事，但都淺嘗即止了，唯獨尤秀玲，時不時會從他腦海中拱出來，像石頭縫裏生命力格外頑強的小草，只要有一絲縫隙，它就會鍥而不捨地探出一點頭腦來。

顯然，尤秀玲跟這些女孩是不一樣的，尤秀玲是個女人。

這讓武小文有點煩，因為煩，他的手上就加大了力度，薯片鍋巴什麼的在他的蹂躪下就發出了一陣又一陣痛不欲生的叫喊。

尤秀玲也發出過這種叫喊，不過肯定不是痛不欲生的，這點武小文在經歷過眾多女性身體後清晰地得出了這個結論。

也就是說，尤秀玲是武小文的第一次。

也只有第一次的男孩子，才容易上尤秀玲這種有點年紀女人的床，尤秀玲的年紀，在女人中屬於不尷不尬的年紀，三十出了頭的女人基本上就打了折。

偏偏，尤秀玲不認為自己被折扣了，一天到晚裝清純，以期找一個對自己能忠心耿耿的男人，當然是情人關係的那種。

尤秀玲是已婚女人，只不過男人長期不在身邊而已。

忠心耿耿的男人不是沒有，但都只在和尤秀玲上床前，口頭上，你真要他拿出點實際行動來，他則不屑一顧地回轉身，讓你想矜持一下的餘地都沒有。

為此，尤秀玲很是傷心。

任何女人都會傷心。

因為傷心，尤秀玲就特愛串門。

武小文有個姑姑跟尤秀玲是閨密，密到什麼程度呢？一個月總要找機會在一起住上個三五天，哪怕各自都嫁了人，這個習慣都不曾改變過。

直到尤秀玲在姑姑家裏遇上武小文，這個習慣才改了。

姑姑比武小文也就大個十多歲，換句話來說，武小文差不多是跟在姑姑屁股後面長大的，所以就格外親。武小文也黏姑姑，粘到了一個月也總要找機會在姑姑家住上個三五天，一直到高中畢業，這個習慣都沒有改變過。

直到武小文在姑姑家裏遇上尤秀玲也才改了習慣。

事後武小文一直奇怪，兩個人都有這麼個習慣，為什麼單單等他十八歲那天兩人才碰巧遇上了呢？

緣分真是個說不清道不明的東西，緣於這種說不清道不明，武小文現在特憎恨緣分這個詞。憎恨到了無以復加的地步！

狗日的緣分！

武小文耳朵裏恍惚間又響起這麼一句話來，這是尤秀玲嘴裏的原話。尤秀玲看起來是那種很溫柔很委婉的女人，在跟姑姑說話時。當時武小文就沒弄明白，一個女人跟另外一個女人，溫柔個什麼勁呢？委婉個什麼勁呢？姑姑又不和她搞什麼同性戀。

記得當武小文打開姑姑的家門時，裏面的尤秀玲怔了一下，姑姑不怔，武小文手裏一直有姑姑家的鑰匙。

看見武小文大大咧咧走進來，尤秀玲捏了一下姑姑的腰，這誰啊？

姑姑笑了笑回答她，跟你一樣的人！

尤秀玲反應不過來，啥叫跟我一樣的人，我是女人，他是男人，怎麼個一樣法？

姑姑反過來捏了尤秀玲一下，你啊，眼裏除了女人就是男人，我說他是跟你一樣每個月都要在我家呆個三五天的人。

狗日的緣分啊！尤秀玲一聽這話，忍不住站起來，走到武小文跟前拍了武小文臉蛋一下。

姑姑趕緊拽了尤秀玲一把，你別把他嚇著了好不好？這是我侄子，很怕生的！

侄子身份的武小文第一次臉蛋被母親以外的女性拍了一下，面皮就漲得通紅起來。

其實，僅僅拍一下臉蛋武小文還不至於臉紅，武小文臉紅是因為姑姑那一拽吧，尤秀玲身上的旗袍胸口扣子開了兩顆，有半邊酥臉露了出來。

尤秀玲之所以敢穿旗袍，並不是她的身材有多麼驕人的地方，而在於她有一對傲人的乳房。

在緊身旗袍的包裹下，那乳房本來就夠漲人的眼球了，武小文這一近距離接觸，忍不住全身血管都脹了起來。

尤秀玲沒發現武小文這點反應，或者是發現了故意裝作不知道。

她十分親熱地托起武小文的下巴，衝姑姑一眨眼說，來，給我仔細瞅一瞅，像你不？

侄子跟姑姑長得像，是很正常的。

果然就叫尤秀玲找出了他們臉上的七分像來。

武小文被尤秀玲的身體逼得步步後退，在女人面前他不光怕生，還很害羞的。

好在姑姑及時給武小文解了圍。

姑姑對尤秀玲說你麻利點把客房收拾一下，給小文住！

那我呢？尤秀玲一怔，客房一直是她住習慣了的地方。跟我擠幾天吧！姑姑說，恰好今天陳子豪出差。陳子豪是武小文姑父，動不動就出差，沒這麼便利的條件，武小文也好，尤秀玲也好，就不可能動不動每個月跑到這裏待上三五天了。尤秀玲就做出一臉委屈狀來，唉，這人一命苦吧，想在床上打個滾的權利都被剝奪了！

武小文知道尤秀玲這話矯情的成分很重，不是真的怪自己占了她的位置，武小文就不好意思地衝尤秀玲笑了一下。

還沒笑完呢，姑姑已進了廚房，尤秀玲則進了客房，只剩下武小文在客廳裏發呆。待了沒三分鐘，尤秀玲從客房裏探出頭來，說，小文你過來幫忙搭把手！

武小文就進去了，尤秀玲在床上鋪滿了文胸，內褲，那些平時跟武小文很不搭界的東西一下子真真切切攤在武小文眼裏，令武小文的呼吸氣息忍不住短促起來。

別磨蹭了，快給我疊起來！尤秀玲命令武小文說。

武小文的手猶豫了一下，搓了搓，伸過去，小心翼翼拈起一條內褲。拈起來時他留意了一下，是歐的芬的牌子，很多雜誌上有廣告的。那料子不知道是什麼成分做成的，網狀，輕，薄，還有那麼一絲綿軟，讓武小文頭腦裏忍不住遐想起來。

是姑姑在廚房裏飄出來的一句話打斷了他的遐想，姑姑說，小文你快點幫尤姨給把客房收拾好，一會吃完飯好睡午覺。

姑姑一向有午休的習慣，何況眼下是夏天，不睡一個午覺的話，姑姑會整個下午都沒力氣說話的。

武小文就迅速掐斷自己的遐想，把內褲文胸給疊成一小堆，真的是一小堆，不及尤秀玲的一個乳房那麼大。武小文這麼尋思著，忍不住斜過眼去，瞟了一眼尤秀玲的乳房。

尤秀玲正半弓著腰在梳粧檯前收拾她的化妝品，因前傾斜的角度夠大，乳房就呈下垂勢，更飽滿了。

武小文被這飽滿塞得喉嚨裏不能正常地喘氣，好在，尤秀玲收拾這些瓶瓶罐罐的速度很快，她伸手一扒拉，那些一會兒還矜持地擺著造型的東西全東倒西歪撲進了一個手提袋裏。

從這點上來看，尤秀玲是個手腳麻利的女人。

手腳麻利的尤秀玲拎著手提袋走近武小文說，你先去洗手，這些小玩意我自己拿過去！

武小文就很聽話地去了洗手間，嘩嘩開了水龍頭，但他卻沒把手伸過去洗。

手上，還有歐的芬內褲殘留的暖香呢，武小文不捨得讓暖香被水無情地沖走，他將手伸到鼻子底下一次又一次嗅，那暖香淡而不膩，芳而不衝，武小文終於明白書上為什麼說女人流的汗叫香汗了。

原因很簡單，女人身上的東西都是香的！

暗香襲人呢！不用說，武小文遭了襲。

可能真是遭了襲的緣故，武小文在飯桌上就吃得無精打采的，其間姑姑幾次把手探向武小文的額頭，問他是不是不舒服，武小文把個頭壓得很低很低，他怕尤秀玲看出自己的心思來。

可能是趕路過來累了，姑姑衝武小文笑笑說，這樣吧，吃完飯，你好好睡上一覺！

武小文把筷子含在嘴裏，點點頭，好好睡上一覺，顯然是不現實的，他心裏有東西在上躥下跳著呢！

吩咐完武小文，姑姑又對尤秀玲安排說，我下午上班後，你幫我照顧一下小文，晚上我買幾個菜回來，小文今天生日呢！

嗯，嗯，尤秀玲把個頭點得沒心沒肺的，她一點也不知道因為她的那條歐的芬內褲，眼前的武小文心裏像著了一把火。

為了滅火，武小文一下飯桌就直接進了客房，他還順手帶上了房門，不過他沒敢上鎖。

大白天的給房門上鎖，是提醒別人此地無銀呢，武小文可不想讓尤秀玲和姑姑看出自己的破綻來。反正，她們是不會貿然進來的！這點上武小文敢百分之百加以肯定。姑姑是從不窺人隱私的人，對武小文也不例外，尤秀玲則更應該不會，這個房間已經與她無關了，她沒進來的理由。

因為這兩個肯定，讓武小文迅速把自己扒乾淨得只剩一條內褲，他的身體已經不想再被衣服束縛了，可那條內褲是斷斷不能扒掉的。武小文清楚地看見，在他的襠部已撐起了一把傘，武上文萬分羞愧地瞟了一眼房門，想了想，俯著身子趴到了床上。

他得壓著自己一把！

這種趴法，想要睡出很好的質量來難度係數不言而喻是十星級以上的，在這裡我只能這麼表述一句，武小文以艱難跋涉的狀態開始了他的午休。

跋涉的過程無疑是艱辛的，但總算，武小文神思恍惚著進入了夢鄉，如果胡思亂想對武小文也算夢鄉的話。

武小文在所謂的夢鄉裏胡思亂想了些啥呢？不得而知！我只知道，在那個不算炎熱的午後，依然沒能醒來的武小文全身通紅，嘴裏喃喃自語著發出誰也聽不懂的聲音。

尤秀玲就是在那種狀態下迷迷糊糊推門進來的，武小文姑姑上班去了，尤秀玲起來上了一趟洗手間，揉揉朦朧的雙眼就輕車熟路地走進了客房。

天地良心，尤秀玲的確是誤入客房了，眾所周知，人的大腦神經在下午二點左右是最容易鬆弛最容易出差錯的，尤秀玲的稀裏糊塗走進客房就是一個有力的佐證。

半夢半醒的武小文隱隱約約感到身邊多了一個人，他有點好奇地睜開眼，只穿一件小吊裙睡衣的尤秀玲已在自己身邊躺了下來，武小文一隻手沒半點猶豫就鑽進了尤秀玲的睡裙裏。潛意識中尤秀玲似乎是推搡了一下，只一下，武小文手在她身上不安分地遊走就喚醒了她肌膚的意識，那句輕點輕點的拒絕就變成了用力用力的鼓勵。

武小文是不知情的，他以為自己尚在夢中。

尤秀玲顯然是知情的，但她選擇了欲拒還迎。

事畢，尤秀玲拍了一下武小文的臉蛋，說，第一次啊？武小文被她這一拍，難過得哭了起來。

他的第一次是倉惶的，羞怯的，這讓武小文感到無地自容。

其實應該無地自容的是尤秀玲，不過她沒有。她輕輕把武小文的頭摁到自己的雙乳間，說，習慣了，就好了，很美妙的！

武小文自然是嚮往這份美妙的，他在擦乾眼淚之後，用眼光暗示他還想做一次，十八歲的武小文的暗示很簡單，他只想證明自己是個男人，在那方面應該還行。

果然就還行了，這一次，尤秀玲耐心地引導著他，兩個人漸入佳境。

事後，武小文躺在床上，大口大口吃著薯片和鍋巴，他的吃不單是體力消耗了需要補充，他是忽然找不到應該和尤秀玲說點什麼了。

能說什麼呢，尤秀玲比他大了十來歲，經歷也好閱歷也罷都比他更有見地，他只能用不斷的吃來掩飾自己的不安。

武小文當然是不安的，他怕尤秀玲贈給他強暴兩個字。因為，是他主動伸的手，而尤秀玲，儘管比他大，但尤秀玲畢竟是個女人。

任何時候，女人都是處於弱勢地位的！

尤秀玲沒有不安，她去浴室沖了澡，把自己收拾得乾淨而整齊，這樣讓她看起來更像一個姨了。

像一個姨了的尤秀玲再次走進房間，坐下，把床單理平整，然後歪著頭衝武小文一笑，說，你幹嗎愛吃這種喀嚓喀嚓響的零食啊！

武小文半垂著眼簾不敢看她，輕聲回答說，這樣會使自己的日子過得熱鬧一點！

尤秀玲冷不丁歎了口氣，說，你這孩子啊！完了怏怏走了出去。

打那以後，尤秀玲再沒和武小文主動說過半句話，她清清白白地知道，武小文以後的日子，再也熱鬧不起來了。

尤秀玲猜對了，武小文是個有點性格抑鬱症的男孩子，這種人，會把一些芝麻大點的事放大到西瓜那麼大。他們剛才稀裏糊塗的上了床，擱別人眼裏，也不外乎就是個生理需求下的正常反應，但擱武小文心裏，沒準就是亂倫了。

荒唐十足的亂倫！

尤秀玲是當天晚上喝了武小文的生日酒就走了的，她知道，多待一天，別說武小文不自在，她自己也會不自在。喝酒時，尤秀玲想了半天，也沒想出個祝酒詞來，倒是姑姑嘴快，說，祝我們小文從今天起就成為一個男子漢了！

姑姑這句無心的祝福卻讓武小文心裏無端的一抖，他以為姑姑已經知道了他們之間發生的故事，那杯子差點掉在了地上。是尤秀玲拿腳輕輕碰了他一下，他才反應過來，乾巴巴說了一句，謝謝姑姑！

姑姑很奇怪地看了他一眼，武小文從沒跟她說過謝謝的，見尤秀玲也正拿眼望著武小文，姑姑明白過來，拍了拍武小文腦袋說，呵呵，曉得在尤姨面前給我長臉啊！

姑姑其實是誤會了，她要是知道，武小文真的在尤秀玲面前給她長了臉，把該喊姨的女人給上了床，姑姑準得氣個半死。

武小文那頓飯，吃得很沒有氣氛，尤秀玲在吃完飯後，收拾了東西衝姑姑說，我想我還是回去吧！你不是才待了一天嗎？姑姑有些驚異地望著自己的閨蜜尤秀玲。

不方便啊！尤秀玲偷眼看了看武小文，武小文臉上沒任何表情。先前，確實有點荒唐了！尤秀玲沒料到武小文真是個孩子，一個沒沾過女人身體的孩子。

眼下，這一切都變了味道。

尤秀玲內心的自責大過了先前的欣喜，擱古時，自己都可以生得出武小文呢！

早先，尤秀玲是很喜歡《蝸居》作者六六這麼一句話的，女人太正經了不好，太不正經也不好。如女人的形態，搖曳生姿地行走世界。

這話聽著很在道理，可尤秀玲剛一實踐就覺出了不是滋味，看來女人還是正經點好，如果沒有有跟武小文的不正經，她就可以心安理得地在閨密家待上個三五天，說該說的話，做該做的事，罵該罵的人！

但現在，她覺得最該罵的人，是自己了；最該做的事，是馬上滾開；最該說的話，卻卡在了喉嚨裏說不出來。

女人最喜歡做的事，是傾訴，尤秀玲這會兒已經沒了可以傾聽的對象，她只能一走了之。

當然，這只是她的一廂情願。

武小文在十八歲那個的晚上，輾轉反側了一夜，身下的床單上還留有尤秀玲的體香，這香薰得他心裏溫暖而驚慌。原來，一個成熟女人的身體可以那麼充沛的綻放。

甚而至於，可以將一個十八歲的男人覆蓋。

被覆蓋的感覺是如此的美妙！武小文抱著枕頭將身子烙在床上，他腦海中滿是尤秀玲閃著象牙光澤的肌膚。

她怎麼就要比自己大十多歲呢？這個問題讓武小文很是頭疼。

從姑姑家那兒回來後，頭疼的武小文開始了對女人的征程，可惜都無疾而終了。其間，武小文跟女孩也有上床的經歷。

只不過，每次當他進行到一半時，大腦中就忍不住浮現出尤秀玲引導他在她身體裏長驅直入的場景。武小文喜歡這種引導，駕輕就熟的引導，這麼一尋思吧，他的行動就半途而廢下來，他不習慣引導別人。

女孩在這種情況下是羞怒有加的，她們往往會極不情願地從床上爬起來，一臉慍色地穿上衣服，最後憤憤然砸出一句話來，到底你想做點啥啊？

是啊，箭在弦上了卻引而不發，到底武小文想做點啥呢？

武小文自己也不知道，一顆心咋就跑到尤秀玲身上去了，那可只是一個老女人啊，比自己大十多歲的女人，是完全可以夠得上老的。

大街上，跟尤秀玲差不多老的女人比比皆是，武小文卻沒關注的意思。

是的，沒必要關注的，那是個身體氣味都跟自己毫不相干的女人，武小文不光抑鬱，還有點偏執。

這麼一偏執吧，他忽然生出一個念頭來，到姑姑家去住上一個月，不信見不著尤秀玲。

他就是想見一見尤秀玲，見了面什麼事也不做，什麼話也不說，然後走人。

算是給自己一個交待！

因為那一天，尤秀玲走時，他居然連個招呼都沒跟尤秀玲打，於情於理，他武小文都應該補上這個招呼的。這世界上每天與他擦肩而過的女人多了去，有誰想過要引導他一回，有誰又真正引導過她一回？

這麼想著，武小文就攔了一輛計程車，去了姑姑家。

姑姑家在市中心，很熱鬧！武小文家也在市中心，也很熱鬧。

區別在於，一個是新城區中心，一個是老城區中心，但都是城區。如同女人，老女人也好，小女人也好，都是女人。

武小文是這麼想的，既然都是女人，那麼尤秀玲引領自己走進女人的世界，無論如何自己是應該心存感激的，這一定是尤秀玲時不時會從他腦海間隙裏冒一下尖的原因吧！

找到了原因，武小文自然想得出個結果來。他想得到的結果很簡單，認認真真看一眼尤秀玲，如果可能的話，他會低下頭來，用自己也未必聽得見的聲音對她說一聲，謝謝！

真的，就說兩個字，謝謝！

武小文去的時間趕了巧，當他輕車熟路地打開姑姑家門時，姑姑正拎了一手提袋東西弓著腰換鞋呢！見門被突然打開，姑姑嚇一跳，低著頭問，你不出差嗎？

直到武小文喊了她一聲姑姑，姑姑才直起了腰，說是小文啊，我還以為是你姑父呢！

武小文見姑姑這種情形，把頭往裏探了探又縮回來，滿臉失望地說，姑姑你要出門啊？

嗯，你姑父出差了，我溜出去撒處野！姑姑笑。

武小文知道姑姑這個習慣，只要姑父出門，不是喊人來家裏鬧上幾天，就是自己出去瘋上幾天，美其名曰叫放風。姑姑這點上跟武小文一樣，喜歡把日子過得熱鬧點。

聽說姑姑要出去撒野，武小文就悶悶不樂了。

但緊接著姑姑的一句話讓他立馬神采飛揚起來，姑姑說，小文你要沒什麼事，陪我一塊到尤姨那撒撒野吧，反正你也認識的！

尤姨？武小文腦子一下轉過彎來，大喜過望地叫了一聲，你是說尤秀玲嗎？姑姑！

姑姑敲了一下武小文腦門，說，尤秀玲是你叫的啊？沒大沒小的！

呵呵，武小文也意識到自己有點失態了，他實在是太歡喜了。

尤秀玲，這個引導過自己的女人，馬上就要如願以償了，如果可能，他只想被她的眼神再引導一次。

路不遠，兩人是悠哉遊哉走過去的。

姑姑是這麼說的，走一走，放鬆一下自己的神經！這話武小文絕對同意，這年頭，有事沒事的人只要一坐上車，腦子嘴裏就只有兩個字了，快點！

快點有什麼急事呢？沒有！但坐車不就圖個快字吧？

這一快吧，大腦神經就繃得緊緊的了。

難得放鬆這麼一次，武小文臉上自然寫滿了欣喜，其實這只是表面上蒙姑姑的，他內心的歡喜是可以見到尤秀玲了。

尤秀玲見到武小文，卻沒欣喜的意思，她淡淡地衝武小文點點頭，很客氣地讓他進了屋。

客氣是生疏的表現，這點上武小文是明白的，他不明白的是，尤秀玲明明引導自己走進了一個新天裏了，卻又不明不白把他撇在半途上不聞不問了。

這不明不白的一撇，讓武小文生氣了，他決定找機會質問一下尤秀玲，到底當初她想做點啥？

機會跟在姑姑進了浴室後出現的，武小文知道姑姑有潔癖，到任何一個地方，第一件要做的事就是洗澡。而且她會洗得一絲不苟的，直到身上每一寸肌膚都纖塵不染了才肯出來。

剛剛走過的一段路為武小文找機會作了很好的鋪墊，一身微汗的姑姑會用比平常多一倍的時間在洗澡間鼓搗，在姑姑眼裏，大汗淋漓比微汗要通透舒坦，洗起來也省事得多。

隨著浴室的門被滴答一聲反鎖上，客廳裏只剩下了尤秀玲和武小文。

武小文咳了一聲，以期引起尤秀玲對自己的關注，但適得其反的是，尤秀玲反而把個頭紮得更低了，低到武小文連她眼角的餘光都捕捉不到一點。
這讓武小文有點茫然，他總得找出一絲縫隙往裏鑽啊，而尤秀玲卻把心靈的窗戶給焊死了。
武小文內心煩躁起來，手心也開始冒汗，他乾咽了幾下喉嚨，站起來，往飲水機那兒走，給自己倒了一杯水，也給尤秀玲倒了一杯。
尤秀玲詫異了一下，還是接了過來，武小文一口喝乾杯子裏的水，忽然沒頭沒腦地說了一句，我喜歡你身上的汗香，很美妙的！
尤秀玲嚇一跳，心有餘悸地望一眼浴室，輕輕籲了口氣，你瞎說啥啊？
武小文眼圈一紅，說，你怎麼這樣啊，你知道我沒有瞎說的！跟著武小文手中的紙杯掉在了地上，他的雙手已經抱住了尤秀玲的身體，尤秀玲還沒來得及反應呢，武小文已把頭埋在了她的雙乳間喃喃自語說，尤姨，我想你！
尤秀玲眼裏流露出驚慌來，她使勁掙脫武小文的雙手，壓低聲音說，小文你到底想做啥？
武小文說我啥也不做，我只想你不要半路上撇下我！
我沒撇下你啊！尤秀玲脫開身後，趕緊把睡衣往上提了提，武小文和姑姑進來時，她就穿了一件睡衣，吊帶的那種，裏面沒穿文胸，剛才武小文那一鬧吧，尤秀玲的雙乳差不多全擠了出來。
你撇了！武小文萬般委屈湧上心頭，你知道嗎，你走後，我的日子再也沒有熱鬧過！
尤秀玲惱了，你這孩子，咋一根筋呢，大街上多少女孩可以和你熱鬧的啊！
可我需要你的引導才熱鬧的！武小文固執地把雙手再一次伸到尤秀玲跟前，他這會需要的引導，只是尤秀玲的一個擁抱。
尤秀玲誤會了，確切說她是被武小文腦海裏奇思怪想的念頭給嚇怕了，她以為，武小文要在她家裏在客廳裏跟上次一樣讓她引導一把呢。
浴室裏可是有武小文姑姑在的啊！
尤秀玲自認為這件事她可以當著全國人民的面做，唯獨不能在武小文姑姑面前做。
面對武小文伸過來的雙手，尤秀玲一臉驚惶地抓起茶几上一把水果刀，指著武小文說，到底你想做點啥啊，你別過來好吧？
武小文一點也沒在意那把指向自己的水果刀，他一把撲了上來，雙手用盡力氣環住了尤秀玲的腰。尤秀玲的手還沒來得及往後縮呢，那把刀已迫不及待地鑽進了武小文的身體。
武小文身上的血歡快地從胸口往外漫，先是一點接著是一片最後全都熱熱鬧鬧地湧了出來。
尤秀玲一把捧住武小文的頭，摁在自己的乳間，泣不成聲地說，你想做點啥啊，小文，小文你到底想做點啥啊？
武小文的頭垂了下去，有聲音卻斷斷續續傳上來，尤姨，我只想你再引導我一次，就一次，我太喜歡那份美妙了，真的，很美妙的，我，感覺到了！

瘦是因為我躁動

丁一鳴瘦，這是很多女人對他的評價。

包括他的現任妻子包玉蘭。

丁一鳴不承認自己瘦，丁一鳴對很多女人反駁說，我是屬螃蟹的，肉在骨子裏呢！

這一點，不好證明，也不好檢閱！丁一鳴就頗為得意地笑，當然是衝了那幫女人得意地笑。

其實，經過很多女人檢閱過的丁一鳴，他的骨子裏並沒有多少肉。事實證明，丁一鳴不可能屬螃蟹，頂多就屬個小螞蝦，一錐子錐不出一滴血的那種小螞蝦。

但就是這隻叫丁一鳴的小螞蝦，卻跟很多女人有過一段或幾段故事。這一點，從上面那段話上就可以看得出來，只不過丁一鳴和那些女人的故事你卻不能從一段話裏傳遞的資訊看出來。

得洗了耳朵認認真真聽我敘述，前提是如果你有興趣的話！

在娶包玉蘭之前，丁一鳴對女人還是很嚴肅的，對女人嚴肅，也就意味著對愛情嚴肅。這樣一說你就明白了，包玉蘭不是他的愛情，包玉蘭只是丁一鳴的婚姻。

再直白點說一句吧，包玉蘭嫁給丁一鳴時，屬二婚。眼下，二婚女人找個頭婚男人，已不是稀奇事了，所以丁一鳴和包玉蘭的結合沒能引起多少轟動，倒是丁一鳴在和包玉蘭結合之前跟嚴肅對待過的幾個女人或多或少產生過轟動。

丁一鳴十八歲之前的故事是可以一筆帶過的，因為，沒什麼說頭。

就讓十八歲的丁一鳴挺著副瘦高的身材走進我們的視線吧！

丁一鳴這會走的是一條單行道，他看起來有點漫不經心，當然，這只是一個假像。你如果順著丁一鳴時不時瞟上一眼的方向看過去，一個女孩的背影就會落入你的視線。

這是一個比丁一鳴看起來要大上兩歲的女孩，丁一鳴喜歡上一個比自己大兩歲的女孩，很正常！在這兒，我有必要插播一句，那就是，丁一鳴打小就沒了母親。

呵呵，我說的是親生母親！

後母是有的，在這裏請恕我直言一句，社會都進化到能用試管培育嬰兒了，後娘卻還沒能與時俱進得慈祥點，或者跟生母接近一點，丁一鳴就在後娘並不慈祥的眼光中長大了。

大得到了見了女人就想入非非的年齡。

丁一鳴並不是對什麼女人都想入非非，早先說過，他對女人是嚴肅的，嚴肅得近乎於苛刻。

用丁一鳴婚後他的媳婦包玉蘭的話來說，丁一鳴不是在找媳婦，他是在找母親。很顯然，十八歲的丁一鳴前面走的這個女人是有母性的，有母性的女人叫林紫薇，林紫薇這會是吃早點去的。

丁一鳴很少把吃早點當回事，一個跟後娘過日子的人，對早上這一頓的概念是相當模糊的。有時一根油條，有時一塊燒餅，有時什麼也沒有，就一杯涼水也能對付，緣於此，丁一鳴就瘦，不健康的那種瘦。瘦得跟時尚一點也無關，跟躁動倒有點牽連。

眼下，丁一鳴心裏是躁動的，林紫薇身上有種說不清的東西牽引著他，究竟是什麼呢？他沉思了一下，卻沒沉思出個所以然來。

丁一鳴只好繼續跟著林紫薇的背影走，答案在她身上是肯定的，但丁一鳴得找。

林紫薇是突然停下的腳步，又突然側的身，丁一鳴沒提防，人就撞到林紫薇肩膀上了，迫不及待似地。

林紫薇是處事不驚的，驚的是丁一鳴，明明是自己撞了林紫薇，偏偏惡人先告狀似地做出齜牙咧嘴的表情。

林紫薇把張青春氣息蕩漾的俏臉逼過來，說，想推卸責任啊還是根本就不想負責任，做出這麼個無辜的表情？

丁一鳴是無辜的，他只是想跟著林紫薇而已，撞上去的膽量他自認還不具備，那樣自然也沒責任可負可推卸。作為男人丁一鳴還是豪氣干雲地說話了，能有多大的責任啊，你說，我保證不不負不推卸！

這個責任嗎？林紫薇眼珠一轉，大倒是不大，這樣吧，你請我吃早點算是慰問！

呵呵，求之不得呢！丁一鳴自然就喜上眉梢了。

要了兩碗熱乾麵，兩碗蛋酒，還要了一張煎餅，煎餅是林紫薇給丁一鳴叫的，林紫薇還親自幫他舀了一碗海帶湯，對丁一鳴說先喝這個吧！

丁一鳴有點奇怪，幹嗎非得先喝這個啊，他從來的飲食習慣是先吃乾的，後喝稀的。

林紫薇說，當然得先喝湯啊，飯前一口湯，腸胃不受傷，瞧你這麼瘦，腸胃肯定不怎麼好！

就這一句話，讓丁一鳴的腸胃一下子暖了三分，是的，除了他早逝的母親，沒人在意他的腸胃會不會受傷。

丁一鳴眼裏潤了起來，辯說，我瘦是因為我躁動啊，跟腸胃無關的！他不想給林紫薇一個身體不健康的印象。

是嗎，怎麼個躁動法？林紫薇眉眼裏全是笑，這個瘦得很時尚的男孩子居然很幽默呢！

真想知道嗎？丁一鳴眉毛一掀，狡黠地笑。

當然啊，林紫薇頭一歪，話還沒落音呢，丁一鳴的手忽然飛快攬上了她的肩頭。

林紫薇嚇一跳，說，你幹嘛？

你不是想看我躁動嗎？丁一鳴嘴裏說著手臂上的力度猛一下子加大，直到林紫薇的頭伏到自己瘦骨嶙峋的胸口，他才停止了用力。

林紫薇先前還掙扎了一下，就一下，她就靜下來，之所以安靜下來是她切切實實感受到了丁一鳴的躁動。

多麼湍急的心跳聲啊！居然是從丁一鳴那麼瘦的胸腔裏發出來的，太不可思議了。

很自然的，他們不可思議地走到了一起，不過這個一起是有期限的，僅限於他們在一起的日子。

十八歲的丁一鳴在那個早晨之後，面色逐漸紅潤了起來。這個紅潤，得益於林紫薇每天早上的一碗湯，用丁一鳴的話來說，是林紫薇逼他就範的。

原來，被人逼是件很溫暖的事兒。

每每被林紫薇逼進一碗湯，丁一鳴的心裏都要躁動好一陣子，這個躁動是牽動著他血液循環的，血液循環的結果，是他不可救藥地依賴上了林紫薇。

林紫薇喜歡這樣的狀態。

被一個男人依賴的感覺是美好的，甚至可以叫做是妙不可言。

林紫薇就在這種妙不可言的狀態下念書，一直把自己念上了大學。

丁一鳴沒能念上大學，這是意料中的事。

丁一鳴不覺得有什麼不對。

在林紫薇考上大學的那天晚上，兩人去一個小酒店慶賀，破天荒的，那天林紫薇沒幫他先盛上一碗湯，這讓丁一鳴有點手腳無措。

看著丁一鳴的手腳無措林紫薇忽然歎了口氣，說，記住，從今天開始，你要自己給自己每天飯前盛上一碗湯，知道麼？

丁一鳴自然是知道的，但心裏還是無端地慌了一下。

林紫薇把他的頭扳過來，埋在自己的雙乳間，說，一個人，總該有個斷奶期的。

丁一鳴聞著林紫薇身上好聞的體香，貪婪地長吸一口氣再呼出來說，我都還沒聞見奶香呢，怎麼就斷奶了？

那一天的飯自然沒吃成，他們吃了另外的一頓飯，在林紫薇的家裏，丁一鳴真正吃著了奶香。

事後林紫薇輕輕撫著丁一鳴的頭喃喃自語說，傻孩子，我上大學後，你得自己學會照顧自己了！

這種很母親的語氣讓丁一鳴在以後的歲月裏回味不已。

沒人給丁一鳴盛一碗湯的日子迅速充斥了丁一鳴的校園生活，一年後的高考中，丁一鳴沒能考上大學。

丁一鳴覺得這事很正常！

其間，他認識了溫小慶，溫小慶也瘦，楚楚可憐的那種瘦，好像如果迎面下一場雨，溫小慶的後背就會印濕似的，這讓丁一鳴有了點莫名的擔心。

那天的確是下了一場雨。

溫小慶在丁一鳴前面漫無目的地走，丁一鳴就在後面漫無目的地跟。丁一鳴那天的漫無目的是因為他想起了林紫薇，兩人已經有日了沒有聯繫了，丁一鳴這樣跟著只不過是重溫愛情路而已。

是雨讓溫小慶的胃寒突然犯起病的。

走得好端端的溫小慶突然就捂著腰蹲了下來，猝不及防間，丁一鳴的腳踢上了溫小慶的屁股，有點輕薄了不是？

溫小慶就條件反射般的回過頭，惡狠狠瞪了一眼丁一鳴。

丁一鳴臉一紅，緊跑幾步躥進了前面的那家小吃店。

溫小慶只好在心裏惡恨恨地罵了一句以示憤慨。

至於罵的什麼內容，就沒必要示眾了，總之不好聽，也影響他們日後的情感走向，還是作話外音處理為好。

溫小慶繼續蹲在那兒揉著肚子，揉著揉著一雙腳停在了自己面前，跟著頭上的雨也停了。

溫小慶就忍不住抬了一下頭，頭上有一把傘，傘下站著丁一鳴，丁一鳴手裏還端著一碗冒著熱氣的海帶湯。

你，肯定還沒吃早飯吧！丁一鳴這麼問道。

溫小慶慢慢捂著胃往起站直身子，眼裏卻飄出疑問，你，怎麼知道？

丁一鳴順著這疑問補了一句，我早先，也瘦過！其實這會兒的丁一鳴依然瘦著。

溫小慶就笑了起來，她笑是覺得丁一鳴有點詞不達意，而一般情況下，男孩子只有見了自己心儀的女孩子才會詞不達意的。

瘦弱的溫小慶很少被男孩子心儀過，心裏自然就燃起了一團火。

胃，不寒了！

溫小慶在丁一鳴的攙扶下半推半就進了那家小吃店，顯然她的潛意識裏是心嚮往之的。半推半就只是女人的一種矜持罷了，是的，溫小慶是個女人了。

儘管她還排在待嫁的行列中。

丁一鳴那天是有點恍惚的，他要了兩碗熱乾麵，兩碗蛋湯，要完他怔了一下，想起什麼似的又加了一個煎餅。

毫無疑問，他是在複製某個場景。

只是，這個複製在某種程度來說有點無恥。

要知道，身邊這個女人叫溫小慶，不叫林紫薇，那個場景的主角應該是林紫薇才對。可這又能說明什麼呢，丁一鳴心裏陪著的是林紫薇就行了。丁一鳴甚至當時還想到了一句不上臺面的哲言，思想上的出軌比身體上的出軌更可怕，丁一鳴足以自慰的是，他思想上並沒有出軌。

而且是百分之百傾向於林紫薇的。

沒準在那一刻，林紫薇身體上沒出軌，思想上卻出軌了也不一定啊，人在異地他鄉，保不準要尋求個精神慰藉什麼的！她最近，沒叮囑丁一鳴盛上飯前一口湯就足以證明呢！

溫小慶是喝了那碗海帶湯之後猛一把抱住丁一鳴的頭往自己懷裏扳的。

丁一鳴當時還沉浸在對往事的追憶中，沒提防。而且他也沒料到，一個如此瘦弱的女人身體居然會在一剎那如此充盈起來，充盈到足以把他的頭給整個覆蓋。

很久沒重溫女人身體的丁一鳴在這份充盈中開始極力馳騁自己的想像。

人的想像是經不起馳騁的，更何況還是極力馳騁！極力馳騁的結果是丁一鳴和溫小慶迅速從小吃店出來，迫不及待地移步到溫小慶的單身宿舍。

兩個人來了個徹徹底底的綻放。

綻放結束，丁一鳴沒覺出有多麼的不安，他隱隱約約意識到，溫小慶是有過性經歷的，這不奇怪，溫小慶比他大一歲。

作為男人，比溫小慶小一歲男人，他丁一鳴可以有性經歷，人家大一歲的女人溫小慶為什麼就不行呢？

事後溫小慶把頭俯在丁一鳴的身體上說，作為男人，你不該這麼瘦的！

丁一鳴剛想說我屬螃蝦的呢，溫小慶很快又接上了一句，不過你瘦得很有激情！

丁一鳴有點小小的得意，被女人誇，換了任何一個男人都會得意，丁一鳴就笑，說我瘦是因為我躁動啊！

一個躁動的人，長不好是說得過去的，有激情也是站得住腳的。

不過說完這話後，丁一鳴還是面帶愧色地低下了頭，低頭是因為他眼前出現了一張面孔，林紫薇的面孔。

溫小慶沒有愧色。

相反地，還面露得色。

這讓丁一鳴很不快樂，儘管在那件事上，溫小慶比林紫薇更能挑動丁一鳴的激情，但丁一鳴還是想儘快退出溫小慶的視線，他私下總以為，他們之間的情感缺少那麼一點濃度。

哪一點濃度呢？估計與奶香有關吧！

這個突如其來的奶香讓丁一鳴猛一下子很渴望見到林紫薇了，真的，就是見一見，什麼也不做的那種見面，真要做點什麼，也跟一碗湯有關。

居然，讓他如願償了！

對很多人來說，如願以償是個好事，但對丁一鳴而言，這個如願以償卻成了壞事，所以說任何事情都有他的雙面性是有一定道理的。

是在一個有雨的傍晚，溫小慶已經很少胃疼了，不過那天兩人還是約見在一起，丁一鳴去之前在心裏暗自作了決定，這應該是最後一次了。

也算是給溫小慶一個斷奶期吧！

怎麼說，自己都愧對林紫薇好多日子了，人得知道什麼時候回頭是岸吧！

兩人約見的地點在一家酒店，這在他們平時的交往中並不多見。之所以丁一鳴沒反對溫小慶的建議，是丁一鳴覺得吧，最後一頓晚餐，奢侈點也不是不行，免得日後溫小慶回味起往事來，連個有點說頭的環境都找不出來。

讓丁一鳴始料不及的是，那一頓最後的晚餐，還真是有點說頭的，他在沒半點準備的情況下，見到了林紫薇。

溫小慶在酒店裏還約了林紫薇，兩人是表姊妹。

僅僅是表姊妹還不至於讓丁一鳴以後對女人不再嚴肅，而是林紫薇還帶著一個壯壯實實的男人去了。

兩個人，狀甚親密，這讓本來就始料不及的丁一鳴更加始料不及。

已經淡出腦海中的記憶，在丁一鳴的頭腦裏只一秒鐘就沉渣泛起了。

他冷冷坐在桌上，看林紫薇把一個湯碗盛得滿滿當當的往那個男人面前推。

好在林紫薇很識趣，她沒當著丁一鳴的面說出那句飯前一口湯，腸胃不受傷的話來。

但話外音，誰個不會聽啊！

丁一鳴不光會聽，還會說，他給林紫薇和溫小慶一人盛了一碗滿滿當當的湯，面帶微笑地朝她們推過去，一字一頓地說，來吧，先喝湯，飯前一口湯，腸胃不受傷呢！

男人很疑惑地抬起頭，看看林紫薇，再看看溫小慶，還看看丁一鳴。

丁一鳴卻不看他的人，說了句失陪，就衝進了夜雨中，夜雨無邊，像苦海，他丁一鳴明明回了頭，卻找不到岸，岸已經去得遠了。

溫小慶沒追出來。

她已經從林紫薇的眼裏續出了些許內容，女人在男女之事上的敏感，是任何一款精密的儀器都無法比擬的，那碗湯她一口也沒喝。

腸胃受點傷算什麼呢？心傷才是最難治癒的，世上沒哪碗湯能對上這個症，忘魂湯也不能。

溫小慶看著那個男人滋滋有味地喝著碗裏的湯，沒頭沒腦地對林紫薇冒出一句話來，表姐你知道我為什麼這麼瘦嗎？

林紫薇皺了一下眉，一個眼色還沒丟到男人身上呢，溫小慶已經呵呵笑了起來，說我瘦是因為我躁動啊！

躁動，跟瘦有關嗎？林紫薇帶來的那個男人停止了喝湯，開始打量自己，男人不瘦，但男人是躁動的。

他已經從丁一鳴的離去看出了端倪。

溫小慶的話無異於點燃了一根導火線，男人在溫小慶走後，把那碗湯冷冷地擱下，面帶慍色地問林紫薇，你能不能告訴我一下，我是你的第幾碗湯？

林紫薇臉色漲得通紅，衝男人語無論次地辯解說，事情不是你想像的那樣，真的！

男人卻清清楚楚地知道，事情正是自己想像的那樣。

男人走了。

林紫薇沒走，她的心裏還有丁一鳴的影子在晃動，丁一鳴的瘦，丁一鳴的躁動無一不讓她留戀。

兩人和好如初了。

丁一鳴再一次天天被林紫薇逼著喝飯前的一碗湯，喝就喝唄，丁一鳴習慣了在林紫薇面前就範，那是一種溫柔的就範。

丁一鳴心裏明鏡似的，一旦林紫薇再次離開這個城市，他丁一鳴會同樣被溫小慶溫柔地就範。

人，是扛不住身邊的誘惑的！

哪怕僅僅是一碗湯的誘惑。

這誘惑算不算一種傷害呢？

丁一鳴懶得追究。

溫小慶也懶得理會。

至於林紫薇，她已不拿這當傷害了，習慣了傷害就不叫傷害。

就這樣，丁一鳴從十八歲跨越到了二十五歲，其間，他也馬不停蹄地跨越了好幾個女人。

與一碗湯無關的那種跨越。

丁一鳴愈發地瘦了，只到遇見包玉蘭。

包玉蘭才是真正屬螃蟹的，她是那種看起來很骨感摸起來很肉感的女人。

丁一鳴認識包玉蘭時，包玉蘭已經三十歲了，三十歲於女人的年齡來說，是個很殘忍的數字。沒了青春打底，青春的拋物線已上揚到極限，一旦過了這個分水嶺就呈直線下降趨勢了。

這種女人在這個時候，最在意的就是婚姻了，偏偏，包玉蘭沒能抓住自己的婚姻，仿佛她只是打了個盹，男人就成了別人的男人。

包玉蘭那天是無巧不巧地走在了丁一鳴的前面，她去吃早點。

丁一鳴跟在她身後，時不時瞟上她一眼，這一回，丁一鳴不是漫不經心的，他隱隱約約總覺得，這個女人跟自己有某種淵源。

儘管他們之前，絕對沒有謀過面。

包玉蘭還沉浸在即將失去婚姻的悲傷中，所以就忽視了自己身後的丁一鳴。

一直到她端了一碗熱乾麵，正要往嘴裏扒拉時，丁一鳴忽然大喇喇坐在了對面，坐下了也不稀奇，稀奇的是丁一鳴居然強巴巴地塞給她一碗海帶湯，說，喝了它！

包玉蘭怔了一下，沒說話，她就接過了那碗海帶湯喝了起來，一個女人，能被男人強巴巴地逼著做一件事是很幸福的，因為你還有被逼的價值啊！當然這得有點逆向思維能力的女人才能想到。

包玉蘭恰好就是這一類人。

喝了湯，包玉蘭笑笑，把空碗亮了一下。

丁一鳴眼睛那會兒就一亮，亮是他毫無來由地覺得，這個女人應該屬於自己一次。

是的，一次，他沒想過要跟這個女人長久，林紫薇當初對她那麼好，長久過嗎？不也還是沒有！

丁一鳴通過這幾年經歷女人後懂得了這樣一個道理，愛情這玩意，你要不嚴肅對待，就只能傷傷腸胃，一旦較了真，則傷心傷肝了！

心肝和腸胃，孰重孰輕，傻子都能掂量出來，何況丁一鳴一點都不傻。

不傻的丁一鳴一把攥住房包玉蘭的手說，我想去你家一趟！包玉蘭竟然受了催眼似的起身就走，她的家，已經很久都沒男人氣息入侵了。

包玉蘭這會兒只想有一點屬於自己的男人氣息。

顯而易見的，丁一鳴可以滿意足她。

令包玉蘭沒有料到的是，丁一鳴給她的不是一點點男人氣息，而是將她整個人能層層彌漫層層包裹的氣息。

一進門，丁一鳴就死死摁住了包玉蘭的身體，沒半點過程，出於習慣，包玉蘭自然是拚命拒絕。

這是很自然的反應，任何一個女人對男人的身體氣味都得有一個適應過程。

只是這個過程有長有短而已。

包玉蘭的適應過程是可以用短促來形容的，只一瞬間，丁一鳴的氣息就彌漫了她也包裹了她。包玉蘭的身子先軟了下來，跟著手臂也軟了下來，只不過是章魚的八隻觸角那種纏繞得愈來愈緊的那種軟，跟生硬相對立的那種軟。

包玉蘭的男人恰好是那會兒回來的。

包玉蘭沒停下來的意思，丁一鳴更沒停下來的意思。包玉蘭男人陰陽怪氣地哼一聲，喲，曉得勾引男人做戲給我看了啊！

他以為，包玉蘭是借這種場景刺激他一下，以挽回他生出的外心。

做戲？丁一鳴停了下來，說，告訴你，我只想強暴這個女人一次！

強暴？包玉蘭男人眼前恍惚了一下，很多畫面湧上腦海，強暴這個詞是可以跟美麗掛上鉤的呢！難道，包玉蘭是美麗的？

是的，包玉蘭是美麗的，在丁一鳴眼裏，在剛才的纏繞中。他已經觸及到她的肉感了，那是一座金礦，極待開發呢！

既然擁有開採權的人熟視無睹，他為什麼不發掘一把，資源閒置也是一種犯罪啊！

當天的發掘是不成功的！

包玉蘭的男人在丁一鳴走後，心裏忽然患得患失起來，一個男人，一個妻子隨時有可能被人強暴的男人，其心理走勢是顯而易見的。

包玉蘭的男人空前興奮起來，老子就是閒置著也不給你強暴的機會！

男人只顧防備前門的狼了，卻忘了後院有狽，包玉蘭到底找著了機會。

兩人在丁一鳴的家裏以狼狽為奸的心理狠狠纏繞了半天，包玉蘭在整個過程中哭得酣暢淋漓的，有幾度她咬破了自己和丁一鳴的嘴唇，乍一看，真的遭了強暴似的。

包玉蘭最後就這麼血淋淋地張著嘴唇衣衫不整地回了家，丁一鳴緊隨在其後面。

包玉蘭男人惡狠狠揪住丁一鳴威脅說，小子，你等著，我會讓你坐牢的！

丁一鳴乾瘦的胸腔冷不丁暴出一連串的巨響來，是丁一鳴的哈哈大笑，笑完丁一鳴輕蔑地把包玉蘭男人手一擰，那個看似壯實的男人臉上就露出了一片慘白。丁一鳴衝著男人慘白的臉輕蔑地說，不用等，我現在就陪你去報案，說我在你眼皮底下強暴了你老婆，行麼？

包玉蘭男人抱了頭，蔫在了地上。

任何一個男人，都丟不起這個醜的。

離婚就順理成章了！

丁一鳴卻沒想過要結婚，尤其是和包玉蘭這個大自己五歲的女人結婚。

包玉蘭卻想。

拿了離婚證的當天，包玉蘭把自己的身體搬到了丁一鳴的床上。

離了婚的包玉蘭，再和丁一鳴上床就從容多了，她喜歡這種從容，跟一個比自己小五歲的男人做愛，於包玉蘭來說，是一種享受。

這個享受的過程是繁瑣而細膩的，包玉蘭起先有那麼點內疚，畢竟丁一鳴是未婚男人，畢竟丁一鳴還小她半截，但隨著兩人的日漸熟撚，包玉蘭發現丁一鳴居然不比自己生澀，在性事上。

難怪他會這麼瘦呢！

包玉蘭想讓丁一鳴胖起來，當然這點私心只有她自己清楚。一個男人，常處於躁動階段是容易令女人不安的，大丁一鳴五歲的包玉蘭就每天在自己身上製造一些阻力，來平衡丁一鳴的熟撚。

丁一鳴被這種若有若無的阻攔愈發激加得情趣盎然的，他開始體驗到婚姻的美妙了，確切說是包玉蘭身體的美妙。

在包玉蘭潤物細無聲的滋養下，丁一鳴真的胖了起來。

胖得臉上有顏有色的，正如早先他所自詡是屬螃蟹的那樣，現在的丁一鳴開始橫著走路了。

橫著走路的丁一鳴是在一次無所事事的聚會上遇見林紫薇的，林紫薇還是很客氣地給每位男士盛湯，盛到丁一鳴跟前時，她已經認不出這個曾經長在骨子裏的男人了。

林紫薇恭維說，看得出您的腸胃非常不錯，您愛人一定是位烹湯高手。

丁一鳴把湯端到嘴邊，不喝，只拿鼻子聞，聞夠了，丁一鳴放下碗笑笑點頭，你說的對，我腸胃的確不錯，特別好一口比我大的女人這碗湯。

林紫薇聽了這話，傻呆呆怔了半晌！這語氣她已經不熟悉了，但卻讓她腦海中莫明其妙浮起一個很熟悉的頭像來。

那個頭像下面是個很瘦很瘦的胸膛。

也是一個很躁動的胸膛。

眼前這個男人無疑是安定的，神定氣閑的安定，與躁動相去甚遠。

那一刻，林紫薇的腸胃竟莫名地痙攣了一下。

牽扯到心口上，竟然有那麼點隱隱有作痛起來。

紅燈要比綠燈多

林星亮站在十字路中間位置，偏著頭，盯著正前方燈柱上的紅綠燈發呆。

不知道的人還以為他正盡著自己的職責，其實他的心思早就飛到了另一盞燈上。

林星亮是個協警，管交通的協警，幹的卻是交警該幹的事。有職責無許可權，用老婆丁小支的話來說，叫人模狗樣的。

說真的，這話不算寒磣林星亮！

林星亮知道自己的分量，所以就採用了步步後退的戰術。但老婆丁小支並不領情，一個男人，在生活中步步後退就意味著生活質量的步步下降。

沒有哪個女人願意過步步下降的生活，哪怕丁小支只是個擺攤賣水果的女人。

丁小支是這樣刻薄林星亮的，林星亮啊林星亮，我看你白叫這個名字了！

名字是爹媽取的，林星亮莫名其妙，我叫這名字有什麼不對嗎？

丁小支就作痛心疾首狀，對啊，對極了，我跟你結婚這麼多年就沒看見一星半點的光亮出現在頭上。

林星亮低頭想了想每況愈下的日子，囁嚅了嘴巴說，人是三節草，總有一節好，我這，不是當上協警了嗎？

哈哈哈，丁小支忽然就樂不可支地大笑起來，那笑裏滿含譏諷的味道，林星亮你志向真夠遠大的，一個協警就滿足得不行了！

協警咋啦，跟交警管的一樣的事呢！林星亮壓低嗓子分辯。

對了，協警同志！丁小支不笑了，抑著氣，我想問一問你，當了這麼多天的協警，這大街是紅燈多還是綠燈多啊？

一樣多唄！林星亮不假思索地脫口而出。

要我說，紅燈要比綠燈多！要不，咱們這日子咋就沒通暢過呢？丁小支不容置疑地反駁。

怎麼不通暢了？林星亮不服氣，咱們一沒病二沒災的，你水果攤也沒取締，我下崗半年就又找到了工作！林星亮一口氣說出這麼多的通暢來。

丁小支恨鐵不成鋼地搖搖頭，說，林星亮啊林星亮，你這輩子估計就這麼點出息了，你有沒有為我想想，我從十八歲擺水果攤，你是不是打算讓我擺到八十歲啊！

擺到八十歲也行啊！林星亮尋思了一下說，那說明你的水果攤受人歡迎，這年頭，誰能把一項職業從事六十二年，那可是一個甲子還過的時間啊！都可以申報金氏世界記錄了。

去你媽的金氏世界記錄！丁小支忍不住就發了火，我還不到三十歲，還有機會從事別的工作，而不是一輩子非得要任憑風吹雨打，日曬霜欺的在大街上給人賣臉皮。

工作，不是那麼好找的！林星亮憂心忡忡看一眼丁小支。

是嗎？丁小支冷冷盯一眼林星亮，那男人應該不難找吧！言下之意不言而喻，找個好男人，她丁小支照樣可以不在大街上賣臉皮的。

這不，好端端的婚姻，沒半點徵兆就亮起了紅燈，其實，徵兆早就有了，只不過是林星亮沒察覺而已。

看來，紅燈到底要比綠燈多！

林星亮在十字路中心站了半天，終於得出了這麼一個結論。

得出結論的林星亮猶豫了一下，穿過斑馬線，他突然想抽上一根煙了，香煙有助於思維擴散，他要就著煙霧擴散到從前的日子。

從前的日子，多好啊！

剛結婚沒三天，丁小支就要出攤賣水果，林星亮不捨得，說你還是我的新娘子呢，幹嗎這麼迫不及待就要出攤子啊！

新什麼啊新，丁小支開玩笑說，女人的折舊率很驚人的！

怎麼個驚人法？林星亮擰了一下丁小支的鼻子。

丁小支就又樂不可支起來，丁小支是個動不動就樂不可支的人，丁小支說，從新娘到老婆就一晚上的事，這樣的折舊率還不驚人啊！

林星亮就使勁摟住丁小支，在她耳邊說，在我心裏，你永遠都是新新的！

丁小支卻不管自己新不新，一把推開林星亮，說，水果可放不得，那不是折舊的問題，是容易腐爛的問題！

這是事實，水果過兩天就不保鮮了，一旦失去色澤，就無人問津了。

就那樣，新婚三天的丁小支出了攤，光光鮮鮮地在街頭一站，水果攤就沒冷清過。

那段日子，毋庸置疑，兩個人是快活的。每天一大早林星亮就到橋頭水果批發市場進貨，回來時兩人再一起把每個水果用乾淨的抹布擦一遍，一個一個擺到攤位上。

擺出漂亮的圖形，那日子，用五光十色來形容都不為過的，有蘋果的紅，橘子的黃，鴨梨的青，葡萄的紫，西瓜的綠。

這麼一回味吧，林星亮眼裏有了點點的溫潤，丁小支其實是個過日子的女人呢。

只是，這日子啥時候就黯然無光了呢！

事情應該從兒子說起。

兒子是婚後半年懷上的，跟其他女人不一樣，丁小支懷了孕也沒覺得自己嬌貴多少，照樣天天出攤。林星亮的單位，那時已經呈現敗相，從林星亮結婚後，就沒加過班。

以前談戀愛時，丁小支老抱怨林星亮沒時間陪自己，這下好了，婚後加補，過足了戀愛時沒過上的癮。

啥事都有個厭倦的時候，那一天，下了早班的林星亮又陪著丁小支膩在水果攤前，遠遠的有幾個男人掃一眼水果攤，走開了。

丁小支喉嚨裏就冷不丁呼吸不順暢起來，說林星亮你要真閑的話，這水果攤你來守，行不？

林星亮哪是來守水果攤的啊，他是守自個媳婦的！林星亮就笑，說哪有大老爺們守水果攤的！

大老爺們還不吃了是吧！丁小支一揚眉，不守你就給我站得遠一點，免得影響我的生意。

這是實話，林星亮在攤前晃來晃去確實影響了丁小支的生意，剛才那幾個男人就是丁小支的熟客。

怎麼個熟法呢，就是那種叫不上名字但又經常打交道的客人。偶爾吧，這些熟客還會在挑水果時跟丁小支開點不十分出格的玩笑，有男人在，這玩笑自然就難以為繼了。比方說有個姓李的大塊頭，經常來攤上買國光蘋果，邊買邊挑有時還碰一下丁小支的手，挑好了拍一下巴掌，故意盯著丁小支的臉蛋長歎說，老話說，近水樓臺先得月，這話還真不假呢，大妹子！

咋個不假法？丁小支笑吟吟地，臉被人家盯成了蘋果紅。

瞧妹子這臉蛋，比國光蘋果還好看，就跟那廣告上說的一個樣了！大塊頭繼續盯著丁小支，不過不看臉了，看眼睛。

怎麼個一樣法？丁小支守攤，電視看得少，廣告自然知道得更少。

白裏透紅，與眾不同啊！大塊頭男人說完，眼裏就有了與眾不同的神情。

丁小支不接話了，把蘋果過秤，收完錢，甜甜衝那男人一笑，說，回去，也讓嫂子得一回月！

那男人就哈哈大笑，笑完意味深長地擠一下眼，啥時啃一啃妹妹這個國光蘋果就才是真的得月了！

這種玩笑不是天天有的，隔三差五卻也少不了一回，女人，誰不愛聽幾句讚美話呢！丁小支不能免俗，只不過，聽多了就有了深深的失落。

那些男人嘴上說得甜，可手上拎的卻是要回了家甜自家媳婦的水果。

偏偏，那些水果卻又出自自己的攤位，女人是喜歡妒忌的，妒忌深了，還會胡思亂想一番。丁小支就胡思亂想上了，哼，紅口白牙說我白裏透紅，信誓旦旦要啃我這個蘋果得一回月，到頭來還是好使自己媳婦了。

這麼胡思亂想的結果，是讓丁小支對男人沒來由地有了怨氣。

當然，這怨氣沒理由衝別家男人發，林星亮就當仁不讓地撞在了槍口上。

瞧瞧，人家那男人，才叫男人，丁小支一俟林星亮在身邊就發了牢騷說。

怎麼才叫男人了？林星亮瞅著那些拎著水果的男人們撓起了腦袋。

人家，曉得買國光蘋果給自己媳婦吃！丁小支垂下眼，在面前攤位上的蘋果上掃來掃去。

不就是國光蘋果嗎，你吃啊，想吃多少吃多少！林星亮大口大氣的。

丁小支撇一下嘴巴，說得挺能的，你一天能掙幾個蘋果錢啊！還想吃多少吃多少！當我不想吃？我是怕把你家當吃空了，將來兒子生下來喝西北風！

這話殺傷力估計在五星級以上，林星亮一下子啞了口。丁小支說的是事實，國光蘋果貴，他們是整件進的貨，除去包裝，除去運貨時撞破皮的，利潤相當有限，想吃多少吃多少，口頭說說可以，真那麼吃，不出三個月，這個攤子不用政府取締也會自動消失。

丁小支每次吃的，都是那種時間過久，長了斑點品相不好的蘋果，差不多都沒了香脆和甜美的味道，引用書上的話，叫味同嚼蠟。

就這，丁小支還能吃得津津有味的！從某種程度來說，丁小支還是懂得過日子的女人。

但懂得過就一定要這麼過麼？未必！女人可是攀比心最強的動物了。

那天，林星亮又同往日一樣下了早班，他所在的單位，上班已是形同虛設的一個字眼了，去了不會多發一份工資，不去，也不會扣你一份工資。因為，單位正在改制中，分流是迫在眉睫的事了，林星亮已經有日子沒領過工資了。本來，林星亮走到水果攤前是猶豫了一下的，他不是那種沒臉沒皮的男人，前兩天丁小支罵他的話還餘音未斷呢！

但他還是不由自主地去了，他實在是，無地方可去！

這已成了他生活中一種潛意識的習慣，這習慣談不上好也談不上壞，擱一般女人眼裏，男人黏著自己，是好事。但丁小支不這麼認為，自己要是不守這麼一個破水果攤，黏著就黏著唄！問題是，偏偏自己就是個守水果攤的，男人這麼一黏著自己，窮家小業的寒酸相就讓人一覽無餘了。

看著林星亮一步三搖地靠近自己，丁小支咬了咬牙，沒吭聲，沒吭聲不是丁小支有多麼大的容人之量。而是恰好有人來買美國提子，恰好是那個姓李的大塊頭。

在小城，不是所有男人都狠得下心買提子給媳婦吃的，這個姓李的卻下得了手！尤其是他媳婦懷孕以後，幾乎什麼貴吃什麼！大塊頭趁付錢時拿手蹭了一下丁小支的手背，說，妹子的皮膚，比這珍珠提子還光亮，還晶瑩呢！準是天天吃珍珠提子，皮膚就珍珠一樣光滑細膩了！

丁小支漫不經心地笑笑，哪能呢！

大塊頭很認真，怎麼不能啊，這近朱者赤，近墨者黑，妹子天天吃珍珠提子，不就珍珠一樣的肌膚了？在小城有個說法，吃什麼補什麼，妹子將來的孩子皮膚也一定差不到哪兒去。

男人這一認真，倒觸動了丁小支的心酸處，丁小支狠狠瞪一眼正向水果攤前走攏來的林星亮說，我要天天有珍珠提子吃，那可是八輩子修來的福氣，我那死鬼男人，只怕我吃一顆他會疼掉一顆牙的。

別！大塊頭笑，妹子你別掉牙，我請你吃，掉了哥心疼呢！完了，真把手裏的珍珠提子選了色澤瑩亮顆粒飽滿的一大串往丁小支手裏塞。

很顯然，丁小支不可能會接。

大塊頭屬於趕空頭人情，就是這個空頭人情，卻讓丁小支看著他遠去的背影多了幾分留戀。

好言一句暖人心呢！

林星亮跟大塊頭走了個碰頭，他看了看大塊頭手中的珍珠提子，一臉欣喜走到攤前表功說，怎麼樣，我早上拿這貨時你還罵我，說進這麼貴的東西誰捨得買，這不有人買了嗎！

丁小支臉上冷冷的，我早上主要是以為天底下男人都跟你一個樣的！

跟我一個樣的？啥意思？林星亮怔了一下。

能有啥意思，掉一顆提子比掉一顆牙還疼啊！丁小支搶白他說。這是事實，因為懷了孕不靈便，早先貨拿回來時丁小支整理那些珍珠提子時，不小心弄掉了幾顆，這很正常，畢竟是外國空運過來的，路途遙遠，有的珍珠提子鬆了蒂，掉一個兩個的也正常！

不正常的是林星亮，他忙不迭地躬下身子，撿起來對著丁小支輕輕埋怨說，這麼貴的東西，你輕點行不，掉一個兩個你不心疼啊！

丁小支吃力地抬起頭來，掉一兩顆提子你都會心疼，咋不曉得自己孩子掉了也要心疼呢？

你這不是沒掉嗎？林星亮覺得丁小支有點小題大作了，這是能擱在一塊比的事嗎？

你見過有幾個女人大著肚子還守攤的？丁小支對林星亮的輕描淡寫實在是憤怒之極，忍不住吼了這麼一句。

眼下，林星亮正握了那幾顆比掉了牙還讓他心疼的珍珠提子過來了，他沒理會丁小支的搶白，興沖沖亮出那幾顆珍珠一樣瑩亮的提子說，你把它們吃了吧，我今天打聽了的，懷孕的女人吃這個，對胎兒有好處的！

丁小支的臉是在一剎那間暗下來的，原來是對胎兒有好處，她才有資格吃幾顆散落的珍珠提子。狗日的林星亮，促狹到了極點呢！

丁小支抬了頭，不看林星亮，看天，她是掩飾自己呢，丁小支努力地仰了一會兒頭，直到確認那點滴眼淚又回到了淚腺她才低下頭來，開始一顆接一顆往嘴裏餵美國提子。她餵的不是林星亮手中那幾顆品相不好的提子，她選的是攤上最飽滿的那一掛，估計有二斤開外，丁小支吃一顆看一下林星亮的臉色，心裏浮著冷笑。

林星亮的臉色不易覺察地隨著丁小支的牙齒閉合間抖動著。

還沒吃到一半呢，林星亮捂著腮幫子走開了，差不多是小跑的，估計他那腮幫子得疼上一陣子。疼有兩個可能，一是林星亮見不得人吃酸的東西，一吃自己腮幫子就像受了感染似的疼痛難忍，二是他心疼那珍珠般珍貴的提子，好幾十元一斤呢！

丁小支先前還吃著笑著，一副樂不可支的模樣，等到林星亮一走出她的視線，她就忍不住哇哇吐了起來，直吐得嘴裏白沫真翻，胃裏空空如也。吐完，丁小去的淚便一串趕一串地漫下了臉龐。

那淚，是花了幾十元本錢才流出來的，因而就格外的豐沛，一如夏夜的雨，很快浸潤了一方天地，一方只屬於丁小支自己的天地。

哭過了吐過了，日子還得往前淌，丁小支書讀得不多，但她知道這麼一句話，淚水再多，終不能彙成一條河，她丁小支只是歲月這條河流的一朵浪花。

也許還沒翻騰到浪尖上呢，沒準就被推到了沙灘上，興許是吃了提子的緣故，孩子生下來，皮膚竟真如美國的珍珠提子一樣瑩白溫潤。當然這是林星亮口中的話，他並不知道丁小支把吃下去的提子全吐了出來。

沒白花我幾十元錢的提子呢！在孩子滿月那天，林星亮衝丁小支沾沾自喜地這麼表白。

生了兒子的喜悅暫時佔據了丁小支的大腦，丁小支也隨聲附和，那是那是，近朱者赤，近墨者黑嗎！

說完這話，丁小支發了一會呆，她想起了那個大塊頭男人，李哥，李哥會生個什麼樣的孩子呢？他媳婦可是實實在在吃了那麼多美國珍珠提子的，而自己，只背了個名譽。

坐完月子，丁小支又出攤了。

不出不行啊，林星亮被分流了，新的單位暫時還挪不出窩來，一個蘿蔔一個坑，報了到，人家領導發了話，等候通知吧。

流行的說法叫待崗。

待崗其間，好歹還發生活費，這倒幫了他們兩口子一個大忙，正好免了請保姆。兩邊的老人都在鄉下，請來帶孩子也不是不行，問題是，來了就多一張嘴，多一個人的開銷，水電費都多出一個人的來，那得賣多少水果才能頂的窟窿啊！

林星亮不想生活中出現這麼個窟窿，虎視眈眈著自己，一咬牙，做起了家庭婦男。

孩子三歲以前，兩人難得地又過上了同心同德的日子，孩子一笑一鬧都把兩個人的神經牽得緊緊的，像上了弦的箭，沒時間也沒精力去理會孩子以外的事情。

曾經有這麼一段話，說一個孩子，雖然沒有手提千斤的能力，卻能足以維繫一個家庭的重量。

在兒子的維繫下，兩人渡過了沒有硝煙的三年婚姻生活，很難得的！

生活再起波瀾是兒子入幼稚園時候的事。

兩口子因為忙於生計，只關注了對自己有切身利益的事，他們沒想到，九年義務教育之外的幼稚園，價格高得超過他們的想像。

報個名，居然上千，那得賣多少水果才能讓兒子入園啊！在繳費處，丁小支鬧了個大尷尬，她身上只帶了五百元，以她有限的想像，五百元進一個幼稚園綽綽有餘了。

偏偏，人家五千還只是入園費，生活費還在外呢！綽綽有餘的不是丁小支口袋裏的錢了，而是周圍不屑的目光。

丁小支傻呆在那兒，走也不是，不走也不是，入園名額緊張得很，好不容易才排上的隊呢，只要她一轉身，估計後面的人就蜂擁而上，而幼稚園的報名時間馬上就要截止了。

正在進退兩難之阮，身後忽然遞過來一遝厚厚的鈔票，一回頭，居然是大塊頭李哥。

先墊上吧！回頭再說，孩子入園是大事！

是的，再窮不能窮教育，這句聽得讓人耳朵起繭的話讓丁小支毫不猶豫地接過李哥手中的錢。

報了名，丁小支沒急著走。

她得等李哥報了名再走，受人滴水之恩尚且要湧泉相報，何況李哥幫自己於如此危難之時呢，好歹得有幾句謝人的話吧！

終於等到李哥大塊頭的身影走了出來，看見丁小支，李哥怔了一下，你咋還沒走啊？

丁小支就嬌嗔一下，說，怎麼，不想見我啊，不怕我黑了你的錢！

呵呵，不怕，就當我給你的訂金！李哥豪爽地大笑。
訂金？我那水果攤才值五百元呢，下這麼貴的訂金，犯傻啊你！
不傻，一點也不傻！李哥忽然涎涎笑著臉作沒正經樣，妹子的蘋果臉可是無價的呢！
丁小支的臉刷一下子就又白裏透紅了，書上可是說了的，男人的傾慕是女人最好的養顏之藥，丁小支本來就生著一張俏臉，這一下，就有了粉面含春的意思。
丁小支輕輕點了一下李哥的額頭，你說的啊，無價，那這訂金我可笑納了！
丁小支一向是個本分之人，這一指頭就點得有那麼點輕佻。輕佻得讓李哥心裏翻起了朵朵浪花。
要知道，良家婦女偶爾的風情和嬌冶女人偶爾的天真是最讓男人著迷的東西呢！
李哥不著迷自然就說不過去了。
因為著迷，李哥居然亦步亦趨跟著丁小支來到水果攤幫她出了攤。
丁小支開玩笑說，我可請不起勞工的。
義務，純義務！李哥也笑，說妹子的蘋果臉多給看兩眼就行。
看兩眼？不行！丁小支嘟起紅唇，要收費的！
行啊，只要妹子願意收費，我包起來，只准自個看！
這話裏暗含有試探的成分，要擱以往，任何男人同丁小支這麼開玩笑，丁小支都會翻臉，但今天，丁小支只是撇了一下嘴，假裝生氣罵了一句，油嘴滑舌！
是的，這生氣也只能假裝，真生氣她做不出來，畢竟人家剛才給自己撿了臉面的。
擺水果攤擺久了，丁小支或多或少也知道不少人情世故。她曉得，這世上有三碗面最難吃，人面，場面，情面，而李哥一下子就占了人面和情面。

她自然只能硬著頭皮吃了，不過吃完了，並沒想像中的那麼難受，相反，心情還比早上出門時舒暢了一些。

早上，她可是帶著氣出門的。

帶氣是因為林星亮那句不合時宜的話，林星亮當時是那麼嘀咕的，一個孩子，上個幼稚園，還帶五百塊，都夠請一個阿姨帶了。

你說的，那叫奶媽，鄉下的奶媽！丁小支毫不客氣回了一句。

奶媽也行啊，不一樣能把孩子帶大，鄉下的奶媽就不過生活了？林星亮壓低了聲音嘟囔著。

喜歡過鄉下的生活是吧，那你回鄉下啊！丁小支心裏暗了一下，林星亮對生活的消極態度，讓她或多或少有了一絲絕望，是的，絕望！

因為丁小支知道，最可怕的生活，不是今天不知道明天會怎麼樣，而是從現在就能看到自己一生的全部，並且無力改變。

丁小支的絕望是有道理的，她知道自己無力改變林星亮，林星亮是那種被生活逼著步步退讓還振振有詞的人。聽一聽他不知從哪兒淘來的這段謬論，你就知道了，愛情這東西，死活只是死，生活這東西，死活都得活！這兩個東西一湊合，人生就只能被折騰得半死不活了。

聽見沒，對愛情，林星亮的態度一目了然，對生活，林星亮的態度也不遮不掩，丁小支能不絕望？

倒是眼前這個與自己毫不相干的李哥給了自己生活的信心，或者，是做女人的信心！

這麼想著，丁小支的呼吸通暢起來了。

林星亮在丁小支通暢的呼吸中又步步後退著過了兩年，有點夾縫中求生存的意思，夾縫中有什麼不好呢，只要還在生存著就行。

被生活步步緊逼的林星亮沒覺得丁小支的步步緊逼有多麼可怕，他都被逼到下崗了，你還能把他逼到哪兒？

丁小支沒打算把他逼到哪兒，從某些時候來說，丁小支還是善良的。

善良的丁小支是兒子三年幼稚園期間和李哥關係才走近了一步的。

三年，丁小支每天都去幼稚園接孩子，反正那個時段林星亮都要無所事事到她攤前晃一晃，丁小支也正好借這機會出去走一走。天天坐在水果攤前，她怕把自己坐成一個水果，一點生氣也沒有了，靠體內殘存的香氣來激發人的食慾。

女人，一旦沒了生氣，就容易衰老，而保持青春的秘訣，就在於有一顆不安分的心。

丁小支沒不安分的想法，她只想多個活動範圍，在多出的這個活動範圍聽一聽別人對她的讚美。

這個別人，正是那個大塊頭的李哥。

大塊頭李哥像和她約定了似的，每天也去幼稚園接孩子，天天見面，兩人聊得自然就投機起來，從孩子的學習延伸到生活中來。

李哥那天就又開起了玩笑，說妹子我們這算不算人約黃昏後啊！

丁小支拿手撩一下額前的頭髮，說不算。

怎麼就不算，李哥耍賴說，這不正是黃昏嗎？

丁小支拿眼瞟一下李哥，你說的，可是黃昏後呢！

黃昏後，自然是夜晚前的緊密過渡了，這話讓李哥心裏豁然開朗，李哥眼一亮，你說的啊，黃昏後，我來約你！

壞蛋！丁小支這回拿嘴嘟了一下，一口熱氣噴在李哥臉上，如芝如蘭呢！

壞得剛好配上你！李哥借揚手之際輕輕蹭了一下丁小支的胸脯，在一大堆接孩子的家長裡面，他們這種微不足道的親昵是不容易被人察覺的。人挨人人擠人，大家只管伸長了脖子盯著幼稚園的大鐵門呢，鐵門一開孩子們都會像鳥兒一樣飛出來的。

飛散了，可不是小事。

丁小支不怕孩子飛散了，李哥也不怕，兩人都私下交代過孩子，最後一個出園，免得擠在前面被推倒在地上，這事兒不是沒有過先例。

兩個孩子這一最後吧，為他們兩人又贏得不下十分鐘的相處時間，六百秒呢，可以讓幸福從腳底湧泉穴沖上頭頂百會穴的六百秒。

在送孩子回家的過程中，兩人可借這六百秒帶來的幸福一直延伸到黃昏後的約會呢！所謂的約會，說到底不過是丁小支遲一點收攤，李哥可以借挑水果在一起多說幾句體己話而已。當然，收攤時，李哥可借幫忙之際捏一把丁小支的小手，都是稍縱即逝的那種捏摸，如蜻蜓點水，能把人心裏點得癢酥酥的。

癢酥酥，也是幸福的一個分支吧。

這樣的幸福分支是難耐的，丁小支忽然有了一種渴望，為什麼不能把幸福匯總一回呢，就一回，她需要那種匯了總的幸福充斥身體後引發的顫慄。自從林星亮下崗後，兩人都沒有戰慄過了。

這個念頭一生吧，丁小支就忽視了林星亮的存在，包括林星亮當上協警，也沒帶給她一絲喜悅。不就站在馬路上吃汽車車尾氣嗎，有什麼好喜悅的！還大言不慚地說跟交警管的一樣的事。人家交警可是坐在空調車裏管的事，你幾時也坐回空調車試試，這麼一嘀咕吧，丁小支冷不丁想起一個可怕的事實，自己，竟然沒有坐過一回空調車。

沒坐過一回空調車的丁小支那天就一直低著頭以手支腮，對自己一向熱衷的生意竟不管不顧的，這情景擱以往是絕對不允許的。要知道，那天早上林星亮可是進了一件獼猴桃的啊，獼猴桃可是比美國提子更貴重的水果呢，而且更不好保存。

但女人，一旦認定某件事，她是可以一門心思沉進去而忽視周圍一切的，這就是為什麼生活中為什麼會有很多女人走極端。

李哥是在丁小支一門心思走極端時過來的，李哥這次來，沒打算買任何水果，他是打算炫耀一把的，剛剛成為有車一族的李哥覺得有必要把丁小支這個他嚮往已久的水果帶回家支好好品嚐一番。

這麼做是因為他有了得月之便。

一是老婆出遠門了，二是呢，他和丁小支或真或假也親近過幾回，既然都到了近水樓臺這份上，得一回月也在情理之中了。

李哥這一回很直接，說，小支跟我去個地方吧！

去哪兒？我還守著攤呢！丁小支的拒絕有點虛弱，虛弱是因為她看見了李哥身邊嶄新的轎車。

這水果攤，你還真把它當事業做啊！李哥撇一下嘴，跟我走一趟吧，只要你願意，保證有輕省事讓你做！

丁小支從跟李哥的交往中，隱隱知道他有一家小公司，一個小公司，應該能養得起她這麼個要求不高的人的。而且，天天在李哥手下做事，等於籠罩在幸福之中呢，生活，難得為自己亮了綠燈，為什麼不抓緊時間上路呢！丁小支就毫不遲疑地上了李哥的車。

關上車門前，她還盯了一眼那個水果攤，去他媽的獼猴桃，自己從一個青春少女都守到人到三十了。三十，可是女人的一道分水嶺呢，一旦翻過了這道嶺，女人的一生就跟拋物線一樣呈下落趨勢了。

就讓自己在分水嶺來臨之時上揚一回吧！丁小支把身子縮到副駕駛座上，一臉幸福閉上了眼睛。

協警林星亮抽完一根煙後，又兢兢業業站在了十字街口的正中心。

紅燈多過綠燈又如何，最終都會給生活放行，丁小支的紅燈又能亮多久呢？這麼一想，林星亮心頭又釋然起來。

男人是不會跟女人一樣在某件事上一門心思沉進去的，從綠燈事件拔出心思的林星亮眼下想到了另一件重要的事，早上，他進的那件獼猴桃賣得怎麼樣了，這東西，本錢貴呢！

捨得下狠心買這些貴東西的顧客不多！林星亮這麼一尋思，腦海中就浮現出一個大塊頭男人買了美國珍珠提子從丁小支攤前離開的鏡頭。

狗日的，買那麼貴的提子他連眉頭都不皺一下，這樣的顧客要遇上了，一定得給他打個招呼，讓他再到自己的攤前多做兩回生意。

腦子裏這麼想時，林星亮忍不住把頭四處巡視了一番，乖乖，側面那輛等紅燈的新轎車上坐的不正是那個大塊頭男人嗎？

一定得給他說一聲，獼猴桃放不久的，久了，就軟遝遝的了，不好賣。

十字路口的協警林星亮就在車輛的啟動聲中大步流星向大塊頭男人的車子跨了過去。他只關心自己的獼猴桃了，一點也沒留意大塊頭男人身邊正坐著他的老婆丁小支。

丁小支是幸福地閉了雙眼的，這會兒，李哥已經停穩了轎車，正一臉愛憐地看了丁小支呢。

車禍是突然發生的，另一個路口綠燈亮了起來，等候成一條長龍的車輛爭先恐後向十字路口衝了過去，誰也沒有料到，路中心協警竟會在這個時候橫穿上路口。

一個普通小孩都懂的基本常識啊，一個協警怎麼可以忽略呢！

剎車聲頓時響成一片，協警林星亮被一輛車撞得彈了起來，在空中劃出一道優美的拋物線，然後無巧不合地落在了一輛新轎車的玻璃鏡前。

血，濺滿了新車面前的擋風玻璃。

大塊頭男人被這片紅弄障了眼睛，怎麼看對面，對面都是一片紅燈。

丁小支閉著的雙眼慢慢就有了淚，她跌跌撞撞拉開車門，腳還沒落地呢，雙腿就軟了下去。交警過來時，丁小支口中還在喃喃自語，這世界上，紅燈為什麼要比綠燈多呢！

交警很奇怪地看了看燈柱，紅燈不比綠燈多啊，這女人一定是受刺激了才這麼說的。

沒人知道，丁小支在沒受刺激時也這麼說過。

鄭子若費力地揚了揚胳膊，身子儘量向後傾，傾得身子像一張反拉開的弓了，聽見頸脖喀嚓響了一聲才停下來。然後站起身，使勁甩了甩右臂，擺弄了半天滑鼠，她的右臂明顯感到了不適。

要是這會有個人給捏一把，該多好啊！這個念頭一上來，鄭子若立馬習慣性地把頭往客廳裏方向一伸，張口就叫，陳衛東，過來一下！

偏偏，兩下三下四下都過去了，眯著眼睛把頭倚在電腦椅上的鄭子若，卻沒有聽見陳衛東往日那串招之即來揮之即去匆忙卻不淩亂的腳步聲。

鄭子若這才回過神來，淺淺地歎了口氣，自力更生吧！

估計自力更生這個詞對鄭子若來說不是個很好的詞兒，鄭子若騰一下站起來，惡狠狠地又把右臂掄了好幾圈，像跟誰賭氣似的，嘴裏還發出噓噓的氣流聲。沒誰跟她賭氣，至少在這個屋子裏還沒人敢跟她賭氣，眼下這說法應該更新了，像電腦程式得升級一下，升級版的說法是在這個屋子裏沒人能跟她賭氣了。

原因很簡單，陳衛東已被她鄭子若掃地出門有兩天了。

是的，掃地出門！

陳衛東在鄭子若心目中只配享受這種帶貶義性質的詞語，稍微中性點的詞鄭子若都會極為吝嗇地使用，至於說要客客氣氣請陳衛東出門的話，那待遇估計要等到下下輩子才能輪到陳衛東的頭上。

還得是鄭子若在一不小心中它個千八百萬彩票情緒反常情況下大發慈悲一回。

由此我們可以得出這樣一個結論，陳衛東的日子是生活在水深火熱之中的。

但陳衛東卻不是這樣認為的，不光他不這樣認為，大凡認識陳衛東的人都不這樣認為。

為什麼呢？

人家陳衛東的精神狀態擺在那兒啊，整個臉上一副爽歪歪的表神，能爽到歪歪的人，跟水深火熱扯得上關係麼？

答案是肯定的，絕對扯不上。

這裏面有故事！

這會兒一臉爽歪歪表情的陳衛東正騎了一輛踏板車走在上班的路上，早上的空氣真好，早上的陽光真好，陳衛東是個對生活要求一向很簡單的人，有這麼好的空氣這麼好的陽光，他為什麼不好好享受一把生活呢！如果我能在文章裏給陳衛東一個特寫鏡上的話，那一定是陳衛東臉上的笑容也真好！

寫到這兒，我很沒出息地想起一句古話來，有人歡喜有人愁！本來想起這句話我應該感激一下老祖宗才對的，是這句話讓我的文章順利過渡到了下一段，但我沒有，相反我還惡狠狠地在心裏把老祖宗咒了一遍，什麼話都讓你們說完了，我們還活不？

可見，我的心理是極度陰暗的。

當然，比我陰暗的大有人在。

比如說林浪！

林浪這會兒也正在上班的路上，不過是開著一輛豐田轎車。林浪喜歡的先不是豐田轎車，而是豐田轎車的那句廣告詞，車到山前必有路，有路就有豐田車！

林浪一直信奉自己是個有路可走的人，也是的，他前前後後跟同單位和媳婦單位不下於三十個女人有瓜葛，竟然一回都沒走到絕路上去。

那可都是眼皮底下的事啊！

狗日的林浪，眾目睽睽呢！

林浪不是從家裏出的門，也就是說，昨天晚上他睡在別的女人的床上，這個別的女人，叫彤子。林浪為彤子，可是花了相當的精力的。

而彤子，恰好是陳衛東老婆鄭子若的閨密，僅僅是閨密，也不影響林浪的情緒。關鍵在於這麼一個問題，鄭子若一向討厭林浪，鄭子若不是多麼傳統的女人，她只是覺得吧，林浪把上床當做一項樂此不疲的事業來做，是對女人極端的不尊重，之所以鄭子若會有這種想法，是因為陳衛東在床上也好，在生活中也好，都給了鄭子若極端的尊重。

而且這種尊重不僅僅表現在口頭上，更在行動中。

他林浪呢，除了在嘴上捨得放下自尊哄女人外，一下床就揚眉吐氣，甚而至於在各種公開不公開的場合炫耀自己對付女人的種種心得。

呸！無恥之極！

這是鄭子若對林浪的評價。

陳衛東也為有這麼個同事而深感恥辱，林浪不覺得恥辱，他在鄭子若的生日宴會上看見彤子後，花了很多心思討鄭子若的歡心，終於從側面摸到了彤子的資訊。

陳衛東是在林浪跟鄭子若套磁時跟鄭子若發生糾紛的，他錯誤地以為林浪是想摘鄭子若這朵鮮花，根本沒想到人家林浪是醉翁之意不在酒。鄭子若在陳衛東眼裏，也許是鮮花一朵，但在林浪眼裏，狗尾巴花都算不上，人家林浪，早已浪過那麼多女人了，口味品位一直呈上升趨勢，自降消費水平的事，林浪就算燒昏了頭腦也不會幹的。

那天，就是陳衛東被掃地出門的前一天。

陳衛東清清白白看見林浪上班時只點了個卯就消失了，陳衛東估摸著林浪又利用上班時間尋花問柳去了。陳衛東就坐在那兒尋思，這年月，除了做非正當職業的小姐天天有時間跟男人鬼混外，一般的良家婦女哪有那個時間啊，要知道，林浪勾上手的那些女人，差不多清一色的良家婦女呢！

陳衛東自己和鄭子若要想正大光明地混上一把，都還要瞅時機的，不是這個加班，就是那個出差，好不容易瞅個空吧，孩子又有個頭疼腦熱的，這麼一折騰吧，得，剛剛冒出頭的一點興致全沒影了。

能利用的，就是那麼可憐的一點公休。

說起公休，陳衛東突然眼前一亮，對啊，鄭子若打今兒開始公休呢！

是不是也學一把林浪，上班時間幹一把尋花問柳的私事？那一定是別有情趣的，雖然尋的花是自己的，問的柳也是自己的，但佔用的時間不是自己的啊，陳衛東為自己這一念頭撩得心裏頭熱烘烘的。

說幹就幹，陳衛東二話沒說，收拾一下辦公室的東西，出門，騎了電動車興沖沖就往家裏趕。

鄭子若的第一個公休日會以爭吵為開端，這令她萬萬沒有料到，她本來，是打算好好享受這個公休日的。女人，也只有在公休日裏才能過得像個女人，可以慵懶地睡早床，可以悠閒地梳淡妝，可以漫無目的托腮遐想。

這些在上班的日子裏，可是連奢望一下都不敢的，好多時候，大清早的要一手捏著燒餅油條，一手端著豆漿擠在公汽上解決早餐的，你說，哪還有半點女人形象呢！

至於古書上說的作為女人要笑不露齒行不側目什麼的，那更是不敢想像了，大街上車水馬龍的，你在上下班高峰期趕緊往家裏奔，不側目怎麼行，想旁若無人是嗎？鑽進車空裏才可以永遠旁若無人的！

林浪來敲門時，鄭子若正托腮遐想著，而且是心騖八極神游四海的那種遐想，她在想怎麼利用這個不長的公休過足像個女人的生活。

所謂像個女人，就是得有男人寵，有男人哄，有男人鞍前馬後地為你勞頓，女人之所以能成為女人，男人的殷勤占了很大的比重。

一個沒男人獻殷勤的女人，無疑是一個失敗的女人！鄭子若一向認為自己在這一點上，是以勝利者的姿態展示在世人眼前的，她有理由這麼認為，因為陳衛東對她可是獻足了殷勤的。

至於陳衛東之外的男人，她一直忙得沒閒心去求證，眼下，閒時有了，閒心有了，是不是該求證一下呢？

鄭子若是正在沉思這個問題時聽到的敲門聲，她稍微愣怔了一下，卻沒起身去開。以她的判斷，這應該是一個敲錯了門的男人，為什麼鄭子若一口咬定是個男人呢！她是從敲門的力度斷定的。

男人敲門，大都急促，女人則不一樣，輕緩。

但敲門聲很執著，似乎要通過這執著告訴鄭子若，他敲的門沒錯。

莫非，真有男人給自己獻殷勤了？鄭子若心裏小小地疑惑了一下，當然還有點小小的欣喜。

欣喜之餘，她不再慵懶了，而是容光煥發去開門，門外，林浪的臉只那麼一晃，鄭子若那點小小的欣喜就打了對折。她以為，敲門的男人應該是自己單位的同事，鄭子若這個推理是站得住腳的，畢竟只有單位的同事才知道她從今天開始公休的。

偏偏，來的男人卻是丈夫單位的同事，還是一個無恥之極的同事。

對林浪，鄭子若確實是不屑一顧的。

不屑一顧歸不屑一顧，鄭子若卻沒閉門拒客，怎麼說林浪也是男人之一吧！

而且，依林浪的稟性，這會兒摸上門來的目的不外乎一個，是向她鄭子若大獻殷勤的。

鄭子若忽然來了興致，她想聽一聽林浪是如何向自己獻殷勤的，跟陳衛東的有什麼區別。

鄭子若不是花心的女人，這點上我可以肯定，一個花心的女人，骨子裏是沒底氣對男人呵斥來呵斥去的。

鄭子若純屬是有了閒情逸致，算是體驗一把生活的情趣吧！

這麼想著，鄭子若就把那打折的欣喜又釋放到心頭，展顏歡笑著問林浪，什麼風把林哥這麼博愛的人給吹來了啊！

林浪就迎合著鄭子若的笑顏接了嘴，能有什麼風呢，還不是香風陣陣吹來的，我現在才知道古人說的聞香識女人指的是誰了。

是誰啊？鄭子若明明知道答案，嘴上卻故意來了這麼一問，怎麼說，受人恭維也是很享受的一件事吧！

鄭子若本來就是要好好享受一下這個公休的。

當然是指子若妹妹你啊！林浪笑眯眯地拍了一下鄭子若的肩頭。

鄭子若不習慣被陳衛東以外的男人拍肩頭，很自然地往後退了一步，退時她還猶豫了一下，如果林浪再上前一步，自己該怎麼辦？

客廳不大，自己幾退幾不退的，就退到臥室裏了？難不成真還引狼入室？

好在，林浪沒向前一步的意思了，他及時停下腳步，四處盯量了一眼，說，難得公休一次，怎麼一個人窩在屋裏啊，找幾個伴出去放鬆一下，多好！

鄭子若沒覺察到林浪話裏有投石問路的成分，就老老實實回答說，找幾個伴，你當人人都這幾天公休啊！

那個彤子，上次不是說要和你一起公休的嗎？林浪把頭扭開，裝作很隨意地問了一句。

對啊，彤子！鄭子若一拍自己腦門，咋就把她給忘了呢，不過她今天公休不了，估計要公休也得明天吧！

林浪眼前一亮，說一天也不長啊！

鄭子若就明白過來，隨即臉上一冷，一天是不長，可對有些人來說，卻是一日不見如隔三秋的，三秋，那該怎麼計算啊！

林浪卻表現得很大度，一點也沒計算鄭子若的冷臉，很得意地衝她一笑，說，謝謝你提醒，怎麼計算是我和彤子的事，與你渾身上下不沾一絲疙瘩的！

鄭子若大度不起來，她的第一個公休日被林浪給當梯子使了一回，還談什麼享受，享受一肚子閒氣還差不多。

狗日的，老祖宗說得真一點兒也沒有錯，無事獻殷勤，非奸即盜！林浪只獻了一句話的殷勤冰把彤子的公休資訊給盜了去，而且是從一個女人嘴裏，多不可思議的事。

眼睜睜看著林浪揚長而去，一肚子氣的鄭子若惡狠狠地扯下自己的睡衣，她向來有這麼個習慣，一旦生氣了全身就像有火苗在燃燒，需要一絲不掛沖個澡才能平靜下來。

門是在她脫下睡衣時突然打開的，鄭子若嚇一跳，以為林浪出門沒帶上鎖去而復返了。鄭子若就頭也不抬罵了一句，林浪你狗日的不是說跟我渾身上下不沾一絲疙瘩嗎，咋這麼沒臉又回來了？

門口卻沒響起林浪那無恥之極的浪笑聲。

鄭子若納了悶，一抬頭，卻是陳衛東一臉疑惑地望著自己，而自己，正一絲不掛著呢！

鄭子若沒把自己的一絲不掛和剛才的話聯想起來，她很詫異地問了一句，陳衛東，怎麼是你啊？不是我，難道應該是林浪不成？陳衛東臉陰了一半，心裏那股熱烘烘的暖流像水銀柱遭了冷空氣侵襲一樣迅速回落。

哦，鄭子若把睡衣撿起來，我的意思這不是上班時間嗎，你怎麼有空回來的？

陳衛東把目光從鄭子若身體自上而下掃了一遍，冷冷地說，林浪可以抽空出來，我就不能抽個空嗎？

鄭子若多少聽出點苗頭來了，林浪，林浪，你別提這個林浪行不？我就搞不懂，你咋會有這麼個無恥之極的同事！

是嗎？陳衛東語氣陰陰地，只怕有些人正渴望著這無恥之極吧！

見陳衛東一眼不眨地盯著自己光著的身體，鄭子若到底明白過來，明白了就哈哈大笑，笑得陳衛東莫明其妙的。

笑完了，鄭子若把睡衣往身上套，你以為你媳婦是朵鮮花啊！

陳衛東悶聲悶氣接了一句，我媳婦憑什麼不是鮮花？要不是鮮花他林浪會眼巴巴地佔用公家時間回來尋一回花問一回柳？

切！鄭子若心灰意冷地歎了口氣，在林浪眼裏，你媳婦也就是一根狗尾巴草，你就別自我感覺良好了行不？

狗尾巴草？陳衛東懵了，那林浪他還急赤白臉跑來？

人家是醉翁之意不在酒！鄭子若歎口氣，他是跑我這兒套彤子的公休信息呢！

狗日的林浪！陳衛東在心裏狠狠呸了一口以示憤慨，差點讓自己懷疑上媳婦這朵鮮花的純潔了。

憤慨完，陳衛東心裏的暖意再次如水銀柱遇了熱般迅速回升，他笑吟吟地向鄭子若走了過去，媳婦的身體這會正開成無遮無掩的一朵花兒呢！

陳衛東想起自己抽空回家的目的來。

鄭子若的睡衣是套上一半時被陳衛東扒下來的，鄭子若這會，心情正鬱悶著呢，對陳衛東的舉動顯然還沒心理準備，鄭子若就往後退了一步，把睡衣往緊裹裹了一下，說，你幹啥呢？

陳衛東嬉皮笑臉的把手往鄭子若睡衣裏鑽，還能幹啥呢，尋花問柳唄！

鄭子若被陳衛東這林浪般的口氣堵得心裏一梗，說，還尋花問柳，虧你說得出口！

陳衛東很委屈，我尋自己的花問自己的柳，怎麼說不出口啦？

你以為你是誰啊！鄭子若惱了，再這樣小心我對你不客氣！

陳衛東還以為鄭子若是玩欲擒故縱的遊戲呢，很多次他們做愛前鄭子若都愛玩這麼一把，女人都喜歡在情感上玩點九曲迴轉的。但陳衛東忘了一點，鄭子若玩欲擒故縱的遊戲是在晚上，而這次，是在白天。

白天跟晚上，是很有區別的！

如同在陳衛東眼裏，佔用公家時間尋花問柳跟佔用私人時間尋花問柳一樣有區別。

顯然，兩個人的觀點背道而馳了。

背道而馳是容易引起兩極分化的，這一點絕不是危言聳聽。

陳衛東只沉浸在對尋花問柳的嚮往中，一點也沒發現兩人間的分化。

陳衛東還笑嘻嘻地賣弄口舌，不客氣最好，書上說了的，客氣是生疏的表現！跟著陳衛東的手一點也不生疏地爬到了鄭子若的胸脯上。

放開！鄭子若臉一寒。

幹嗎要放開？陳衛東才開始尋花的第一步，離問柳還有一段距離呢！難得佔用一回公家時間，陳衛東沒半途而廢的理由啊，何況還是箭在弦上呢！

讓陳衛東沒料到的是，形勢急轉直下了，他的箭還沒發呢，鄭子若的箭發了。

啪！地一響，陳衛東臉上一痛！

眼前白光一閃，鄭子若的一隻手如一只白玉蝴蝶般已從他臉上蹁躚而過。

你什麼意思？陳衛東的手很及時地退出睡衣，爬到自己臉上。沒什麼意思，不喜歡你這副浪蕩行為而已！鄭子若這一巴掌扇出時，心裏一下子解了氣，感覺像扇在林浪臉上。她有理由這麼感覺，因為陳衛東這副嘴臉跟林浪如出一轍呢！

陳衛東不是一個輕易動氣的人，尤在鄭子若的面前，但這一回，他明顯動了氣。動了氣的陳衛東臉色漲紅，多半是給扇紅的，半晌陳衛東氣咻咻地吐出這麼一句話來，鄭子若，你以為你是誰，我這麼做是愛你，難道也有錯嗎？

你愛我沒錯！鄭子若口氣淡淡地，但你應當知道在你面前我可以是誰？絕對不可以是一朵你要尋的花，也絕對不可以是一枝你要問的柳，懂嗎？

陳衛東顯然是懂的，但他裝出不懂的樣子來，鄭子若見不得陳衛東學林浪耍無賴，忍不住大吼一聲，你給我滾遠遠的，滾！

隨著這聲滾出手的，是鄭子若隨手抓起門角的一隻拖把。

陳衛東被名符其實地掃地出門了。

掃地出門就掃地出門唄，陳衛東沒想多的，直接回到了單位。他平時能去的地方本來就不多，家，單位，父母那兒，眼下，他是有家不能歸了。以陳衛東對鄭子若的瞭解，這一掃地出門，沒一個星期他是聽不到鄭子若的回歸召喚的，一個星期，剛好是鄭子若彈盡糧絕的一個星期。

鄭子若過日子，雖說不上衣來伸手飯來張口，但基本可以用抻手不拈半根草來形容，小至牙膏紙巾細至一日三餐均由陳衛東張羅置辦，一般是周日由陳衛東來個大採購，把一周的必需品購齊，以保證一周內即便陳衛東出門，鄭子若也能足不出戶而做到衣食無憂。

陳衛東被掃地出門那天，恰好是星期一。

也好，花一個星期時間陪父母，怎麼說也是一舉兩得的美事，古人說了的，有親在，不遠遊！這年月人們不管雙親在不在，一結婚就跟媳婦一起遊得無影無蹤了，陳衛東可以利用這段時間遊回父母身邊不說，還能享受父母給予他的萬般關愛。這點上，古人也說了的，養兒一百歲，長憂九十九！陳衛東雖然自己也做了父親，但在父母眼裏，他還是一個需要百般呵護的孩子。

所以，要換一個男人，被媳婦掃地出了門，一定會覺得倍感傷心，但陳衛東不覺得。

陳衛東會那麼一點逆向思維，用媳婦的一次掃地出門換來對父母的一表孝心，順帶再重溫一把父母對自己的無微不至的關愛，何樂而不為呢！

這個換算是值得推廣的呀！

至於鄭子若那兒，他是顧不得了。

人，不能一心顧兩頭不是？

再說了，女人在盛怒之下一般都忘了自己是誰，更不會考慮別人是誰了，自私是女人的天性嗎。

不能一心顧兩頭的陳衛東這會正一臉笑容騎著電動車走在上班的道路上，掃地出門才三天，他有必要只顧自己眼下的快樂。

鄭子若是在第三天想起陳衛東的重要性的，一個人，一個在婚姻生活中過了而立又將近不惑的女人，在日常的磨合中，早把男人嵌入了身體的某個部位而不自知。

如同身上的一處隱疾，平日裏看似無礙，一俟發作起來，卻是扯著骨頭連著筋地痛，那是一種不足為外人道也的疼痛，如魚飲水，冷暖自知。

不用說，鄭子若的痛這會已由肩上擴散到了身體的各個部位，誇張一點說，滲到了皮膚表層都不為過。

鄭子若不是個多麼堅強的女人，她只猶豫了不到十秒鐘，就撥通了陳衛東的手機。

陳衛東沒拒接鄭子若電話的習慣，跟以往一樣，他很及時地按下了接聽鍵。

鄭子若說你在哪兒？

陳衛東說我在上班的路上啊！

哼，只知道上班，就不曉得順路回來一趟！鄭子若口氣中有那麼一絲幽怨。

回來幹什麼？尋花問柳你又不允許！跟以往不一樣的是，面對面鄭子若的幽怨，陳衛東沒立馬給予安慰，反而來了個無恥之極的質問。

要擱以往，鄭子若的憤怒早順著無線電波穿越過去了，但今天，鄭子若不想，不想是因為她知道，只有在陳衛東面前她才可以是誰。

那個林浪，無事愛對女人獻殷勤的林浪，頂多只把她當作一塊過橋的木板踩了一下，連句謝謝都沒有說。她不想自己奢望已久的公休就這麼毀掉，確切點說，她不想自己難得有一次女人形象的機會被毀掉。一個女人，被毀掉了形象，那還能叫女人嗎？

而能證明自己是女人的，也只有男人。

鄭子若這會想要證明自己，陳衛東自然是上上之選了。

鄭子若就忸怩了一把，在電話裏撒嬌說，人家說了不允許嗎，人家只是不想不通讓你變成跟林浪一樣的德性！

這話很值得陳衛東往深了想，要是陳衛東變成林浪一樣的德性，她鄭子若就難以成為陳衛東那朵純潔的鮮花了。

陳衛東果然就往深裏想了。

先前我們說過，陳衛東是個懂得點逆向思維的，陳衛東這會就逆向尋思上了，鄭子若不想自己跟林浪一樣的德性，那麼鄭子若一定希望自己回歸他陳衛東本來的德性。

陳衛東本來的德性是什麼呢？

很簡單，對鄭子若惟命是從唄！

陳衛東就衝手機中的鄭子若說，你等著啊，我馬上回來，咱不尋花問柳，咱交課堂作業！

收了手機，陳衛東一臉幸福地調轉車頭，往回走。

林浪在看見陳衛東前，心情有也是爽歪歪的，昨晚，他終於把彤子拿下了。

跟拿下其他女人不一樣，拿下彤子讓林浪很有成就感。

林浪的成就感不在於彤子有多麼漂亮，也不在於彤子多麼有風情，他的出發點很簡單，簡單得令人發笑，僅僅因為彤子是鄭子若的閨密。鄭子若不是以良家婦女自居嗎，同理，鄭子若的閨密也必然是良家婦女一個。

我林浪偏就要無恥之極把你鄭子若的閨密弄上床，看你還罵得出口麼？

爽歪歪的林浪是這麼計畫的，待會上了班，他要趁陳衛東辦公室的人都在場的時候，大肆渲染一下他和彤子的風流史。

有些幸福，是需要跟大家共享的，這是林浪的作風。否則，尋再多的花問再多的柳又有什麼意義，那個古時奉旨填詞的柳三變如果不是藉青樓女人傳名，就那幾首破詞，憑什麼流傳千古啊！

林浪在這點上志向很遠大，一心要和人家柳三變同志ＰＫ一把。

顯然這一回的渲染，共享倒在其次，林浪是存了心思的，他要讓陳衛東把這個資訊傳遞給鄭子若。

凡是跟陳衛東同過事的人都知道，陳衛東這人對鄭子若惟命是從，單單這也就罷了，陳衛東還養成一個習慣，事無巨細都要向鄭子若彙報。

以致於，很多時候，鄭子若對他們單位的瞭解比辦公室主任知道得還要詳盡。

跟彤子的風流事，借助陳衛東的傳遞是最巧妙不過的了，既能達到目的，又能不費精力，林浪一直是珍惜自己的精力的。

比如這會兒，他就很放鬆地扒拉著方向盤，不疾不徐地跟在陳衛東後面不遠處。

他得等陳衛東在他前面進了單位坐定下來自己再從從容容蹓上去，然後掐好時間，把昨晚和彤子的床戲來個精彩重播。

他要讓陳衛東知道，在女人面前，他林浪可以是誰，主要是間接地讓鄭子若知道，陳衛東知不知道是次要的。

無恥之極咋啦，也是一種境界，不是所有人都能做得到的！

林浪就這麼沉浸在即將上演的精彩重播中，把個豐田車開得悠哉樂哉的在大街上穿行。

他甚至預見到了，陳衛東在他滔滔不絕的精彩重播中，那張開的大嘴裏足以塞進彤子的一個拳頭，為什麼一定要是彤子的拳頭呢！

林浪為這一問遲疑了一下。

他一向認為男人跟女人上床意味著結束，女人跟男人上床意味著開始。

他跟彤子，應該結束了啊！

怎麼會想到彤了呢，難道彤子成了他林浪尋花問柳的終點站？

不可能的！林浪下意識地跺了一下腳。

那一腳，無巧不巧地跺在了油門上，豐田車嗚一聲加了速，飛快向前躥去。

像是為讓林浪這一加速顯得有點戲劇性似的，陳衛東的電動車在那一刻突然調了頭。

砰一聲響！

林浪看見陳衛東的人先是彈了起來，跟著在空中一個漂亮的轉體360度，人，就落在了林浪的車前擋風玻璃上。

林浪知道這一回，他無路可退了。

已在家中做好準備工作的鄭子若呢，一點也沒感應到有什麼不對勁的，她正銜著手機上陳衛東的名字一臉自得地說，陳衛東還是做回你自己吧，那樣在你面前我永遠知道我可以是誰！

最大的痛叫不甘

其實一個人可以有很多種痛，但最大的痛叫不甘！

張懷玉是在看閒書時看到這麼一句話的，當然說閒書也不對頭，確切點說張懷玉看的是一本《人民文學》雜誌，二〇一〇年最後一期的。在一篇名叫〈全家福〉的短篇小說裏面，小說的作者叫張魯鐳，很不好琢磨的一個性別。

張懷玉沒興趣琢磨作者的性別，她看這本雜誌，明顯有點賭氣的成分，平日裏張懷玉不怎麼讀書的，為此，她老公李良成明裏暗裏批評過她多次。

一個人，怎麼可以不加強自己的文化素養呢？這是李良成嘴裏的原話，一般說這話時，李良成手中會捧著一本書，一字一句的忘我地讀，很投入的樣子。

哪怕面前杯盤狼藉著，也絲毫不影響他的投入狀態，千萬別被這假象迷惑，以為李良成要把學問做足，說白了，李良成是借此來逃避家務勞動。

張懷玉那種時候，是沒閒心跟李良成賭氣的，誰讓自己學歷低被單位裁員了呢？經濟地位決定社會地位，這是一條放之天下而皆準的道理。放在他們家裏，自然也是合適不過。

怎麼說，李良成在單位也是個政工科長，一個沒文化素養的人是跟政工兩個字扯不上邊的，而科長，或多或少也是有點經濟地位的人。

張懷玉這一回的加強文化素養，跟年下到了有關。

張懷玉是上過班的人，知道一年到頭來，再苦再窮的單位也會給職工一點福利。自己雖說下崗了，可吃的苦和受的累比下崗前反而是有過之無不及了，因為她的下崗，李良成更有理由在家裏百事不幹了，他唯一要幹的家務就是一週一次跟張懷玉在床上出一次汗，而且還得在他吃飽喝足穿暖心情好的時候。老祖宗有這個文化傳承的，飽暖思淫欲！

年下，連鄉下的耕牛都有一瓢豆子吃的！未必她張懷玉不如一頭耕牛？張懷玉有理由賭這麼一回氣，元旦三天小長假，到處商場嚷嚷著打折，買一送一，李良成卻對她連個打折的熱乎話都沒有一句，更別指望還買一送一了。

還有一個月，就過農曆年了呢！

張懷玉心裏煩不過，就從茶几上抓起李良成早上出門時丟在一邊的《人民文學》來看。

古人說了的，書中自有黃金屋，書中還有顏如玉，那麼以此類推，書中也自有解煩曲。退一萬步說，即便書中沒有讓張懷玉煩惱消散的韻律，也能加強一把自己的文化素養不是？張懷玉就這麼著把自己加強著逼近小說中的情節了。

她的加強，顯然不是時候。

按常規，這會應該是李良成落屋的時間段。

果然，李良成按照我們要求的那樣及時回屋了，但他卻沒得到想像中的待遇，平日裏，只要防盜門一響，張懷玉一準會及時把他的拖鞋提了站在門口恭迎他。李良成也不是彎不下腰來換鞋，他只是習慣了接受。

我們都知道這麼一句話，習慣是慣出來的！

被慣出習慣的李良成沒及時接到那雙拖鞋也就罷了，更要命的是茶几上他那本最鍾愛的《人民文學》雜誌居然被張懷玉翻得嘩嘩作響。

對於一個愛書的人來說，這無異於上一種蹂躪啊，嘩嘩作響！那能叫讀書嗎？李良成讀書，雖不至於像古人樣隆重到沐浴焚香的地步，怎麼著也是雙手恭恭敬敬把書捧著一字一句詳讀的啊！捧讀，才是對學問的敬畏！

對於這些，李良成也不要求別人與他苟同，畢竟他自己也有一個無法改變的習慣，那就是在哪讀在哪放，主要是為了能夠隨手就看。

張懷玉讀書，只是順帶，在拾掇茶几時看見了，看見了就氣不打一處來。元旦三天，李良成看了三天書，本意是打算收拾茶几的張懷玉這會臨時改變了主意，坐下翻起書來，有點示威的意思。

李良成沒長火眼金睛，自然就無法看出張懷玉的本意，他擅長於推理，搞政工的都擅長推理。李良成推理的結果是，分明是張懷玉不想給他換拖鞋而做出故意加強文化素養的假相。

政工科長李良成就一臉驚奇叫了起來，喲，這是我媳婦嗎，都看上了《人民文學》了，才一日不見呢！三日不見當刮目相看，這是苕都知道的話語，李良成此言一出，張懷玉自然聽得出話裏的諷刺。

怎麼，不行啊！張懷玉把《人民文學》使勁往上揚了揚，指著封面一字一頓地說，看清楚了，《人民文學》，不是知識份子文學，難道你認為我不是人民中的一員？

李良成嘴角一撇，我知道那不是知識份子文學，但《人民文學》可不是什麼人民都看得懂的！

面對李良成故意顯示出的高人一等語氣，張懷玉反唇相譏，是麼，要是人民都看不懂的話，估計就不叫文學了。

這話，頗值得一思二思三思，政工科長李良成沒料到張懷玉會這麼回敬他，忍不住怔了一下。但他到底是吃政工這碗飯的，不會輕易的認輸，何況還是在張懷玉面前。李良成就話鋒一轉說，也是的，這年月，清潔工農民工鐘點工油漆工都叫人民了。

什麼意思？張懷玉文化層次到底跟李良成不在一條起跑線上，沒能聽出這句話的引申意義。

李良成裝出很大度的樣子，伸出手來說，說明我媳婦也與時俱進了啊，可喜可賀！

張懷玉沒理會李良成伸出來的手，說，我還就想與時俱進一回，你愛喜不喜愛賀不賀吧！說完又低下頭來，認認真真看起書來。

李良成沒了轍，根據他多年做政工的經驗，一個女人，一旦較起真來是十個男人也勸不回頭的，尤其是一個輕易不較真的女人，那情形就像一個火山口到了非爆發不可的時候。

作為男人，李良成可以接受這種爆發，但他不能製造這種爆發。

忍片刻風平浪靜吧！李良成破天荒地丟下公事包，下了廚房。

廚房是每個家庭裏夫妻拌嘴後唯一能退一步海闊天空的地方，床上都沒這個功效。

兩口子拌嘴，輕者同床異夢，重者分床而居，但你不可能不吃一方給你做的飯菜吧，沒人跟肚子有仇。再無皮無味點來說。你只有吃飽了，才有力氣繼續戰鬥不是？

所以很多時候，一頓飯下來，海反而闊了，天反而空了，氣自然沒了！民以食為天，兩口子拌嘴顯然不是天大的事，這一點上，李良成看得透透的。

不過，這一回，他卻沒看透張懷玉。

沒看透的原因很簡單，就在於張懷玉讀到了文章開頭的那句話。

她確實，心裏有了最大的痛，那就是——不甘！

而且通過那段話，張懷玉才發現，自己竟然痛了這麼多年，才第一次知道了不甘。

多麼無知啊，自己！聽著從廚房裏傳來的翻炒烹炸聲，張懷玉陷入了沉思，那神情，一如早先李良成讀書時的翻版，很投入，很忘我！

張懷玉的痛，與李良成有關！

李良成曾跟她說過麼一句話，新婚之夜說的，李良成那天多喝了一杯，洞房花燭夜嗎，不多喝一點就缺了情趣，當時李良成歪歪斜斜走進洞房時，張懷玉已經鑽進繡著鴛鴦戲水的大紅喜被裏了。

李良成就皺了一下眉，說，你沒看過古書啊！

張懷玉不懂，洞個房而已，跟看古書有關麼？

當然有關！李良成潛意見識中，張懷玉應該斂袖飪眉，雙手握於腰際向他道個萬福的，然後還應該羞答答地說上一句，夫君，奴家不識魚水之歡，還望海涵之類的客氣話，但張懷玉沒有，她直接脫光了自己躺床上了。

有點過於直接了！

好在李良成不是聖人，在飽暖思淫欲上他也就隨了大流，於是就巫山雲雨了，只不過，盡興之後的他還是長歎了一口氣說了一句不合時宜的話，你要是能給我來個紅袖添香的意境，多完美！

張懷玉不能給予他這個完美。

居家過日子，哪來的完美呢？這是張懷玉的琢磨，在她有限的見識和有限的思維中，一個女人，有丈夫，有孩子，那就是完美。

可偏偏，李良成不能給她這份完美。

不能給的原因不是李良成的身體有毛病，而是李良成覺得，為了培育一個健康而優良的兒子，張懷玉的學歷還有那麼點欠缺，所以他遲遲沒打算要個孩子。

我得讓我的兒子出生在書香門第才對！這是李良成的理由。

這理由很充分，也很強硬！令張懷玉常常以一副贖罪的表情在李良成身邊出現。

張懷玉顯然，是想要個孩子的！

再不想要，她就老了。

當然這個老是她自已的想法，其實張懷玉才三十，而且張懷玉因為沒生孩子，臉上水色就很正，十七八的大姑娘似的，李良成之所以處處以文化素養來提醒張懷玉，是存了私心的，李良成長得老相，二十出頭時就能看出四十歲來。

不知道的人，還以為他老牛吃了嫩草呢！

李良成處心積慮在家中把個文化素養搞成家庭建設的重中之重，說到底是讓張懷玉在心理上產生自卑，那樣他就容易控制張懷玉了，這是他做政工多年的心得，一個長期生活在打擊中的人，是絕對沒有自信的。

李良成需要的正是張懷玉對自己的依賴，或者，崇敬！

但眼下，似乎出了一點問題。

李良成人在廚房裏，心思卻在客廳裏翻炒不已，他搞不懂，張懷玉今天是怎麼了。

張懷玉沒想怎麼著，她只想在年下有一份屬於自己的福利，這福利落到實處就是一條今年最流行的圍巾，那種長長的寬寬的，在脖子上可以多繞幾圈的那種，張懷玉脖子細長，圍這種圍巾可以相得益彰。還有一種叫千鳥格的圍巾，很多明星都圍的，帶流蘇邊，細而窄的毛料，或絲的，從胸前往後繞一圈，既高貴又顯風情。

張懷玉是個懂得過日子的女人，高貴與過日子無關，風情更與過日子相去甚遠，那麼實用就在道還了，其實那樣一條長長的寬寬的圍巾並不貴，不到二百元而已，要擱平日，這條兩百元的圍巾張懷玉是不會有任何非分之想的，可年下，就不同了，古人說了的，叫花子還有三天年呢，她張懷玉就不能有一個年嗎？一個跟圍巾相關聯的年，跟張懷玉一年的勤儉持家是對等的啊！

你李良成連不相干的人的心思都能揣摩，未免連自己媳婦這點心思都揣摩不出來，要真這樣，只能說明李良成根本沒把張懷玉放在心上。

張懷玉要一條圍巾倒在其次，她是想通過這件事看出來自己在李良成心裏到底占了多大的比重。

李良成把個菜翻炒出了很大的聲響，一方面是他在發洩自己的不滿，另一方面，李良成於烹飪這方面實在生疏。

總算，折騰出了兩個菜一個湯，這於李良成來說，有屈尊的意思了。

李良成把兩盤菜一碗湯挾著怨氣嗵嗵嗵端到飯桌上，按以往自己讀書的習慣，會在這呼聲中主動湊到餐桌前就座的，怎麼說以一個坐享其成的身份也該對人家的辛勤勞動報之以認同吧！

不過令李良成傻眼的是，張懷玉居然穩坐釣魚臺，不僅沒主動的意思，連被動的意思都沒有。

李良成可是已大張旗鼓喊著開飯了開飯了以緩和局勢呢，這是他做政工工作多年的心得，在尷尬的時候要用打哈哈來圓場的。

頗顯尷尬的是，他這幾聲開飯了開飯了的哈哈白打了。

出師不利！這是李良成萬萬沒料到的，而且還是在一向處於弱勢群體的媳婦張懷玉面前失了利，李良成心裏的火蹭蹭徑直往上躥，這一回，是他不甘了。

他的不甘不是心裏有了多大的痛，他是源於自己的權威受到了挑戰。

李良成就在這不甘中走到張懷玉面前，不露聲色地冷嘲引用名人名言說，喲，真像饑餓的人撲在麵包上了呢！

張懷玉不理李良成的冷嘲，她把頭從書面上抬起來，打迂迴戰，說，武漢有個女作家叫池什麼的來著？

池莉啊！李良成只要一聽到跟文化有關的話題就來勁，馬上接了口回答，這一答自然就忘了自己的初衷。
張懷玉把話題往圍巾上引，說，我記得前幾年你說她跟托爾斯泰見面了！
哈哈哈！李良成輕蔑地大笑起來，你小點聲好不，別讓人家聽了笑我們一家人是文盲，托爾斯泰跟池莉見面？還我說的！
肯定見面了！張懷玉做出堅信的表情，你那幾年嚷嚷著她寫過跟托爾斯泰有關的文章。
拜託你別不懂裝懂行不，池莉是寫過跟托爾斯泰的文章，不過人家那是小說，叫《托爾斯泰圍巾》！李良成不屑地一撇嘴。
托爾斯泰圍巾？張懷玉做恍然大悟狀，有這麼一款圍巾麼，我只聽說千鳥格的圍巾今天年很流行的啊！見話題終於繞到圍巾上，張懷玉來了個順水推舟，要不我們哪天抽時間去看看？
看什麼？李良成一怔，托爾斯泰？
圍巾啊！張懷玉順勢而上，池莉小說中的托爾斯泰圍巾肯定跟一個人的文化素養有關的！
這倒是事實！李良成遲疑了一下剛要回答，張懷玉搶過話頭，我也想有一條能加強文化素養的圍巾，不行麼？
李良成一下子啞了口，人家張懷玉是主動向自己靠攏，增加文化素養，這理由很充分的，能說不行嗎，顯然不能！
先吃飯吧！李良成轉移話題，一條圍巾，還托爾斯泰的！他突然有點惱恨池莉了，幹嘛不寫托爾斯泰砂鍋呢，可以讓張懷玉向廚房靠得更攏的，最好是融入其中！
一直沒下過廚的李良成嘗到下廚的滋味後，不由得從心裏對廚房一詞產生拒絕。飯，到底還是吃了！

張懷玉同時吃下去的還有一個希望，沒準明天李良成下班回來，一條千鳥格的圍巾就從他背後亮在了她的眼前。

這事在新婚期間不是沒有過。

渡蜜月時，兩人逛街，張懷玉在露過一家魔力挺專賣店時，忍不住把眼光在那套纖體內衣上瞟了幾眼，張懷玉的身材好，如果再穿上這麼一套纖體內衣，基本上等同於魔鬼身材了。

瞟歸瞟，張懷玉卻沒提任何要求，當時他們為結婚已經舉了一筆不小的債，沒必要花這筆冤枉的錢，再何況，兩人都做了夫妻，彼此都一覽無餘了，如同一個現了底的湖泊，挺不挺的已沒有了意義不是？

但在李良成渡完蜜月上班第一天回來，聽到防盜門一響，拎了拖鞋站在門後恭迎他的張懷玉卻遲遲不見李良成彎下腰來。

搞什麼鬼？一臉疑惑的張懷玉見李良成根本沒換鞋的意思，忍不住抬起頭來。

李良成要的就是張懷玉抬起頭，然後他一臉詭笑地從背後亮出一套纖體內衣來。

那是多麼幸福的一刻！幸福得張懷玉心裏都隱隱作疼了，為了這套纖體內衣，李良成的案頭上就得少好幾本書，李良成一向都嗜書如命的。

疼愛，疼愛，原來是可以這麼理解的，只有疼過了才算愛。

張懷玉吃進肚子的希望說白了就要從一條圍巾上吃出疼愛兩個字來。

氣是自然的消了，面對杯盤狼藉的桌面，生活又回歸到賭氣前的狀態，李良成依然紋絲不動投入地讀書。但這一回，李良成投入歸投入，卻沒忘我，期間他還偷眼瞟了幾次廚房，哼哼，想加強文化素養是嗎，我配合你！

還托爾斯泰圍巾，還千鳥格圍巾，要能加強文化素養，我這政工科長讀那麼多書幹什麼，買一條圍巾不就萬事大吉了？

李良成就這麼不忘我但卻投入地把那本《人民文學》讀了下去。

這一讀就跨了年頭，從陽曆的跨年頭讀到了陰曆的跨年頭。

張懷玉的希望在每一次防盜門被敲響之後悄無聲息地落了空，拖鞋她依然給李良成拎了去換，不過已經變得很機械，不帶半絲感情色彩。

千萬別以為是張懷玉忘了圍巾這件事，相反地，她記得更深了。

張懷玉之所以絕口不提圍巾是她知道，臘七臘八不能說瞎話這一傳統美德，她不能因為一條圍巾讓一家人過不上痛快年。

怎麼說兒子也放假在家吧！

千鳥格圍巾！每次張懷玉在電視畫面上看見戴圍巾的女人時就會在心底長歎一聲，自己這樣一個女人，在李良成的眼裏也不外乎就是一隻鳥吧！

一隻關在籠子裏的鳥！

現在，這只鳥有了飛出去的欲望，為一條圍巾。

張懷玉甚至在心裏暗自發誓，如果肯有哪個男人為她送上一條圍巾的話，不管這個男人是老是醜是殘是賤，她都可以為他獻一次身的。

最好是個有點文化素養的人，當然這是張懷玉的理想。一個人，可以破罐子破摔，但你得允許人家在摔的過程中有點選擇不是。

張懷玉的選擇範圍很有限，一個下了崗的女人，交際圈顯然是窄的，至於有文化素養的男人，則更不多見了，一念及此，張懷玉有點灰心了。

張懷玉就灰著心態進入了大年初一，李良成去給領導拜年了，兒子也去同學家了，就剩下張懷玉一個人守在家裏。

這個守是必要的，李良成好歹是個科長，年頭嗎，肯定有人要來拜一拜的。

禮節性的那種，不鹹不淡的語氣，如出一轍的祝福。

張懷玉就是在這種春節越過越淡的氣氛裏再次抓起了那本《人民文學》，那篇《全家福》她還沒看完，她想知道結局是什麼樣的。

然而，有人似乎不想讓她走進那個結局，很及時地按響了門鈴。

張懷玉拎了拖鞋去歡迎，居然，是個面孔很陌生的男人。張懷玉遲疑了一下，來人卻不遲疑，大大咧咧地說，給弟妹拜年了，我是良成的同學！

李良成的同學多，多得張懷玉記不住那些走馬燈般轉換的面孔。

既然是老公同學，那就有必要顯示一下自己的熱情，張懷玉就伸出手表示歡迎。

伸出手於張懷玉來說是一種習慣，一是接過人家手裏拎的東西，二是順便把人家外套給掛到衣架上，男人沒穿外套，卻圍了一條圍巾。

張懷玉在接圍巾時傻了一下，居然是一條女式圍巾，居然還是千鳥格的。

男人顯然也傻了，一拍腦門說，糊塗啊糊塗，咋把這個給圍上身了。

呵呵，張懷玉笑了起來，媳婦的吧！

哪啊，男人怔了一下，準備送人的呢！

哦，送給？張懷玉眼珠轉了一下，臉上浮出笑意來，送給情況的吧！

情況是借指，男人自然明白張懷玉話裏的意思，自嘲說，書呆子一個，還情況！

書呆子？張懷玉心裏莫名地一動，書呆子應該可以跟文化素養掛上鉤的吧，如果他不是真呆的話，自己的千鳥格圍巾就不用踏破鐵鞋無覓處了。

而且這男人吧，比張懷玉期望的要好，不老不醜不殘不賤，幾近於完人了。

既然沒情況要送，那不妨借我圍幾天？張懷玉裝作很隨意地拿話試探男人說，一直想買一條千鳥格的圍巾，可就是挪不動步！

男人很豪氣，送你圍好了！

這麼大方啊！張懷玉拿眼溫潤地看了一眼男人。

男人被這溫潤撩得心旌動搖起來，說，只要哥哥身上有的，弟妹想要什麼儘管開口！

呵呵，那我如果想要你呢！張懷玉把圍巾邊往脖子上繫，邊漫不經心回了一句。

張懷玉的脖子細長，恰好又穿的是一件無領外套，那條千鳥格圍巾像是量身定做似的，一下子襯得她嫵媚了三分。

男人看得呆了，忍不住誇了一句，好看！

為什麼不能說漂亮呢！張懷玉款款扭腰走了幾步嬌嗔道。

好看裏面有生動的意思啊！男人果然是個文化素養不差的人，熨帖話兒應口而出，漂亮是誇人的嗎？多呆板的詞啊。

看不出你還很會哄女人啊！張懷玉咯咯一笑。

不是哄，是情不自禁！男人也咯咯一笑。

笑完男人走到張懷玉跟前說，這圍巾如果這麼繫會更顯風情的！

張懷玉就半側著身子在男人懷抱裏說，女人的風情是男人給的，這話我沒說錯吧！

男人得到鼓勵，就大著膽子在張懷玉脖子上擺弄起來，擺弄的結果是圍巾還沒繫上張懷玉的脖子裏，張懷玉的雙手已繫上了男人的脖子。

男人到底抗不住，把嘴巴壓在了張懷玉的紅唇上。

張懷玉被壓得喘不過氣來，心裏有隻鳥撲騰撲騰飛起來。

臨走時，張懷玉送男人到門口，想了想，把那條千鳥格圍巾又給男人圍上，男人疑惑了一下，不是說了嗎，送你的！

張懷玉笑一笑，說真要送，你也得挑個日子吧！

張懷玉的意思很簡單，所謂送，一方應該懷了恭敬之心，另一方呢則應該有個隆重之態，不然就顯不出情深意長來。

像今天，怎麼著都有逢場作戲的嫌疑。

張懷玉不想逢場作戲，她想投入地把自己放飛，就為那條千鳥格圍巾，女人在不甘的時候總會有一些千奇百怪的念頭。

張懷玉也不能免俗，儘管她的文化素養還沒達到神遊八的境界，但放飛一下思緒還是遊刃有餘的。

只是她這一放飛吧，男人就杳無了音信。

轉眼到了上班時間，張懷玉知道，李良成的同學們要互相請吃春酒了。

吃春酒，可呵呵，這個詞擱以往對張懷玉來說是最頭痛不過的了，前前後後得幾天折騰。但這一回，張懷玉卻在心底裏盼望著這個折騰，她可以在春酒裏嗅到春天的氣息，不言而喻，張懷玉的春天在陳東曉身上。

是的，陳東曉，張懷玉已經打聽清楚了，李良成的那個同學叫陳東曉。

東曉，多有深意的名字啊，他的出現，確實讓張懷玉理解到了什麼叫東方欲曉。

如張懷玉所願，李良成開始去吃春酒了，往往吃得半夜才斜著膀子回家，依慣例，李良成會聽到張懷玉一些極度不滿的牢騷從嘴裏噴薄而出，但讓李良成驚異的是，這一回人家張懷玉不僅沒不滿，反而極力慫恿他說，喝酒為醉，娶女人為睡，一年也就吃那麼幾回春酒，該醉的！

這話很貼心，貼心得讓李成疑心自己沒喝醉，咋聽到反話了呢！

是的，這種話在兩個人進入婚姻這麼多年是絕無僅有的，張懷玉不管李良成醉沒醉，她自己，已經有那麼點醉了，陶醉在即將到來的盎然春意裏。

她敢肯定，只要李良成一放風請吃春酒，第一個邁進她家門的一定是李東曉。

一般請吃春酒的場合，李良成會在樓下迎客，張懷玉則在樓上忙碌，他們家住六樓，需要李良成這麼一迎，李良成是有文化素養的人，深知主雅客來勤一說。

至於擁慧折節倒履相迎尚沒那個必要，跟同學們玩這個，顯得太矯情了不是。

吃春酒的那天，張懷玉甚至精心把自己收拾了一番，當然，她的精心也有紕漏，那就是，脖子那兒空空的，這一空白處是存了心思的，等著陳東曉的千鳥格圍巾來彌補呢！

張懷玉在李良成下樓後開始了憧憬，在她忐忑不安的等待中，陳東曉如期而至敲響了防盜門，張懷玉早已靜候門後，含情脈脈拎著一雙拖鞋，她要親自為陳東曉換上，讓陳東曉也享受一回當丈夫的待遇。

之後呢？張懷玉臉上浮出一層紅暈來，之後應該是陳東曉輕輕帶上防盜門，從背後亮出一個尚未拆開包裝的千鳥格圍巾來。

張懷玉眼裏無疑是亮光大熾的，這亮光裏有欣喜，有引誘，有鼓勵。總之在張懷玉的眼光示意下，陳東曉肯定是手忙腳亂的拆開包裝給張懷玉脖子上繫圍巾，像早先那樣，圍巾還沒繫上呢，張懷玉的雙手已經繫上了陳東曉的脖子。

兩個人，肯定會利用這段空間作一個小小的纏綿的，呵呵，沉浸在遐想中的張懷玉忍不住笑出了聲。門鈴就是在她的笑聲中響起來的，張懷玉滿面春風拎了拖鞋去開門，偏偏，門外站著的不是陳東曉，而是李良成的另一個同學，大嘴張文東。

張文東見了張懷玉手中的拖鞋，忍不住讚歎說，還是嫂子好啊，我這會才知道啥叫賓至如歸了。

張懷玉冷下臉來，說，少貧嘴，小心大過年的你媳婦讓你有家不能歸。

張文東嬉皮笑臉地，那我正好歸嫂子家啊！

張懷玉懶得理他，這個張文東出了名的鐵公雞，一張大嘴吃遍了同學，卻沒半個鬼毛知道他家廚房在哪兒。

安頓好張文東，張懷玉進了廚房，她不想面對張文東是一個原因，還有一個原因是她不想陳東曉進來看見自己和張文東在一起聊天。她要讓陳東曉知道，她張懷玉只對陳東曉一人有情有意，其他的男人，在她眼裏是視而不見。

在廚房的張懷玉把耳朵支得長長的，一有風吹草動，立馬拎了拖鞋上前，可惜的是，如此三番五次下來，陳東曉卻遲遲沒能露面。

嗯，一定是最後一個進來！張懷玉這麼寬慰自己說，電視裏那些重要人物，可不都是在壓台時出場的，怎麼說陳東曉也算今天的壓台人物呢，在張懷玉心裏。

只是這個台壓得太遲了，一直到酒宴要開席，陳東曉還沒現身，打電話也沒接，一干同學不耐煩了，把李良成從樓下叫了上來，開始推杯換盞起來。

張懷玉摘下圍裙，走到李良成耳邊悄聲說，要不我下去等等？

也好！李良成樂得張懷玉不在身邊，頭幾年，因為張懷玉還沒開席就諄諄勸導說，少喝點少喝點，弄得大家從沒在家裏盡過興，讓李良成一直心有不甘，這會張懷玉主動要求自己消失，簡直是求之不得的美事！

在大家擠眉弄眼暗示著可以盡興的歡叫聲中，張懷玉下了樓。

樓下，空空如也！

張懷玉在空空如也的樓下站了半個鐘頭，一轉身，顏然決然走上了街頭，她知道，離她家不遠就有一個千鳥格圍巾專賣店。

她決定隆隆重重的為自己挑上一條圍巾。

天氣預報說了，馬上要倒春寒了，而春寒是很容易傷及一個人的五臟六肺的，防患於未然吧！張懷玉在心裏苦笑了了笑，為這個書面的，比較有文化素養的說法。

釀小說46　PG1018

沉默得更徹底一些
——劉正權愛情小說集

作　　者	劉正權
責任編輯	廖妘甄
圖文排版	曾馨儀
封面設計	陳怡捷

出版策劃	釀出版
製作發行	秀威資訊科技股份有限公司 114 台北市內湖區瑞光路76巷65號1樓 電話：+886-2-2796-3638　傳真：+886-2-2796-1377 服務信箱：service@showwe.com.tw http://www.showwe.com.tw
郵政劃撥	19563868　戶名：秀威資訊科技股份有限公司
展售門市	國家書店【松江門市】 104 台北市中山區松江路209號1樓 電話：+886-2-2518-0207　傳真：+886-2-2518-0778
網路訂購	秀威網路書店：http://www.bodbooks.com.tw 國家網路書店：http://www.govbooks.com.tw
法律顧問	毛國樑　律師
總 經 銷	聯合發行股份有限公司 231 新北市新店區寶橋路235巷6弄6號4樓 電話：+886-2-2917-8022　傳真：+886-2-2915-6275

出版日期	2013年12月　BOD一版
定　　價	280元

Printed in Taiwan

國家圖書館出版品預行編目

沉默得更徹底一些：劉正權愛情小說集 / 劉正權著. -- 一版. -- 臺北市：釀出版, 2013.12
面； 公分. -- (釀小說；PG1018)
BOD版
ISBN 978-986-5871-79-6 (平裝)

857.63 102026041

讀者回函卡

感謝您購買本書，為提升服務品質，請填妥以下資料，將讀者回函卡直接寄回或傳真本公司，收到您的寶貴意見後，我們會收藏記錄及檢討，謝謝！
如您需要了解本公司最新出版書目、購書優惠或企劃活動，歡迎您上網查詢或下載相關資料：http:// www.showwe.com.tw

您購買的書名：________________________________

出生日期：________年________月________日

學歷：□高中（含）以下　□大專　□研究所（含）以上

職業：□製造業　□金融業　□資訊業　□軍警　□傳播業　□自由業
□服務業　□公務員　□教職　□學生　□家管　□其它____

購書地點：□網路書店　□實體書店　□書展　□郵購　□贈閱　□其他

您從何得知本書的消息？

□網路書店　□實體書店　□網路搜尋　□電子報　□書訊　□雜誌
□傳播媒體　□親友推薦　□網站推薦　□部落格　□其他________

您對本書的評價：（請填代號　1.非常滿意　2.滿意　3.尚可　4.再改進）

封面設計____　版面編排____　內容____　文／譯筆____　價格____

讀完書後您覺得：

□很有收穫　□有收穫　□收穫不多　□沒收穫

對我們的建議：________________________________

____

____

____

請貼
郵票

11466
台北市內湖區瑞光路 76 巷 65 號 1 樓
秀威資訊科技股份有限公司 收
BOD 數位出版事業部

（請沿線對折寄回，謝謝！）

姓　　名：________________　年齡：________　性別：□女　□男

郵遞區號：□□□□□

地　　址：____

聯絡電話：(日) ____________________ (夜) ____________________

E-mail：____